Doris Dörrie

Für immer und ewig

Eine Art Reigen

Diogenes

Umschlagillustration von
Edward Gorey

Für Helge

Inhalt

Neunzehnhundertachtundsechzig

Im Frühjahr 1968 begann ich zu Gott zu beten, er möge mir endlich einen Busen wachsen lassen. Ich hatte noch überhaupt keinen und meine Tischnachbarin Antonia den größten in der Klasse. Er war so riesig, daß sie ihn vor sich auf den Tisch legen konnte. Heimlich nannte ich Antonia »das trojanische Pferd«, nicht nur, weil sie so groß und schwer war und ihre Beine aussahen wie Säulen, sondern weil ich nie das Gefühl loswurde, daß sie etwas vor mir verbarg. Ich erzählte ihr immer alles und sie mir fast nichts. Um ein Haar hätte ich ihr sogar anvertraut, daß ich jeden Abend Gott um einen großen, dicken, schönen Busen wie den ihren anflehte.

Aber es war nicht nur ihr Busen, den ich an ihr bewunderte, sondern die Unverfrorenheit, mit der sie ihren ganzen Körper zur Schau stellte. Trotz ihrer dicken Beine trug sie den kürzesten Minirock der ganzen Schule. Wenn sie sich bückte, sah man ihre Unterhose. Das war ihr anscheinend egal. Sie tat überhaupt so, als sei ihr ziemlich alles egal. Ich wußte, daß das nicht stimmte. Sie war eitel, gab es aber nicht zu. Zum Beispiel schminkte sie sich jeden Tag, gab es aber nie zu, und nur wenn man ganz scharf hinsah, konnte man feine braune Striche über ihren Augen entdecken. Es sah wirklich ganz natürlich aus, man mußte

Antonia schon so penibel studieren wie ich, um sicher zu sein, daß es Schminke war. Sie hatte dicke, halblange schwarze Haare, die sie wie einen Vorhang nach vorne warf und hinter dem sie sich versteckte, wenn sie verärgert war, einen kleinen Schmollmund und grüne Katzenaugen in einem großen, flächigen, sehr weißen Gesicht. Insgesamt war sie irgendwie beunruhigend; ein seltsames Flackern ging von ihr aus. Erst sehr viel später wußte ich, wie man das nannte: Sie war sexy. Und darum beneidete ich sie am meisten, weil ich wußte, daß ich das niemals sein würde, auch mit Busen nicht.

Nur ein einziges Mal sah ich vorm Sportunterricht im Umkleideraum Antonias Brüste nackt. Sie behielt sonst immer ihren BH an, aber dieses eine Mal zog sie ihn aus unerfindlichen Gründen aus und drehte sich gleich darauf zur Wand. Aber da hatte ich sie schon erblickt. Sie waren schneeweiß und sahen bedrohlich prall aus, wie zwei Luftballons kurz vorm Platzen. Ich erschrak vor ihnen und war mir plötzlich nicht mehr ganz so sicher, ob ich auch welche haben wollte. Zumindest nicht so große. Antonia trug als einzige in der Klasse die BH-Größe 80 C, betonte aber immer wieder, daß sie aus politischen Gründen am liebsten gar keinen Büstenhalter tragen würde, wenn nur ihr Busen kleiner wäre. Das war natürlich die reine Angabe, denn sie zwängte ihn in enge Rippenpullover und streckte ihn, wenn sie sich in der Klasse meldete, so weit heraus, daß er von der Seite ein richtiges Dreieck bildete. Jeden Tag sah ich dieses straff gespannte Dreieck neben mir und haßte meinen dürren Körper, der so platt war wie ein Bügelbrett.

Weil ich jedoch ein schlechtes Gewissen hatte, Gott jeden Abend um einen Busen zu bitten, wo doch Kinder in Biafra verhungerten und es Krieg gab in Vietnam, wollte ich es damit wieder gutmachen, daß ich sieben Aschenbecher für einen Schulbazar für Biafra töpferte und mit Antonia zu einer Vietnamdemonstration ging. Antonia ließ mich in der Menschenmenge sofort im Stich und boxte sich vor in die erste Reihe, um sich dort bei einem Spartakisten mit langen blonden Haaren und Pickeln einzuhaken, den sie schrecklich süß fand. Wie man jemals einen Menschen mit Pickeln süß finden konnte, war mir unbegreiflich, denn ich litt unter meinen Pickeln fast noch mehr als unter meinem nicht vorhandenen Busen, haßte sie mit aller Inbrunst. Mehr noch als meine kleine Schwester Charlotte.

Der schlimmste von allen wuchs immer an derselben Stelle, auf meiner Nase, wie der Höcker eines Dromedars. Und wenn er endlich verschwunden war und ich selig aufatmete, kündigte er sich ein paar Tage später mit einem leisen, kaum spürbaren Kribbeln von neuem an, und ich begann ihn zu fürchten wie ein lebendiges Wesen. Ich fühlte ihn beim Sprechen, beim Lachen, er war immer gegenwärtig. Ich konnte mit keinem Jungen auch nur ein einziges Wort reden, wenn ich dabei fühlte, wie der Pickel wie eine rote Glühbirne leuchtete, mein ganzes Gesicht verunstaltete, prickelte und pochte und wuchs, so daß ich nur noch darauf wartete, daß man mit dem Finger auf mich zeigte und rief: »Guck mal, die da! Die mit dem Pickel!« Antonia hatte nie Pickel. Ihre Haut war so weiß und glatt wie ein Teller. Aber dafür hatte sie einen ziemlich auffälligen Schnurrbart. Warum sie dagegen nichts unternahm, verstand ich nicht. Aber vielleicht wußte sie gar nicht, daß sie einen hatte. Als ihre Freundin fühlte ich mich eigentlich verpflichtet, sie auf diesen Schönheitsmakel hinzuweisen, aber ich war mir nicht sicher, ob wir wirklich Freundinnen waren. Mit ihrem großen Busen und ihrer ganzen Art schien sie schon zu der Welt der Erwachsenen zu gehören, und ich fühlte mich oft wie ein kleiner dummer Hund, der mit heraushängender Zunge hinter ihr herlief und sie nie würde einholen können.

Ich war daher geschmeichelt, als sie zu mir kam, um mich zu einer Party bei der dicken Inge abzuholen, einer reinen Mädchenparty, zu der man sich, wie ich dachte, nicht großartig aufbretzeln mußte. Als ich jedoch Antonia öffnete, verschlug es mir den Atem. Sie trug einen giftgrünen Minirock, goldene Pumps und einen knallengen rosa Rippenpulli über ihrem großen Busen. Sie sah aus wie ein aufgeblasenes Gummitier. Entsetzlich und aufregend zugleich. Ich verstand nicht, warum sie überhaupt keine Komplexe hatte. Vielleicht grübelte ich einfach zuviel über die Dinge. Sie ließ sich auf mein Bett fallen.

»Ich werde jetzt Mitglied bei den Trotzkisten«, sagte sie großspurig, »man wird vier Wochen lang getestet, und wenn das politische Bewußtsein stimmt, wird man aufgenommen.« Ich wußte, warum sie zu den Trotzkisten wollte, aber ich hütete mich, sie darauf anzusprechen. Seit ein paar Wochen stand jeden Tag ein großer dunkelhaariger Typ vor unserer Schule und verteilte trotzkistische Flugblätter.

»Und? Stimmt dein politisches Bewußtsein?« fragte ich Antonia.

»Ich weiß nicht so genau«, antwortete sie, »ich glaube, ich sollte nicht erwähnen, daß wir zwei Autos haben.« Sie starrte nachdenklich an die Decke, dann richtete sie sich auf und sah mich an.

»Übrigens, Fanny, du kriegst einen Pickel auf der Nase.«

»Das ist kein Pickel«, sagte ich, »ich habe mich an der Tür gestoßen.« Ich haßte Antonia.

Aber dann nahm sie meine Hand, als wir die Straße entlangliefen, um die Straßenbahn noch zu erwischen, sie hielt sie ganz fest und ließ sie nicht mehr los, auch als wir uns auf die letzten zwei Plätze fallen ließen und eine alte Frau, die nach uns einstieg, uns böse anfunkelte und wollte, daß wir ihr einen Platz frei machten.

»Wir sind schwanger«, sagte Antonia zu ihr und drückte meine Hand. Die alte Frau und die Leute um sie herum glotzten uns an wie die Karpfen, und ich liebte und bewunderte Antonia mehr als jeden anderen Menschen. Inge wohnte ein ganzes Stück hinter der Endstation; nach und nach stiegen alle Leute aus, und schließlich waren wir ganz allein, als Antonia ihre Handtasche aufklappte und ein altes, abgewetztes Brillenetui herausholte. Sie sah mich bedeutungsvoll an, bevor sie es öffnete. Auf blauem Samt lag darin ein seltsames, weißes Plastikhäutchen. Sie holte es heraus und ließ es zwischen Daumen- und Zeigefinger hin- und herbaumeln. Ich wußte sofort, was das war, obwohl ich nie zuvor eins gesehen hatte.

»Wo hast du das her?« flüsterte ich, obwohl uns keiner hören konnte. »Gefunden«, flüsterte sie zurück. Wo gefunden? wollte ich sie fragen, aber dann bekam ich Angst, daß sie vielleicht viel mehr darüber wußte als ich, und daß sie mir dadurch so sehr überlegen wäre, daß unsere Freundschaft daran zerbrechen könnte. Ich tippte es vorsichtig mit dem Finger an, es fühlte sich kalt und unangenehm an, und ich zuckte zurück, als hätte ich eine Schlange berührt.

»Es ist zum Angstkriegen«, sagte ich.

»Ja«, sagte Antonia ernst und packte es wieder in das Brillenetui. Wir schwiegen, bis wir bei Inge angekommen waren.

Acht Mädchen aus unserer Klasse standen in rotes Licht getaucht im Partykeller von Inges Eltern herum, die extra ins Kino gegangen waren, damit wir allein sein konnten. Wir setzten uns auf die Sofas und warteten auf irgend etwas, von dem keiner wußte, was es denn sein sollte. Wir tauschten Klatsch aus, redeten über die Hausaufgaben, die Lehrer. Dazu tranken wir Limonade und aßen Krapfen, bis uns schlecht war, und hörten Musik. Es war langweilig und gemütlich.

Eine Flasche Eierlikör und eine Flasche Kräuterschnaps machten die Runde. Davon wurde uns noch schlechter, und unser Lachen wurde lauter. Wir fingen an zu tanzen. Erst schnell, bis wir aus der Puste waren, dann legte Inge langsame Platten auf. Etwas unentschlossen standen wir herum, dann suchte sich jeder einen Partner, und wir tanzten Blues. Ich tanzte mit Antonia. Sie stieß mir ihren großen Busen vor die Brust, so daß ich kaum meine Arme um ihren Hals legen konnte. Ich stellte mir vor, ich tanzte mit dem »blauen Mantel«. Das war der einzige Name, den ich für ihn hatte. Keiner kannte ihn, keiner wußte, wie er hieß. Er kam jeden Morgen auf meinem Schulweg auf einem Mofa an mir vorbei. Ich nannte ihn den »blauen Mantel«, weil er immer einen dunkelblauen alten Armeemantel mit Schulterstücken trug. Einmal hatte er vor mir angehalten, um mich über den Zebrastreifen zu lassen, und ich hatte sein Gesicht gesehen. Seitdem versuchte ich jeden Morgen, ihn so abzupassen, daß er wieder vor mir bremsen mußte, um mich über die Straße gehen zu lassen, aber es war mir bisher nie wieder gelungen. Entweder war ich zu früh am Zebrastreifen oder zu spät. Ich sah ihn immer vorbeifahren, ohne daß er mich auch nur im geringsten bemerkte, und mein Herz tobte in meiner Brust. Ich hatte Antonia von ihm erzählt, ich erzählte ihr ja immer alles, und sie begrüßte mich jeden Tag mit der Frage: »He, Fanny, was macht der ›blaue Mantel‹?« Ich behauptete, er habe mich schon angelächelt, drehe im Fahren den Kopf nach mir, manchmal winke er mir zu.

Jeden Abend, nach meinem Gebet um einen Busen stellte ich mir vor, wie er mich von der Schule abholen und ich auf sein Mofa steigen würde. Ich sah uns beide von hinten, wie wir zusammen davonfuhren, und das letzte, was ich von uns erblickte, bevor wir um eine Ecke bogen und verschwanden, war, wie ich meine Arme um seinen Bauch schlang.

Ich drückte mich ein bißchen enger an Antonia, und sie

legte ihren Kopf auf meine Schulter. Sie dachte an ihren Trotzkisten, da hätte ich wetten können.

Wir tranken noch ein bißchen Eierlikör, und dann kam Inge die Kellertreppe hinunter, die Arme voller Unterwäsche. Rote und schwarze BHs, Korsagen, Strapse, Negligés, Spitzenjäckchen und jede Menge winziger Schlüpfer. Das hätte ich Inges Mutter, einer grauen und strengen Frau, niemals zugetraut. Ich wußte, was meine Mutter dazu sagen würde. Nuttig würde sie all das finden, so wie Hosen mit Stöckelschuhen, grellroten Lippenstift, die Farben Lila, Rosa und Hellgrün. Aufgeregt befühlten wir die Wäsche und hielten sie uns kichernd vor. Ich glaube, es war Antonia, die die Idee hatte, daß Biggi, Gabriele, Anita und ich die Männer spielen und sie selbst, Inge, Claudia und Trixie die Unterwäsche anziehen sollten. Das ergab Sinn: die vier, die sie anziehen durften, hatten alle einen Busen, die anderen hatten keinen. Neidisch hockten wir Busenlosen auf der Couch und warteten, während die anderen sich im Badezimmer umzogen. Wir sprachen kein einziges Wort miteinander. Ich fragte mich, ob sie auch jeden Abend beteten.

Als die anderen in der Unterwäsche wiederkamen, waren sie völlig verwandelt. Sie sahen plötzlich sehr erwachsen aus in den schwarzen Büstenhaltern und roten Strapsen, in den engen Korsagen und durchbrochenen Bodystockings, sie bewegten sich anders, sie lächelten wissend, und sie taten so, als kennten sie uns nicht mehr. In dem roten Licht schimmerte ihre Haut geheimnisvoll, wir alle hielten den Atem an. Schüchtern standen wir, die wir die Männer spielten sollten, herum, bis Antonia in Straps und Spitzenbüstenhalter sich Biggi griff und sich an sie schmiegte, als seien sie ein Paar. Sie lachte uns aufmunternd zu. Zögernd machten wir es ihr nach. Die dicke Inge kam in roter Spitzenunterwäsche auf mich zu und warf sich an mich. Ich erschrak vor ihrem weichen Fleisch.

»Na, du Süßer«, sagte sie zu mir und kicherte. Sie wedelte mit ihrem Cape aus roter Spitze und entblößte ihren Busen, der in einem seltsamen BH, vorne offen, lag. Ich hatte keine Ahnung, wozu das gut sein sollte.

»Wie findest du das?« fragte mich Inge mit rauchiger Stimme.

»Was soll das sein?« fragte ich zurück.

»Mensch, Fanny«, sagte Inge ungeduldig, »du bist jetzt ein Mann und findest das toll, kapiert?« Sie nahm meine Hand und legte sie sich auf den Busen. Ich war erstaunt, wie weich und wabbelig er war. Ich hatte ihn mir viel härter vorgestellt, so wie eine Melone, oder einen Ball. Zögernd tastete ich auf ihm herum und kam mir ein bißchen albern vor. Ich beobachtete, wie es die anderen machten, ich sah, wie Gabriele mit Trixie, die eine schwarze Lacklederkorsage trug, wild knutschte, Anita Claudia im hautengen Bodystocking mitten auf den Mund küßte und Biggi und Antonia aneinanderklebten wie zwei Briefmarken. Dazu lief der Song »Je t'aime, moi non plus«, der im Radio verboten war. Jane Birkin und Serge Gainsbourg stöhnten, daß es einem ganz komisch den Rücken runterlief, und irgendwann begriff auch ich, daß man anscheinend man selbst und gleichzeitig jemand anders sein konnte. Man brauchte nur die Augen zu schließen und auf die Musik zu hören, und während ich Inges Busen knetete, wie sie mir befohlen hatte, träumte ich davon, selbst von dem »blauen Mantel« gestreichelt zu werden, es war mein Busen, den ich berührte, und nicht Inges. Er küßte mich und nicht ich Inge. Inge war nicht mehr Inge, sondern nur noch Haut und Busen und Fleisch. Mir wurde ganz warm und schwindlig. Ich vergaß alles um mich herum, selbst meinen Pickel, und ich sehnte mich ganz schrecklich nach etwas, wovon ich nicht wußte, was es genau war. Immer wieder spielten wie »Je t'aime, moi non plus«. »Entre mes reins«, hauchte Jane Birkin, »maintenant, viens.« »Les reins«, hatten wir alle im Wörterbuch nachgesehen, hieß »die Lenden«. Lenden, wie Lendensteak? Es ergab nicht viel Sinn. Wir wechselten die Partner, ich tanzte mit Antonia. Ihr Busen fühlte sich besser an als Inges, er war fester, nicht so wabbelig, aber trotzdem noch erstaunlich weich. So einen, genau so einen möchte ich auch, dachte ich. Wir küßten uns, richtige Zungenküsse probierten wir aneinander aus und wußten dabei, daß sie in Wirklichkeit dem Trotzkisten galten und dem »blauen Mantel«. Einmal machte ich probehalber beim Küssen die Augen auf, aber da wurde es mir gleich schrecklich peinlich. Ich konnte auch nicht in Worten an das denken, was ich tat, ohne rot zu werden: Fanny küßt Antonia und streichelt ihren Busen.

Aber wenn ich die Worte vergaß, mich auf die Musik und den »blauen Mantel« konzentrierte, war es das Schönste, was ich je erlebt hatte, und ich wünschte, es würde nie enden. Später, als wir alle erschöpft auf den Sofas lagen und wieder die wurden, die wir wirklich waren, war mir plötzlich zum Heulen zumute. Ich fühlte den Pickel auf meiner Nase jucken. Wir tranken noch den Rest Eierlikör aus, dann schaltete Inge das weiße Deckenlicht ein. In dem hellen Licht sahen die Mädchen in der Unterwäsche plötzlich verkleidet und häßlich aus. Stumm standen wir herum und fühlten uns unwohl. Inge sammelte die Wäsche wieder ein und trug sie zurück ins Schlafzimmer ihrer Mutter. Wir gingen schweigend auseinander.

Claudia fuhr mit Antonia und mir in der Straßenbahn zurück. Wir sahen uns nicht an, und sie stieg an ihrer Station aus, ohne sich noch einmal nach uns umzudrehen. Ich sah durchs Fenster, wie sie im blauen Straßenlicht nach Hause lief, und ich konnte sie mir nicht mehr in schwarzer Unterwäsche vorstellen. Niemals. Antonia übernachtete bei mir, weil ihr Nachhauseweg durch die Parkanlagen nachts zu gefährlich war und ihre Eltern mit ihren zwei Autos sie niemals irgendwo abholten. Meine Mutter legte für Antonia eine Matratze neben mein Bett.

»War's schön auf eurer Party?« fragte sie. Wir nickten nur stumm. Ich hatte Angst, sie könnte uns etwas anmerken. Am liebsten hätte ich mich in ihre Arme geworfen wie ein kleines Kind. Ich wollte wieder zuhause sein wie früher, allein mit meiner Mutter. Ich fürchtete mich plötzlich vor Antonia. Meine Mutter strich die Laken glatt und ging aus dem Zimmer, ohne mich in den Arm zu nehmen und zu küssen wie sonst, was ich eigentlich nicht besonders mochte, aber heute abend vermißte ich es. Sie wünschte uns eine gute Nacht und schloß die Tür.

Antonia und ich standen steif im Zimmer herum, und ich spürte, wie die Luft zwischen uns vibrierte. Es war ein unangenehmes Gefühl, so ähnlich, wie wenn man versehentlich an einen elektrischen Weidezaun gerät. Ich löschte das Licht, und wir zogen uns im Dunkeln aus. Ich war verwirrt und hätte gern mit ihr über die Party geredet, aber ich wußte nicht, wie ich es anstellen sollte. Ich hörte sie atmen. Vielleicht schlief sie schon. Vielleicht lauschte sie aber auch auf meinen Atem wie ich auf den ihren.

»Daß Inges Mutter so was anzieht...« sagte sie plötzlich. Wir prusteten beide los, als hätten wir unter Wasser zu lange die Luft angehalten und würden jetzt erst wieder an die Oberfläche tauchen. Wir kreischten vor Lachen. Später holte ich eine Kerze aus dem Schrank und zündete sie an. Wir krochen zusammen unter eine Decke, und alles war wieder friedlich und gemütlich wie früher. Nie mehr wollte ich an die Party denken, nie mehr.

»Willst du es noch mal sehen?« fragte Antonia plötzlich. Nein, ich wollte es nie, nie wieder sehen. Ich wollte auch nie wieder darüber reden, weil die Verwirrung, die all das in mir anrichtete, so unangenehm war wie ein Splitter in der Haut. Ich wollte, daß alles so blieb, wie es war. Aber Antonia holte, ohne meine Antwort abzuwarten, das Brillenetui aus ihrer Tasche, öffnete es und hielt mir das Plastikhäutchen im Kerzenschein unter die Nase. Dann ließ sie es über meinen Arm gleiten.

»Iiiiii!« schrie sie lachend und quiekte wie ein Ferkel, »stell dir mal vor, das fühlt sich dann so an, wenn man es macht!«

»Meinst du wirklich?« fragte ich.

Sie zuckte die Achseln. »Ich fürchte mich ein bißchen davor, du nicht?« sagte sie leise. Sie wußte wohl doch nicht mehr darüber als ich. Mein Herz machte einen kleinen Freudensprung. Wir rutschten enger aneinander.

»Ich bin schrecklich unglücklich, daß ich so platt bin wie eine Flunder. Ich wünschte, ich hätte einen Busen wie du«, gestand ich ihr.

»Ach«, sagte sie, »so toll ist das auch nicht. Dauernd ist er einem im Weg. Und die Jungen glotzen mich immer so blöde an.« Meine beste Freundin, dachte ich, meine allerbeste Freundin, dachte ich glücklich.

»Zuhause nennen sie mich Tönnchen«, erzählte Antonia zögernd weiter, »du mußt schwören, daß du es keinem Menschen verrätst.« Ich nickte, aber so sehr ich mir auch auf die Lippen biß, ich konnte nicht verhindern, daß ich anfing zu grinsen. Sie nannten sie Tönnchen! In den Augen ihrer Familie war Antonia also nicht großbusig und sexy, sondern einfach nur eine dicke, fette Tonne! Durch meine flache Brust wehte plötzlich ein frischer Wind, und ich spürte, wie ich ganz tief durchatmete. Sie nennen sie Tönnchen! jubilierte ich stumm.

»Mein Vater kneift mich in die Rippen und sagt Toni, das Tönnchen zu mir«, erzählte Antonia mit zitternder Stimme, »mein Bruder singt es von morgens bis abends, Antonia, das Tönnchen, Antonia, das Tönnchen. Wenn meine Mutter es ihm verbietet, zeigt er auf jede Mülltonne, und dann weiß ich, jetzt denkt er es wieder: Tönnchen.« Ich konnte es nicht lassen.

»Tönnchen«, wiederholte ich und tat so, als sei ich empört. Sie heulte auf wie ein Hund, dem man auf die

Pfoten getreten hat. »Hör auf«, sagte sie, und es klang wirklich gequält. Es war ein wunderbares Gefühl, zu wissen, wie ich Antonia verletzen konnte. Es machte mich ganz leicht und fröhlich. Ich konnte nichts dafür, es rutschte mir einfach heraus.

»Tönnchen«, sagte ich leise.

»Fanny! Hör sofort auf!« sagte sie scharf und packte mich am Arm.

»Ja, ja, ich hab's ja begriffen, ich soll nicht mehr Tönnchen zu dir sagen.«

»Das machst du jetzt mit Absicht«, sagte sie.

»Was?« fragte ich unschuldig.

»Daß du es einfach wiederholst.«

»Ich habe doch nur gesagt, daß ich begriffen habe, daß ich nicht mehr Tönnchen...«

»Hör sofort damit auf!« schrie sie. »Wenn du es noch ein einziges Mal sagst, stehe ich auf und gehe nach Hause.« Ich glaubte ihr kein Wort, aber ich war still. Sie blies die Kerze aus und drehte sich um.

»Gute Nacht«, sagte sie beleidigt.

»Gute Nacht«, sagte ich und formte tonlos das Wort »Tönnchen« mit den Lippen. Wieder und wieder. Und irgendwann kam es aus meinem Mund und segelte quer durch den Raum. Ich konnte wirklich nichts dafür, es hatte sich selbständig gemacht. Einige Sekunden lang geschah überhaupt nichts. Dann hörte ich, wie Antonia sich aufrichtete und die Bettdecke zurückschlug. Sie stand auf, stapfte zum Lichtschalter, und während ich noch die Hände vors Gesicht hielt, weil die Lampe mich blendete, zog sie sich bereits an. Ich kicherte fassungslos. »Hör auf mit dem Quatsch!« sagte ich. Sie sah mich nicht an, sprach kein einziges Wort. Entschlossen zog sie sich ihren rosa Rippenpulli über, schlüpfte in ihren Minirock und ihre Pumps. Ich glaubte immer noch nicht daran. Sie griff nach ihrer Handtasche und stolzierte auf die Tür zu. Ich wühlte mich aus den Laken und versuchte sie festzuhalten, aber sie schüttelte mich ab und tastete sich den dunklen Flur entlang zur Treppe. Ich sah Licht unter der Schlafzimmertür meiner Eltern. Ich wünschte fast, meine Mutter möge herauskommen und uns eine Szene machen. Aber nichts geschah.

»Du kannst doch jetzt nicht durch den Park gehen!« flüsterte ich.

»Und wie ich das kann«, sagte sie.

»Ich entschuldige mich, okay?« Ich legte ihr meine Hand auf die Schulter. Sie sah mich zweifelnd an. Ihr rosa Pulli leuchtete im Dunkeln. Über dem Busen beulten sich die Strickrippen zu den Seiten hin aus. Sie sah nicht dick aus, aber so voluminös. Ich wußte, daß ich es wieder sagen würde. Es brannte mir auf der Zunge. »Tönnchen«, dachte ich.

»Ich entschuldige mich«, sagte ich. Sie schwieg.

»Ich entschuldige mich, daß ich zu dir Tönnchen gesagt habe«, sagte ich boshaft. Da machte sie die Haustür auf und lief durch den Garten zur Straße. Ich sah ihr durchs Küchenfenster noch lange nach. Immer, wenn sie unter einer Straßenlaterne hindurchging, leuchtete ihr Pullover rosa auf. Je weiter sie sich entfernte, um so mehr vermißte ich sie. Als ich schließlich den Flur entlang zurückging zu meinem Zimmer, hörte ich meine Eltern im Schlafzimmer leise miteinander reden. Ich hätte so gern die Tür geöffnet und wie früher jammernd gesagt: »Ich kann nicht schlafen.« Mein Vater hätte mir ein Zuckerwasser gemacht und meine Mutter mich wieder zurück ins Bett gebracht und mir mit ihrer kühlen Hand über die Stirn gestrichen. Warum ging das alles jetzt nicht mehr? Ich war der einsamste Mensch auf der Welt. Ich bewunderte Antonia für ihren starken Willen, ihre so erwachsen wirkende Entschlossenheit. Niemals wäre ich wieder aufgestanden und nachts durch den Park nach Hause gegangen, das wußte ich. Dazu war ich zu faul und zu feige. Man konnte mich beleidigen, mich verletzen, mich dazu bringen, einen Jungen zu spielen und mit Mädchen zu knutschen, ich wehrte mich nicht. Plötzlich sah ich mich, wie ich wirklich war. Häßlich und dumm und bedeutungslos. Niemals würde ich einen Busen bekommen, niemals würden die Pickel auf meiner Nase verschwinden. Niemals würde der »blaue Mantel« mir zulächeln. Unglücklich wälzte ich mich im Bett hin und her und stieß dabei an etwas Hartes. Es war Antonias Brillenetui. Ich dachte an seinen Inhalt, und plötzlich mußte ich weinen. Niemals, so kam es mir vor, würde ich teilhaben können an der aufregenden, furchterregenden Welt der Männer und Frauen.

Ich behielt das Etui, und Antonia fragte nie mehr danach. Wir sprachen nach dieser Nacht kaum noch miteinander. Antonia verliebte sich in einen Anarchisten und trug von da an einen schwarzgefärbten Parka, unter dem ihr Busen fast völlig verschwand. Ich erfuhr nie, wie der »blaue Mantel« wirklich hieß. Als es Sommer wurde, legte er seinen blauen Mantel ab, und was darunter zum Vorschein kam, fand ich nicht mehr attraktiv.

Vier Jahre später, an einem Sonntagnachmittag im Winter 1972, der besonders langweilig und völlig lautlos war, weil sich wegen des Sonntagfahrverbots infolge der Ölkrise kein einziges Auto auf der Straße befand, räumte ich mein Zimmer auf und fand das Brillenetui wieder. Als ich es öffnete, lag darin nur noch ein zusammengeschnurrter Plastikkrümel. Zu der Zeit hatte ich auch endlich einen Busen. Er war zwar nicht so groß wie Antonias, ich trug nur BH-Größe 75 B und nicht 80 C, aber er gefiel mir. Statt um einen Busen betete ich nun um einen Mann, einen richtigen Mann, um ihn damit zu erfreuen.

Unglück will Gesellschaft

»Ja, die Kette mit den großen grünen und roten Steinen«, sagte das Mädchen leise und sah zu Boden.

Ich beneide sie um ihren Busen, dachte die Juwelierin, was für ein Busen! Die Juwelierin ging lautlos über den grünsamtenen Fußboden zur Schaufenstervitrine und nahm vorsichtig die Kette mit den großen Turmalinen heraus. Sie legte sie auf eine schwarze Unterlage. Die Turmaline glänzten wie frisch aufgeschnittene Wassermelonenstücke, von dunkelgrün über hellgrün an den Rändern, bis zu pink und karmesinrot in der Mitte.

»Turmaline in dieser Farbe sind äußerst selten«, sagte die Juwelierin und strich mit dem Zeigefinger über die Steine. Sie fühlten sich angenehm kühl und glatt an.

»Ich bewundere die Kette schon seit Wochen im Fenster«, sagte das Mädchen, streckte die Finger nach den Steinen aus und berührte sie vorsichtig.

Die Juwelierin verschränkte die Arme. Sie musterte das Mädchen von der Seite und addierte im Geist die Preise der Kleider, die es trug: Das klassische Yves-Saint-Laurent-Kostümchen in Dunkelblau für rund viertausend DM, die lila Wildlederschuhe für zwölfhundert – das wußte die Juwelierin genau, weil sie erst neulich genau diese Schuhe in einem Laden in der Hand gehabt und wegen des wahnwitzigen Preises voller Bedauern ins Regal zurückgestellt hatte –, die alte Lederjacke, die das Mädchen über dem Arm trug, war wahrscheinlich auch nicht gerade billig gewesen, die Zeiten, wo man so ein Stück günstig auf dem Flohmarkt ergattern konnte, waren längst vorbei. So um die sechs-, siebentausend Mark hatte das junge Ding am Leib. Woher haben diese Kinder so viel Geld? dachte die Juwelierin erbost.

»Möchten Sie die Kette einmal umlegen?« fragte sie das Mädchen. Das Mädchen sah sie zweifelnd an.

»Ich weiß nicht«, sagte es, »wenn ich sie anprobiere, will ich sie vielleicht unbedingt haben.«

»Das kann passieren«, sagte die Juwelierin, hielt die Kette hoch, ließ sie leicht hin- und herschwingen und wartete ab. Sie schwiegen. Das Mädchen starrte die Kette an, die Juwelierin sah aus dem Fenster und beobachtete, wie der Buchhändler von gegenüber Kisten mit reduzierten Taschenbüchern auf die Straße vor sein Geschäft stellte. Er trug ein rotweiß kariertes Hemd und sehr enge, ausgewaschene Jeans. Er hat bestimmt einen hübschen Schwanz, dachte die Juwelierin und lächelte ein bißchen. Das Mädchen streichelte die Turmaline.

»Darf ich vielleicht doch mal ...?« Die Juwelierin hob die schweren, dunklen Haare des Mädchens im Nacken an und legte ihm die Kette um. Das Mädchen roch nach Eau Sauvage. Die Erinnerung an dieses Parfüm und ihren Exmann Jochen traf die Juwelierin wie eine Bombe. Sie wich zurück und hätte fast die Glaskonsole umgerissen. Das Mädchen drehte sich neugierig zu ihr um. Die Turmaline ließen seine Augen leuchten.

»Eau Sauvage, nicht?« sagte die Juwelierin.

»Nein«, sagte das Mädchen gleichgültig, »Halston.«

Blödsinn, natürlich ist es Eau Sauvage, dachte die Juwelierin, natürlich, du dumme Gans. Das Mädchen drehte sich vor dem Spiegel. Es hielt seine dichten, schwarzen Haare im Nacken zusammen, dann türmte es sie auf dem Kopf, ließ sie wieder fallen, schüttelte sie, strich sie sich aus dem Gesicht.

Sie kann sich nicht entscheiden, dachte die Juwelierin ungeduldig, sie weiß nicht, was sie will.

»Mein Freund möchte mir gern etwas schenken«, sagte das Mädchen zu seinem Spiegelbild.

Aha, dachte die Juwelierin, und du willst, daß er dir die Kette schenkt. Das Mädchen atmete tief ein. Sein Busen hob sich und die Kette zitterte.

Wie frage ich sie, dachte das Mädchen, wie soll ich sie bloß fragen? Sie sieht so streng und unnachgiebig aus.

Die Juwelierin sah wieder aus dem Fenster. Der Buchhändler rückte seine Kisten in eine Reihe, dann drehte er sich um sah vage in die Richtung des kleinen Juweliergeschäfts. Hat die kleine Goldschmiedin eigentlich einen Kerl? dachte er. Ganz frisch ist die ja auch nicht mehr.

Ich könnte ihn heute nachmittag auf ein Glas Wein herüberbitten, dachte die Juwelierin.

»Bringen Sie Ihren Freund doch einfach einmal mit«, sagte sie zu dem Mädchen. Das Mädchen wandte sich vom Spiegel ab und ging ein paar Schritte auf und ab. Sie kann sich gut bewegen, dachte die Juwelierin, sehr selbstbewußt. Woher nimmt sie das? Warum sind diese jungen Küken so verdammt selbstbewußt?

Sie wischte ein paar Staubkörnchen von der Glasplatte der Vitrine. Ich lebe gern allein, dachte sie trotzig, ich lebe sehr gern allein.

Das Mädchen starrte auf den Sonnenstreifen auf dem grünen Teppichboden. Aus dem Augenwinkel heraus beobachtete sie die Juwelierin, die sich jetzt über die Glasplatte beugte, sie anhauchte und mit dem Zipfel ihres Ärmels die Fingerabdrücke des Mädchens wegputzte. Ich traue mich nicht, dachte das Mädchen. Sie sieht so verbittert und geschieden aus, sie sagt bestimmt nein. Warum fragt sie nicht endlich nach dem Preis, dachte die Juwelierin. Meine Lieblingskette. Eigentlich will ich sie gar nicht verkaufen. Sie ist in meiner glücklichsten Zeit mit Jochen entstanden. Ich werde einen viel zu hohen Preis nennen. Ich muß etwas verkaufen. Den ganzen Monat habe ich erst 5000 DM Umsatz gemacht. Jochen würde vor Schadenfreude platzen, wenn ich den Laden wieder aufgeben müßte. Sein Laden, mein Laden. Jetzt ist es mein Laden. Mein, mein, mein. Alles meins. Ich könnte ein bißchen Salbei verbrennen und den Laden von Jochens Verwünschungen reinigen. Schade, daß ich an so etwas nicht glaube. Kein Mann wird sich trauen, mir Schmuck zu schenken. Bekommen Blumenhändlerinnen von ihren Verehrern auch nie Blumen?

»Die Kette steht Ihnen besonders gut«, sagte sie zu dem Mädchen. Es reagierte kaum. Sie ist Komplimente gewöhnt, dachte die Juwelierin. Ich werde ihr die verdammte Kette verkaufen.

»Schmuck sucht seinen Besitzer«, sagte sie lächelnd, »nicht andersherum. Diese Kette hat auf Sie gewartet.

Viele Kundinnen wollten sie schon haben, weil die Steine wirklich außergewöhnlich schön sind, aber für die einen war die Kette zu schwer, man muß groß sein, um sie tragen zu können, für die anderen zu teuer.«

»Glauben Sie wirklich?« Das Mädchen sah sie ernst an.

»Was?«

»Daß Schmuck seinen Besitzer sucht.«

»Ja, ganz bestimmt«, sagte die Juwelierin und blickte an dem Mädchen vorbei. Der Buchhändler stand vor seiner Markise und studierte den aufreißenden Himmel. Wenn sie die Kette kauft, lade ich ihn heute nachmittag ein, dachte die Juwelierin.

»Wieviel soll sie denn kosten?« fragte das Mädchen.

»Fünftausend«, sagte die Juwelierin leichthin. Ein Schatten flog über das Gesicht des Mädchens. Wie sagt sie's ihrem Freund? dachte die Juwelierin schadenfroh. Soviel wird er für die kleine Gans nicht ausgeben wollen. Außer er steht sehr tief in ihrer Schuld. Vielleicht verspricht er ihr seit Jahren, sich scheiden zu lassen. Das Übliche. Ich versorge die Lügner und Ehebrecher mit Trostpreisen für ihre Geliebten und Ehefrauen. Ausgerechnet ich.

»Mein Freund...« sagte das Mädchen, verstummte dann und räusperte sich. Die Juwelierin half ihr nicht weiter, sah sie nur unbewegt an. Die ist stur wie ein Bock, dachte das Mädchen wütend.

»Mein Freund«, fing das Mädchen wieder an, »verdient nicht besonders viel Geld.« Es machte eine Pause. »Zur Zeit«, fügte es dann hinzu und sah die Juwelierin konzentriert an. Dann nimm die Kette ab, Mädchen, dachte die Juwelierin, und geh mit ihm zu Karstadt in die Schmuckabteilung.

»Ich würde die Kette selbst bezahlen«, fuhr das Mädchen fort, »jetzt gleich. Aber ich würde sie nicht mitnehmen. Wenn Sie die Kette dann vielleicht wieder ins Fenster legen würden... so als wäre sie unverkauft...«

»Ich verstehe nicht«, sagte die Juwelierin kühl. Das Mädchen sprach jetzt schneller, ein rosa Schimmer überzog seinen Hals.

»Vielleicht könnten Sie ein Preisschild an die Kette machen und so etwa achthundert Mark draufschreiben, oder achthundertfünfzig, das klingt besser.«

»Achthundert Mark für diese Kette?« Das Mädchen trat unruhig von einem Fuß auf den andern.

»Mein Freund versteht nichts von Schmuck. Gar nichts. Er würde den Preis glauben. Und achthundertfünfzig findet er wahrscheinlich auch noch viel zuviel.«

»Ach ja?« Die Juwelierin lachte. Es sollte belustigt klingen, entrutschte ihr aber und klang gehässig.

»Er ist sehr stark gegen den Materialismus eingestellt«, sagte das Mädchen entschuldigend. Weil er kein Geld hat, dachte die Juwelierin.

»Wissen Sie, er verachtet Geld«, redete das Mädchen weiter, »aber er leidet sehr darunter, daß ich mehr verdiene als er.«

»Und jetzt will er Ihnen etwas schenken, und ich soll die Kette billiger machen, damit er glaubt, er kann sie sich leisten«, sagte die Juwelierin.

»Ja«, sagte das Mädchen und sah unglücklich aus.

»Und was sage ich all den anderen Kunden, die die Kette dann auch für achthundert kaufen wollen?« Das Mädchen seufzte. Beide schwiegen. Es war ganz still im Laden. Die Juwelierin verlagerte ihr Gewicht von einem Bein aufs andere, ihr Knie knackte laut. Drüben ging der Buchhändler zurück in seinen Laden. Ich werde ihn doch nicht einladen, dachte die Juwelierin, ich habe keine Lust auf die ganzen Höflichkeiten und Peinlichkeiten für das bißchen banalen Sex.

»Das habe ich nicht bedacht«, sagte das Mädchen.

»Was?« fragte die Juwelierin.

»Daß dann natürlich jeder denken wird, die Kette kostet wirklich achthundert.« Das Mädchen sah jetzt aus wie ein Schulmädchen, das gerügt wird, weil es abgeschrieben hat.

»Kommen Sie doch einfach mit ihm zusammen her, dann wird sich schon irgendwas machen lassen«, sagte die Juwelierin auf einmal gnädig gestimmt.

»Nein«, sagte das Mädchen entschieden, »er muß allein kommen. Ich will, daß er das Gefühl hat, mich zu überraschen.« Du armes Huhn, dachte die Juwelierin, du glaubst noch, man könne die Liebe mit Tricks am Leben erhalten.

»Ich werde heute abend mit ihm zufällig an Ihrem Geschäft vorbeigehen und ganz zufällig die Kette im Schaufenster entdecken. Wenn jetzt das Preisschild über achthundert oder achthundertfünfzig Mark an der Kette wäre, könnte er sehen, daß die Kette zwar teuer ist, aber daß er sie sich leisten könnte. Und dann würde er vielleicht morgen wiederkommen, um sie zu kaufen. Wenn er nicht kommt, können Sie das Schild gleich wieder wegnehmen.« Die Juwelierin wünschte plötzlich, das Mädchen möge verschwinden. Sie wollte nicht in seine Spiele verwickelt werden, sie sehnte sich nach ihrer Werkbank, der Stille, dem Sonnenstreifen auf dem Teppich. Laßt mich doch alle in Ruhe, dachte sie.

»Bitte«, sagte das Mädchen und legte den Kopf schief.

»Bitte«, wiederholte es und wackelte dazu komisch mit den Beinen. Als die Juwelierin nichts sagte, nahm es die Kette ab und legte sie vorsichtig auf den Glastisch. Es strich mit dem Finger über jeden Turmalin einzeln, dann richtete es sich plötzlich auf und wandte sich zum Gehen.

»Man muß den Männern auch noch dabei helfen, daß sie sich wie richtige Männer fühlen, was?« sagte die Juwelierin. Das Mädchen drehte sich mit einem Ruck um und strahlte sie an. Nachdem es einen Scheck über viertausendzweihundert Mark ausgefüllt hatte, zog das Mädchen eine Postkarte aus seiner Handtasche und legte sie auf den Glastisch neben die Kette.

»Damit Sie ihn erkennen, wenn er nach der Kette fragt: so sieht mein Freund aus«, sagte es stolz. Die Juwelierin hatte das Bild auf der Postkarte schon irgendwo einmal gesehen, ein junger Mann mit einer roten Kappe auf den langen, dunklen Haaren hielt eine große, goldene Münze in der Hand. Sie drehte die Postkarte um. Bildnis eines Unbekannten mit Medaille..., las sie, Botticelli, 1474?

»Hat Ihr Freund auch ständig eine Münze in der Hand?« fragte sie. »Bei seiner Einstellung gegen den Materialismus...« Das Mädchen reagierte nicht im mindesten beleidigt. Es grinste vergnügt. »Auf keinem Foto sieht er wirklich so aus, wie ich ihn kenne. Nur auf diesem Bild von Botticelli. Seltsam, nicht?« Das Mädchen küßte die

Postkarte und steckte sie wieder ein. Es streckte der Juwelierin die Hand entgegen.

»Drücken Sie mir die Daumen, daß er anbeißt«, sagte das Mädchen. Die Juwelierin nickte schwach. Das balinesische Tempelglöckchen an der Tür klingelte. Das Mädchen war verschwunden.

Die Juwelierin nahm die Kette vom Tisch und stand unschlüssig eine Weile da, dann legte sie sich den Schmuck um und betrachtete sich im Spiegel. Mir steht sie nicht so gut wie ihr, dachte sie. Aber die kriegt auch noch ihr Fett ab. Noch ein paar Jahre, drei, vier, vielleicht fünf, da hilft ihr auch ihr hübsches Gesicht nichts und ihre großen Titten. Sie strich ihren Rock glatt und steckte die Bluse im Rücken in den Bund. Sie richtete sich auf, so daß die Bluse sich über ihren Brüsten spannte und die Kette sich bewegte. Sie ist so gut wie verkauft, dachte sie, ich sollte mir was gönnen. Sie schaltete die Alarmanlage ein, schloß ihr Geschäft ab und ging über die Straße.

Eine Kuhglocke schepperte, als sie den Buchladen betrat. Der Buchhändler saß hinter einem Schreibtisch voller Müll und blätterte in Katalogen. Er sah auf und lächelte. Sie nickte ihm zu und befühlte gleichzeitig nervös die Turmaline um ihren Hals.

»Na«, sagte er und stand auf, »wie geht das Geschäft?« Er kam auf sie zu. Sie zuckte lächelnd die Achseln. Sie standen voreinander und sahen sich an. Sie senkte den Blick.

»Jetzt ist doch noch die Sonne rausgekommen«, sagte er.

»Ja«, sagte sie und sah auf seine Hose. Er könnte etwas über die Kette sagen, dachte sie. Warum bemerkt er die Kette nicht?

»Am liebsten würde ich schließen und den Nachmittag blau machen«, sagte er. Vielleicht brauche ich nur ein bißchen Sex, dachte sie. Wenn ich jetzt den richtigen Satz sage, rollt er sofort seine Markise ein und geht mit mir etwas trinken. Und dann reden wir und reden, bis wir endlich betrunken genug sind, um uns anzufassen.

»Ob die Biergärten schon offen sind?« sagte er. Na also, dachte sie. Aber ich möchte vorher duschen, ich schäme mich sonst.

»Man sollte sich öfter dazu durchringen, spontan zu sein«, sagte er und lachte ein bißchen.

»Ja«, sagte sie. Sie sahen sich an, und dann drehten sie beide die Köpfe und starrten sehnsüchtig aus dem Fenster in einen blauen Himmel. Staubkörnchen flirrten in der Sonne. Sie merkten, wie die Zeit verging, aber keiner sagte ein Wort, und plötzlich war ihre Chance vertan, sie spürten es beide. »Womit kann ich dienen?« fragte er ironisch, und sein Rückzug war besiegelt. Warum habe ich nichts gesagt, warum habe ich mein Maul nicht aufgekriegt, dachte die Juwelierin und wandte sich enttäuscht von ihm ab.

»Ein Geburtstagsgeschenk für meine Nichte«, sagte sie, »sie interessiert sich für Afrika.« Er zeigte ihr zuerst die Bücher von Tania Blixen, und dann ein bebildertes Buch ihres Hausangestellten Kamante über seine Zeit mit der Schriftstellerin auf ihrer Farm am Mount Kenia.

Ganz dicht stand der Buchhändler neben der Juwelierin

und hielt das geöffnete Buch. Er roch nach Kaffee und Zigaretten, nach Staub und After Shave. Die Juwelierin mochte seinen Geruch. Er blätterte die Seiten um, ein Foto zeigte fünf Afrikanerinnen, von oben bis unten behängt mit Ketten. Sie trugen sonst nichts, nur lange, lange Perlenschnüre, die um ihre Körper gewickelt waren.

»Diese Damen wären doch die richtigen Kundinnen für Sie, was?« sagte der Buchhändler lächelnd zu der Juwelierin.

»Für mich schon«, sagte sie, »aber ich glaube, die lesen nur selten ein gutes Buch.«

»Das unterscheidet sie allerdings kaum von unseren Mitbürgern«, seufzte er und blätterte langsam weiter. Unter der farbigen Zeichnung eines Leoparden stand in krakeligen Buchstaben: »Unglück will Gesellschaft.«

Es schien der Juwelierin, als rücke der Buchhändler ein wenig näher an sie heran. Beide hielten den Atem an.

»Was soll das heißen – Unglück will Gesellschaft?« fragte sie leise. Er zuckte die Schultern. Sie sahen in das Buch. Warum redet sie nicht weiter, dachte der Buchhändler. Warum tut er nichts, dachte die Juwelierin.

Der Buchhändler klappte das Buch zu. Die Juwelierin kaufte es. Er gab ihr das Wechselgeld heraus und berührte dabei leicht ihre Hand. Sie zog sie schnell zurück und ging zur Tür. Er überholte sie und hielt ihr die Tür auf.

»Das ist eine wunderschöne Kette«, sagte er, »ein Werk von Ihnen?« Sie nickte.

»Die dürfen Sie niemals verkaufen«, sagte er, »die paßt zu Ihnen wie Ihre Augen.«

Abends schrieb die Juwelierin auf ein kleines Preisschild die Zahl 800 und befestigte es an der Kette. Sie legte die Kette vorsichtig ins Fenster, so daß das Preisschild zu lesen war, dann schaltete sie die Spots ein und richtete einen direkt auf die Kette. Die Turmaline leuchteten auf wie kleine bunte Glühbirnen. Sie versteckte sich hinter dem Vorhang zu ihrer kleinen Teeküche, bis der Buchhändler sein Geschäft abgeschlossen hatte und gegangen war. Sie freute sich auf ihre kleine Wohnung, auf ihre Katze Minka und das butterzarte Kalbsschnitzel, das sie im Kühlschrank hatte.

Später lag sie mit ihrer Katze an der Seite im Bett und blätterte durch das Buch. Als sie zu der Zeichnung des Leoparden und dem Satz »Unglück will Gesellschaft« kam, klappte sie es zu und legte es weg. Sie löschte das Licht. Über ihr in der Wohnung wurden Türen geschlagen. Eine Frau mit Stöckelschuhen ging schnell auf und ab. Kurz bevor die Juwelierin einschlief, dachte sie an das Mädchen und ihren Freund. Sie standen vielleicht jetzt in diesem Moment vor dem Schaufenster, das Mädchen begeisterte sich für die Kette, aber der langhaarige junge Mann hörte gar nicht zu. »Sieh doch mal, diese Farben«, sagte das Mädchen.

»Mm«, sagte der Mann und wollte sie mit sich wegziehen.

»Das ist die schönste Kette, die ich jemals gesehen habe«, sagte das Mädchen. Der Mann reagierte nicht.

»Schau doch mal, wie diese Steine leuchten«, sagte das Mädchen, »wie Wassermelonen.« Jetzt endlich beugte der junge Mann sich vor, warf einen kurzen, gleichgültigen

Blick auf die Kette und das Preisschild. Achthundert, dachte er, das kann sie sich aus dem Kopf schlagen, ich bin doch nicht bescheuert. Vielleicht hätte ich zweihundert draufschreiben sollen, dachte die Juwelierin, und während sie langsam in den Schlaf hinüberglitt, hatte sie plötzlich das Bedürfnis dem Mädchen zu helfen, wenigstens eine kleine Weile noch soll es glauben, daß es gutgehen kann, dachte sie noch. Dann träumte sie von einem großen bärtigen Mann, der sie mitten in einem Restaurant aufforderte, sich vor allen Gästen splitternackt auszuziehen. Das tat sie auch, und alle sahen ihr freundlich interessiert dabei zu, während ein Kellner eine Maß Bier vor ihr auf den Tisch stellte, eine große Brezn und eine Portion Radi. Als sie fertig war, klatschten alle. Die Juwelierin verbeugte sich.

»Are you experienced?«

Bevor ich zu Leo gehe, nähe ich mir die Jeans vorn am Reißverschluß zu, denn Leo ist schon siebzehn und gefährlich. Wenn ich bei ihm bin, trinke ich nie etwas, damit ich nicht aufs Klo muß. Er hat allerdings noch nie versucht, mir die Hose aufzumachen, und obwohl ich davor so große Angst habe, daß ich meinen Reißverschluß zunähe, bekümmert es mich ein bißchen. Ich frage mich, was ich falsch mache. Manchmal, wenn wir miteinander auf seinem Bett liegen und knutschen, kommt seine Freundin. Sie ist so alt wie er. Ich stehe dann sofort auf, wenn ich sie im Flur mit Leos Bruder reden höre, und setze mich an den Tisch und stecke die Nase tief in mein Algebrabuch. Leo bleibt meist im Bett liegen. Seine Freundin denkt sich nichts weiter dabei. Sie ist freundlich zu mir. Neulich hat sie mich gefragt, wo ich mir die Haare hätte schneiden lassen, der Schnitt gefiele ihr. Dabei habe ich den ganzen Nachmittag geheult, als ich vom Friseur kam. Leo bringt mir bei, wie man mit dem Rechenstab Wurzeln zieht. Manchmal nimmt er mich mit zu seinem Freund Uwe und dessen Freundin Hanna. Uwe wohnt allein in einem muffig warmen Zimmer unterm Dach. Wenn Leo und ich kommen, wirft er als erstes eine zweite Matratze auf die Erde. Wir rauchen und trinken Cola mit Rum, und dann legen sich Uwe und Hanna auf die eine Matratze und Leo und ich uns auf die andere. Leo und ich liegen immer nebeneinander. Uwe liegt meist auf Hanna und bewegt sich auf ihr wie ein Fisch auf dem Trocknen. Keiner zieht sich jemals aus. Ich weiß, daß Leo mich nicht wirklich ernst nimmt, sonst würde er sich auch auf mich drauflegen wie Uwe auf Hanna. Wir küssen uns, bis mein Gesicht brennt wie Feuer. Küssen ist wie Erdnüsse essen, man kann nicht genug davon bekommen.

Ich bitte meine Mutter, mir zwei Nachhilfestunden pro Woche zu bezahlen, aber sie lehnt ab. So schlecht sei ich nun auch wieder nicht, sagt sie, außerdem ist Leo ziemlich teuer. Und dann denkt sie nach und findet, ich sei doch eigentlich sehr viel besser geworden in Mathematik, und ich bräuchte ab jetzt überhaupt keinen Nachhilfeunterricht mehr. Ich bettle und flehe, aber es hilft nichts, meine Nachhilfestunden bei Leo sind ein für allemal vorbei.

Jetzt weiß ich, daß ich Leo liebe, sonst säße ich nicht stundenlang mit klopfendem Herzen neben dem Telefon und wartete darauf, daß er sich meldet. Er tut es nie. Wenn ich ihn anrufe, sagt er nichts, und ich erzähle ihm jede blöde Kleinigkeit, die mir einfällt, nur damit ich nicht auflegen muß. Selbst von meiner kleinen Schwester Charlotte erzähle ich ihm. Tschüß, sagt er dann irgendwann, mach's gut, Fanny. Das ist alles. Er sagt nicht: Kann ich dich irgendwann sehen? Was machst du morgen? Nichts. Wenn ich dann enttäuscht auflege, ist meine Hand, die den Telefonhörer gehalten hat, verkrampft und schweißnaß. Manchmal sehe ich ihn auf seinem Fahrrad vorbeifahren.

Er winkt, aber er hält nie an. Ich schleiche um das Haus herum, in dem er wohnt, aber er kommt nicht heraus. Meine Freundin Antonia schlägt vor, ich solle einfach mit dem Rechenstab zu ihm gehen und vorgeben, ich hätte vergessen, wie man die Wurzel zieht, ob er es mir noch einmal ganz kurz zeigen könne, und dann solle ich schnell meinen Hausschlüssel oder mein Portemonnaie irgendwo hinlegen und dort vergessen. Dann hätte ich einen Grund, wieder zu ihm zu gehen. Ich ziehe mir ein Kleid an. Ich bin nie im Kleid zu Leo gegangen, das war mir immer viel zu gefährlich. In meinem weißen Strickkleid sehe ich sehr erwachsen aus. Ich binde mir einen blauen Seidenschal um den Hals und ziehe den Bauch ein. Als ich bei ihm klingele, scheint er nicht besonders überrascht zu sein. Er läßt mich in sein Zimmer und legt eine Platte von Jimi Hendrix auf. Die Platte heißt »Are you experienced?« Ich weiß nicht genau, was das heißen soll. Im Wörterbuch steht: *experience:* erfahren, erleben, (Verlust) erleiden.

»Na?« sagt Leo. Ich lächle. Ich rede gar nicht vom Rechenstab. Ich stehe einfach so herum und bewege mich im Takt der Musik.

»Na?« sagt Leo noch einmal. Und dann tut er etwas Seltsames. Er kommt auf mich zu und zupft mich durch das Kleid und durch die Unterhose hindurch an meinen Schamhaaren. Ich bin so schockiert, daß ich einen kleinen Luftsprung mache, als hätte ich mich verbrüht.

»Ich muß gleich weg«, sagt Leo und grinst. Er steht etwa zwanzig Zentimeter von mir entfernt. Ich weiß, daß es jetzt an mir liegt. Aber was ich tun soll, ist mir so unklar, als müßte ich eine Rechenaufgabe aus dem nächsten Schuljahr lösen.

»Hm?« macht Leo und legt den Kopf ein bißchen schief. Ich fühle mich wie beim Tauchen, wenn man tiefer und tiefer ins dunkle Wasser sinkt und sich oben über einem die hellen Lichtkringel immer weiter entfernen. Ich weiß, daß man dann nur ganz ruhig warten muß, dann hebt einen das Wasser wieder empor, es wird heller und heller, bis man in einer großen Fontäne herausschießt. Aber ich bekomme Atemnot, ich kriege Angst, ich kann nicht warten. Ich stottere etwas vom Rechenstab. Leo zuckt die Schultern, dann holt er den Rechenstab von seinem Tisch und schiebt ihn vor meiner Nase ritschratsch hin und her.

»Ach so«, sage ich und nicke. Ich spüre Leos Atem in meinem Nacken, warm und süß wie eine dampfende Semmel. Ich glaube, daß ich es mir noch einmal überlegen kann, aber da nimmt er schon seine Jacke und schiebt mich zur Haustür. Zum Abschied fährt er mir kurz durch die Haare. Ich sehe ihm nach, wie er auf seinem Fahrrad davonfährt, ohne sich noch einmal nach mir umzudrehen. Ich weiß, daß er bereits alles vergessen hat. Die Stelle, an der Leo mich gezupft hat, glüht. Ich schließe die Augen und stelle mir vor, wie es war, als er plötzlich auf mich zukam, die Hand ausstreckte und nach mir griff. Immer wieder nur diesen Moment stelle ich mir vor, wie in einer Zeitlupenwiederholung. Dann fällt mir ein, daß ich vergessen habe, meinen Schlüssel bei ihm zu vergessen. Ich habe meine Chance verpaßt. Ich fange an zu heulen, während die Stelle unter meiner Unterhose lichterloh brennt.

Entjungfert werde ich ein Jahr später von Jürgen, während seine Eltern nebenan im Wohnzimmer Freunden Dias von ihrer Griechenlandreise zeigen. Jürgens Vater ruft: »Und das ist also der Olymp! Und der rote Fleck da rechts, das ist die Ursel.« Gelächter. Jürgen breitet ein Handtuch, auf dem eine große Mickymaus im Liegestuhl liegt, über sein Bett. Die Mickymaus stört mich. Ich könnte Jürgen nicht erklären, warum. Es ist mir vollkommen gleichgültig, daß er mich gleich entjungfern wird. Ich mag ihn noch nicht einmal besonders. Jürgen zieht sich die Hose aus und grinst dazu blöde. Die Haut an seinen Beinen ist weiß wie ein Mehlwurm, und sie ist übersät mit kleinen, roten Pikkeln, die sich anfühlen wie die Plastiknoppen auf einer Seifenablage. Dazwischen sprießen schwarze Haare. Nur da, wo die Jeans eng anliegen, an den Oberschenkeln und zwischen den Beinen, sind die Pickel und die Haare weggescheuert, da ist die Haut ganz weich und zart. Nebenan im Wohnzimmer sagt Jürgens Mutter laut:

»Und dann sind die Griechen doch tatsächlich nachts noch...« Den Rest verstehe ich nicht, weil Jürgen zu mir sagt:

»Jetzt komm her.« Jürgen liegt auf dem Handtuch mit der Mickymaus und grinst mich breit an. Er nimmt meine Hand und zieht mich aufs Bett.

»Hab keine Angst«, sagt er. Hinterher fühlt man sich einfach besser, sagen meine Freundinnen. Erwachsener. Ich sehe Jürgen weit unter mir wie durch ein umgedrehtes Fernglas. Er nestelt an mir herum wie an einer Handtasche, in der er partout etwas unterbringen will. Während ich ihm dabei zuschaue, muß ich daran denken, wie er, als er einmal bei mir übernachtet hat und meine Eltern nicht da waren, mein Nachthemd angezogen hat. Er ist in meinem hellblauen, kurzen Nachthemd im Zimmer auf- und abgesprungen und hat dazu in einer hohen Fistelstimme gerufen: »Ich bin eine Elfe!« Er fand das irrsinnig komisch. Er wollte sich ausschütten vor Lachen. Auch als er in meinem Nachthemd eine Erektion bekam und das Nachthemd von seinem Körper abstand wie ein Umstandskleid. Immer noch sprang er herum und rief: »Ich bin eine Elfe.« Daran muß ich jetzt denken. Und wie es mir das Herz zusammengezogen hat, als ich ihn so gesehen habe.

Es tut nicht weiter weh. Ich hatte es mir schlimmer vorgestellt.

»Tut es weh?« fragt Jürgen.

»Ja«, sage ich und stöhne ein bißchen, weil Jürgen stöhnt. Dann macht er den Mund ganz weit auf, so daß ich seine Plomben sehen kann.

»Zeig doch noch mal die Ursel auf dem Olymp!« ruft jemand nebenan.

»Nicht so schnell! Man erkennt ja gar nichts!« höre ich Jürgens Mutter sagen.

»Schaut euch das an!« brüllt ein Mann. Dann lachen alle.

Es muß passiert sein, während ich ihrem Gelächter gelauscht habe, denn jetzt ist alles schon vorbei. Jürgen bewegt sich nicht mehr, atemlos liegt er da, die Hand über den Augen. Ich klettere herunter und lege mich neben ihn. Er nimmt mich in den Arm.

»War's schlimm?« flüstert er in mein Ohr. Ich kuschle mich dicht an ihn. Dies ist der beste Teil. Später, als er das Mickymaus-Handtuch vom Bett nimmt, sagt er:

»Hat noch nicht mal geblutet.« Ich zucke die Schultern und ziehe mich an.

Wir gehen nach nebenan ins Wohnzimmer.

»Seid ihr hungrig, Kinder?« fragt Jürgens Mutter. Wir sitzen nebeneinander auf dem Sofa und sehen auf die bunten Bilder auf der Leinwand. Roter Mohn blüht vor einem weißen Tempel. Jürgens Mutter trägt ein gelbes Sommerkleid mit blauen Punkten und winkt in die Kamera. Ein alter Mann sitzt auf einem Esel. Zwei schwarzgekleidete Frauen stehen in einer Türöffnung. Jürgens Vater lehnt an seinem Auto, einem grünen VW-Passat. Er trägt einen hellblauen Sommerhut.

Als ich nach Hause komme, sitzt meine Mutter noch vorm Fernseher. Mein Vater ist schon im Bett.

»Hallo, Schätzchen«, sagt sie zu mir, »war's schön?« Das sagt sie immer, wenn ich nach Hause komme. Ganz gleich, woher.

Zwei Monate später sagt Rainer zu mir, ich solle mich bewegen, nicht einfach nur so daliegen. Aber das ist anstrengend, und ich bin faul.

»Nimm das Ganze nicht so ernst«, sagt Rainer, »du siehst dabei immer aus, als ginge es um Leben und Tod.« Später, als ich an seinem Schreibtisch sitze und für die morgige Klassenarbeit lateinische Vokabeln pauke, spüre ich, wie er langsam hinter mich tritt. Ich sehe seine nackten

Beine hinter mir. Er stellt sich auf die Zehenspitzen und legt mir etwas auf die Schulter. Ich greife danach und zucke erschrocken zurück. Es ist nicht seine Hand, obwohl es sich im ersten Moment ein bißchen so anfühlt. Wie ein riesiger Finger. Der riesige Finger klopft leicht auf meine Schulter. Ich verstehe nicht, wie man auf solche Ideen kommen kann. Rainer kichert.

Ein halbes Jahr später erzählt mir Bruno von seiner Freundin Liane, die sich gerade von ihm getrennt hat, während er mir über die Brust streichelt. Er ist der Schönste aller Männer. Seine langen Haare sind weizenblond, seine Augen murmelblau, seine Haut so glatt wie eine Nektarine.

»Sie ist so verdammt stur, verstehst du?« sagt er. »Ich habe mit ihr irgend etwas falsch gemacht, aber ich weiß nicht, was.« Ich weiß es auch nicht. Ich kenne Liane überhaupt nicht. Bruno richtet sich auf und zündet sich eine Zigarette an. Mit der einen Hand raucht er, mit der anderen streichelt er mir weiter abwesend über den Busen.

»Scheiße«, sagt er. Er macht die Zigarette aus und küßt mich.

»Tut mir leid«, sagt er, »ich sage dir nur, wie's ist.«

Am nächsten Tag nimmt er mich mit zu Liane. Sie ist älter als ich, sie studiert schon und teilt sich eine Zweizimmerwohnung mit einer Kommilitonin. Ich beneide sie. Liane setzt Wasser auf und stellt drei hübsche, blaue Tassen auf den Tisch.

»Du hast dich ja prima eingerichtet«, sagt Bruno und macht eine Handbewegung.

»Ja«, sagt Liane und sieht ihn kühl an. Bruno klopft mit

dem Fuß auf den Fleckerlteppich, dann trommelt er auf dem Tisch herum, daß die Tassen hüpfen.

»Wo habt ihr beide euch kennengelernt?« fragt Liane. Bruno schweigt.

»Auf der Party von den Tiermedizinern«, sage ich und füge schnell hinzu: »Ich gehe aber noch zur Schule.«

»Ach so«, sagt Liane. Sie gießt den Tee in die Tassen. Dann nimmt sie zwei Stück Zucker, läßt sie in Brunos Tasse fallen, schüttet ein bißchen Milch dazu und rührt um und gibt sie ihm. Ich verstehe nicht, warum mir das plötzlich so weh tut. Bruno lächelt.

»Oh, entschuldige«, sagt Liane, legt erschrocken die Hand auf den Mund und sieht mich an.

»Entschuldige«, sagt sie noch einmal, »ich war so in Gedanken.«

»Ach, Scheiße«, sagt Bruno.

Als wir wieder bei Bruno sind, zieht er mich sofort aus. Wir legen uns ins Bett. Sein Gesicht liegt ganz dicht neben meinem. Ich spüre, wie etwas Feuchtes über meinen Hals rinnt. Ich weiß nicht, ob es Tränen sind oder Schweiß. Wir liegen nebeneinander, und ich stelle mir vor, daß unsere Gedanken kleine, blauschillernde Insekten sind, die in Trauben in unseren Köpfen sitzen, und eigentlich bedarf es nur einer heftigen Bewegung, eines lauten Schreis, damit sie auffliegen, sich vermischen und in einer großen Wolke davonfliegen, aber keiner von uns beiden bewegt sich, keiner sagt ein einziges Wort.

Lukas wohnt im Hobbykeller im Haus seiner Mutter. Sie darf nicht wissen, daß ich hier unten bis spät in die Nacht mit ihrem Sohn im Bett liege. Lukas bewegt sich auf meinem Körper wie eine große, warme Schlange. Er hebt den Kopf. Seine langen, schwarzen Haare fallen ihm ins Gesicht. Er lächelt mich an. »Hm«, sagt er, »macht dir das überhaupt keinen Spaß?« Ich werde rot. »Doch, doch«, stottere ich. Lukas steht auf, kniet sich nackt vor sein Bett und angelt darunter eine Flasche Rum hervor. Er gibt mir die Flasche. Ich trinke in großen Schlucken ohne zu husten. Danach bewegt sich mein Körper, wie es ihm paßt, und ich schaue ihm erstaunt dabei zu.

»Hmmmmm«, macht Lukas.

Er holt mich von der Schule ab. Am Tag erkenne ich ihn kaum wieder. Er sieht dann so anders aus als nachts, wenn wir in seinem Bett liegen und gespannt den Geräuschen im Haus lauschen. Wenn seine Mutter ins Bett geht, rauscht das Wasser durch die Rohre, die quer durch sein Zimmer im Keller verlaufen. Erst wenn das glucksende Geräusch nach der Klospülung gänzlich verstummt ist wie ein Bach, der sich immer weiter entfernt, atmen wir auf. Nachts scheint Lukas nicht aus Fleisch zu bestehen wie andere Menschen, sondern aus einem geheimnisvollen Stoff, der sich zuerst anfühlt wie Luft, dann wie Wasser und schließlich wie Feuer.

»Pscht«, sagt er, »nicht so laut – meine Mutter«, und legt mir ein Kissen übers Gesicht. Später sagt er: »Seit mein Vater abgehauen ist, kann sie nicht mehr richtig schlafen.«

»Aber das ist doch schon über zehn Jahre her«, sage ich.

Als ich am nächsten Abend das Wasser über uns rauschen höre, stelle ich mir Lukas' Mutter vor, wie sie im Badezimmer vorm Spiegel steht und sich abschminkt. Sie ist eine kleine, dünne, blonde Frau, und wenn sie neben dem großen, schwarzhaarigen Lukas steht, kann man nicht glauben, daß sie seine Mutter ist. Wie hat diese kleine Frau nur ein so großes Kind kriegen können, denke ich immer.

Ich sehe sie im Badezimmer stehen und dem Rauschen des Wassers lauschen wie wir hier unten. Ich weiß, daß sie Bescheid weiß. Sie weiß, daß wir nur darauf warten, daß sie ins Bett geht. Ich stelle mir vor, wie sie sich im Spiegel ansieht und mit schnellen, harten Bewegungen ihr kleines Vogelgesicht eincremt. Dieses Bild macht mir angst. Das Wasserrauschen wird leiser.

»Komm«, sagt Lukas.

»Nein«, sage ich.

»Warum nicht?« fragt er, »liebst du mich nicht mehr?« Er lacht und hält mir die Rumflasche hin. Ich trinke.

»Komm«, sagt er noch einmal. Ich schüttele den Kopf. Er lächelt und verschwindet unter der Bettdecke. Er küßt mich am ganzen Körper. Ich muß an seine Mutter denken. Wie sie ihn früher gehalten hat, als er noch klein war.

»Hör auf«, flüstere ich. Er hebt erstaunt den Kopf.

»Warum?« fragt er und kriecht höher. Ich zucke die Achseln. Er küßt mich auf den Mund. Seine Lippen schmecken salzig. Ich setze mich auf.

»Hey«, sagt er erstaunt.

»Ich weiß auch nicht«, sage ich. Ich ziehe mich an. Er hält mich an der Schulter zurück.

»Was ist denn?« fragt er, »habe ich irgendwas falsch

gemacht? Fanny!« Er sieht plötzlich traurig aus. Ich schüttle den Kopf. Ich kann es ihm nicht erklären. Er will mich noch zur Haustür begleiten. Splitternackt geht er vor mir die Treppe hinauf. Ich lege meine Hand kurz auf seinen Po. Er dreht sich um und lächelt. Wir schleichen in den Flur, da fällt er plötzlich um. Er liegt vor der Garderobe auf einem kleinen Läufer und rührt sich nicht mehr. Ich klopfe ihm auf die Wangen, schüttle ihn. Er reagiert nicht. Ich hebe seine Augenlider an. Seine Pupillen sind nach oben gedreht und das Weiße in seinen Augen leuchtet wie in einem Horrorfilm. Ich möchte weglaufen. Jeden Moment kann seine Mutter die Treppe herunterkommen.

»Lukas«, flüstere ich, »wach auf, Mensch!« Er rührt sich nicht. »Bitte, bitte, wach auf«, zische ich. Ich weiß nicht, was mit ihm los ist. Ich lege mein Ohr an seinen Mund. Ich höre nur meinen eigenen Atem. Ich kann sein Gesicht kaum sehen, aber ich wage nicht, das Flurlicht anzuschalten. Ich beuge mich dicht über ihn.

»Lukas, bitte!« Ich kneife ihn, so fest ich kann. Ich boxe ihn in die Rippen. Er bewegt sich keinen Millimeter, liegt einfach nur so da. Ich sehe seinen nackten Körper und kann mich nicht daran erinnern, wie er sich anfühlt. Ich bin wütend. Ich hasse ihn, wie er so daliegt wie ein Stück totes Fleisch. Es ist ihm völlig egal, was mit mir ist. Ich merke, wie mir die Tränen übers Gesicht laufen. Ich muß seine Mutter holen, ich muß sie jetzt holen. Aber ich hocke da und bewege mich nicht von der Stelle. Mir ist kalt. Ich zittere.

»Lukas«, flüstere ich, »verdammt noch mal!« Ich trete ihn in die Seite. Er reagiert nicht. Ich lege meine Hand auf seinen Bauch. Seine Haut fühlt sich kalt an. »Oh, Gott«, denke ich. Ich fange an zu beten. Als er sich aufrichtet, denke ich, es ist nur mein Wunsch und nicht die Wirklichkeit.

»Oh«, sagt er und schüttelt sich wie ein Hund. Er steht auf. Er reicht mir die Hand und zieht mich hoch. Er sieht die Tränen auf meinem Gesicht.

»Warum weinst du?« fragt er verblüfft. Ich zucke die Achseln.

»Bin ich kurz weggetreten?« fragt er. Ich kann ihm nicht sagen, wie lange. Es kann eine Stunde gewesen sein, fünf Minuten, ich weiß es nicht.

»Passiert mir oft«, sagt er und grinst, »zu schnell gewachsen.«

»Pscht«, sage ich, »deine Mutter.«

»O je«, kichert er. Er will mich küssen, aber ich winde mich aus seinen Armen und gehe zur Haustür.

»Bis morgen«, flüstert er. Ich antworte nicht. Als ich auf meinem Fahrrad davonfahre und mich noch einmal nach ihm umdrehe, sehe ich ihn nackt in der Tür unter dem Außenlicht stehen. Er hebt die Hand. Ich wende mich ab und fahre schneller. Der Fahrtwind streicht mir wie eine große, kühle Hand übers Gesicht.

Ich weiß, daß ich morgen hinten über den Schulhof nach Hause gehen werde, und Lukas wird vorne auf der Straße warten, bis keiner mehr aus dem Gebäude kommt, dann wird er langsam davontrotten, und er wird nichts verstehen. Ich fahre so schnell ich kann. Der Wind saust mir um den Kopf, weht alles weg, was schrecklich ist. Ich bin sechzehn Jahre alt.

Orfeo

Antonia ging das erste Mal zum Hellseher im zwölften Stock, als die Fußballweltmeisterschaft in Mexiko begann und Johnny die Tage und Nächte nur noch im verdunkelten Zimmer vor dem Fernseher verbrachte. Wenn sie von ihren anstrengenden Fototerminen nach Hause kam, sah sie schon vom Flur aus das vom Fußballrasen grün wie ein großer Smaragd schimmernde Fernsehauge. Sie räumte dann die angebissenen Wurstsemmeln weg, die Flaschen und überquellenden Aschenbecher, und manchmal strich Johnny ihr dabei abwesend mit der Hand über die Beine. Sie setzte sich neben ihn, starrte verständnislos auf die Mattscheibe und wartete. Wie ein Hund, der bei jeder Bewegung seines Herrchens freudig aufspringt, weil er glaubt, er würde jetzt ausgeführt, folgte sie Johnny in die Küche, wenn er sich ein neues Bier holte, und zurück ins Wohnzimmer, wo er sich sofort wieder vor den Fernseher setzte.

Schließlich verschwand sie ins Bett und ärgerte sich, daß sie nicht einschlafen konnte, weil ihr Herz zwischen ihren Rippen pochte wie ein Preßlufthammer, bis Johnny endlich Stunden später den Fernseher ausmachte und neben sie unter die Decke kroch. Sie fühlte sich jetzt verlassener als zuvor, wenn Johnny abends durch die Kneipen zog und selten vor drei Uhr morgens nach Hause kam. In dieser Zeit also ging sie das erste Mal zu Orfeo de Altamar, Hellseher von Beruf. Sein seltsamer Name und seine Berufsbezeichnung standen drei Zeilen über Antonias Namen auf dem Klingelschild unten an der Haustür, und sie hatte ihn wieder und wieder gelesen, wenn sie nach ihrem Schlüssel suchte oder darauf wartete, daß Johnny ihr öffnete.

Manchmal, im Fahrstuhl, hatte sie sich gefragt, ob der dicke kleine Mann mit den buschigen Augenbrauen, der sich immer sofort zur Wand drehte, vielleicht Orfeo de Altamar, der Hellseher, war, oder der Mann mit der dikken Brille und dem Flaum auf dem Kopf wie ein Küken, der ihr jedesmal freundlich zunickte. Aber diesen großen, fadendünnen Mann, der ihr jetzt die Tür öffnete, hatte sie noch nie gesehen. Er wirkte wie in die Länge gezogen, seine Glieder schienen Überlänge zu haben. Sein Kopf war so schmal, daß es Antonia wunderte, daß sein Gesicht überhaupt Platz darin hatte. Er hatte dunkle, mandelförmige Augen, einen großen, vollen Mund und eine Nase mit einem Nasenrücken so scharf wie ein Messer. Seine Haut war olivfarben, dunkel. Auf seinem elegant geformten Kopf waren nur noch spärliche, schwarze Haare vorhanden. Eng um seinen dünnen Körper geschlungen trug er einen nachtblauen seidenen Morgenmantel, und seine Taille war so schmal, daß Antonia sie mit beiden Händen hätte umfassen können. Ein Prinz, dachte sie spontan, er ist ein Prinz.

Mit einer seltsam krächzenden Stimme und in einem sehr weichen Akzent, der so klang, als hätte er ein Bonbon im Mund, sagte er vorwurfsvoll: »Sie sind aber nicht angemeldet?«

»Nein«, stotterte Antonia, »aber könnte ich Sie trotzdem sprechen?« Orfeo warf die Hände in die Luft. An seinen langen, dünnen Fingern trug er einen gewaltigen Smaragdring.

»Meine Liebe«, rief er, »so einfach geht das nicht.«

»Ach so«, sagte Antonia enttäuscht, »aber kann ich vielleicht einen Termin ausmachen?«

»Ich bin auf Wochen ausgebucht«, erwiderte Orfeo de Altamar kühl.

»Schade«, antwortete Antonia und wandte sich schon zum Gehen, als Orfeo sich plötzlich in Bewegung setzte, wie eine große schwarze Krähe auf sie zugeflattert kam und seine dünnen Finger nach ihrem Hals ausstreckte. Das geschah alles so schnell, daß Antonia erschrocken ihre Arme hochriß und nach seinen Handgelenken griff, um ihn abzuwehren. Seine Haut fühlte sich glatt und kühl an wie Marmor. Er befingerte ihre Kette mit den großen Turmalinen.

»Sie Glückliche«, murmelte er, »wo haben Sie denn bloß diese Kette her?«

»Mein Freund hat sie mir geschenkt«, antwortete Antonia. Ihre Hände lagen immer noch auf seinen Armen. Es war ihr bewußt, daß man sie aus der Ferne für ein Liebespaar hätte halten können.

»Nein«, flüsterte Orfeo, »ihr Freund hat nur ausgeführt, was vorbestimmt war. Diese Kette hat Sie gesucht und gefunden.« Damit war für Antonia erwiesen, daß Orfeo tatsächlich über hellseherische Fähigkeiten verfügte. Immerhin war es richtig, daß Johnny ihr die Kette nur deshalb geschenkt hatte, weil sie ihn mit viel Raffinesse dazu gebracht hatte. War es dann überhaupt noch ein Geschenk? Sollten wir uns einmal trennen, muß ich ihm die Kette dann zurückgeben? dachte sie – und dann erschrocken: Warum denke ich so einen Blödsinn? Aber da hatte Orfeo sie schon an der Hand genommen und in seine Wohnung gezogen, in der es fast genauso dunkel war wie bei Johnny. Er setzte sich in einen mit imitiertem Tigerfell bespannten Sessel und deutete auf ein Bänkchen zu seinen Füßen. Antonia nahm gehorsam dort Platz und sah sich neugierig um. Um ein riesiges Wasserbett herum standen mit Wachs bekleckerte Flaschen mit Kerzenstummeln, auf dem Boden flog dreckige Wäsche herum, Antonia sah einen schwarzen Tangaslip neben dem Sessel liegen, Stöße von Pornoheften, leere Zigarettenpackungen, zerknüllte Tempos.

»Edelsteine sind Gottes Gedanken«, sagte Orfeo über ihr in seinem butterweichen Akzent, »sie sind das Tor zu einer anderen Dimension. Sie sind wie Kerzen im Dunkeln. Sie schützen dich davor, getäuscht zu werden. Die Steine werden dein Bewußtsein stärken, sie werden dich mit Wissen erleuchten, sie werden dir helfen, die Dinge so zu sehen, wie sie sind.« Antonia lächelte höflich und sah an die Decke, die mit glitzernden Glassteinchen und ausländischen Münzen beklebt war. Orfeo stand auf und zündete zwei Kerzen neben einem von verwelkten Rosen eingerahmten kleinen Altar an, in dessen Mitte vor dem

Foto eines Planeten im Weltall ein kleiner Plastikbuddha saß.

»Du bist Fotomodell und unglücklich«, sagte er sachlich und tätschelte ihren Kopf.

»Ja«, sagte Antonia erstaunt.

»Ich komme vom Planeten Arcturus«, erklärte Orfeo, »ich erkenne meine Brüder und Schwestern auf dieser Erde. Du bist meine Schwester.« Er nahm ihre Hand.

»Er ist total verrückt«, erzählte Antonia Johnny, »er glaubt, nur wer die richtigen Edelsteine am Körper trägt, wird von den Außerirdischen verschont. Und er ist einer von ihnen. Sie erkennen ihre Brüder und Schwestern an den Edelsteinen.«

»Aha«, sagte Johnny und wandte den Blick nicht vom Fernseher, wo sich, wie immer, zweiundzwanzig bunte Männchen über ein grünes Rechteck bewegten wie bei einem Videospiel.

»Wegen deiner Kette glaubt er, ich sei seine Schwester.«

»Schieß, du Depp!« schrie Johnny in den Fernseher. Er warf sich enttäuscht in die Kissen zurück.

»Ich denke, er ist Hellseher und kein Marsmensch«, sagte Johnny. Antonia setzte sich auf seinen Schoß.

»Er kann hellsehen, weil er vom Planeten Arcturus kommt. Er sieht eine schreckliche Zukunft auf uns zukommen, wenn wir nicht aufwachen und die Existenz außerirdischen Lebens anerkennen. Nur das kann uns noch helfen, sagt er.«

»Hey, Moskito«, sagte Johnny, »laß dich nicht einwikkeln von diesem Marsmenschen, hörst du?«

»Nein«, sagte sie, »bestimmt nicht. Von dem ganz bestimmt nicht.« Er legte seine Hand auf ihr Knie und drückte kurz mit Daumen und Zeigefinger zu. Antonia sprang quiekend auf. Sie schlug ihm mit der flachen Hand auf den Hinterkopf und Johnny lachte. Es funktioniert, dachte sie. Ich muß mich nur mit anderen Dingen beschäftigen, dann liebt er mich wieder.

»Du bist wunderschön«, sagte Orfeo zu Antonia, »aber die Welt sieht nur deine Hülle. Und du verkaufst ihnen diese Hülle, deine wunderschöne Hülle. Aber du bist wie eine leere Vase. Sie kann umfallen und einfach zerbrechen. Weil sie leer ist. In dir ist ein großes Loch. Deine Eltern haben dieses Loch gefressen, deine Geschwister, deine Liebhaber. Und es wird immer größer durch all diejenigen, die dir erzählen, daß sie dich lieben. Sie lieben nur deine Hülle.« Antonia brach in Tränen aus.

»Wein nur, so lange du willst«, sagte Orfeo und rutschte von seinem Sessel zu ihr herunter auf den Boden, »ich weine ein bißchen mit, siehst du?« Tatsächlich stand Wasser in seinen Mandelaugen.

»Scheiße«, sagte Orfeo leise, »alle Schönheit nützt einem nichts, was?« Antonia nickte unter Tränen und legte den Kopf auf sein Knie. Unter dem Sessel sah sie Lederriemen, nietenbesetzte Ledergürtel, schwere Lederstiefel und eine rote Plastikhaut, wie man sie Babys unter das Bettlaken legt. Orfeo trocknete ihr die Tränen ab und gab ihr ein Stück Schokolade.

»Du wirst diesen Johnny vergessen, wie man einen Kratzer am Knie vergißt«, sagte er.

»Meinst du wirklich?« fragte Antonia entsetzt. Orfeo nickte lächelnd.

»Du wirst von innen heraus leuchten wie eine Sonne«, sagte er und sah auf die Uhr: »Das macht hundertfünfzig Mark.« Als Antonia ging, kam ihr ein etwa fünfzigjähriger Mann mit ananasgelb gefärbten Haaren im Flur entgegen. Er blieb vor Orfeos Tür stehen und klingelte. Als sich die Tür öffnete, hörte sie Orfeo zu dem Mann sagen »Ach, Helmut, da bist du ja endlich, du alte Schlampe!«

Bald besuchte Antonia Orfeo jeden Tag. Von ihm gestärkt und aufgeheitert ging sie dann zurück in ihr finsteres Apartment im neunten Stock, zurück zu Johnny und ihrer lästigen, schmerzhaften Liebe zu ihm. Wenn sie bei Orfeo auf dem Wasserbett lag wie in einem sanft schaukelnden Boot, stellte sie sich und Johnny vor als junges, glückliches Paar, das sich durch die Zeit und die Welt bewegte wie durch bunte, aufeinanderfolgende Zimmer, und das stimmte doch eigentlich auch, dachte sie verzweifelt, sie waren doch jung und schön und – manchmal – sehr glücklich. »Warum bin ich nur so unglücklich?« fragte sie Orfeo.

»Weil du noch nicht begriffen hast, daß es ein anderes Leben gibt als dein armseliges hier auf diesem Planeten«, antwortete er, »aber das ist ein langer Weg. Ich habe mehr als ein halbes Leben gebraucht, um das zu verstehen.« Und dann erzählte er ihr von den Kapverdischen Inseln vor der Küste Afrikas, wo er aufgewachsen war und wo die Luft süß nach Zuckerrohr und Bananen roch. (Antonia hatte von den Kapverdischen Inseln noch nie gehört. Sie stellte sie sich vor wie die Karibikinseln, auf denen sie schon so oft auf ihren Fotosessions gewesen war, grün, heiß und langweilig.) Von seiner Urgroßmutter, deren Bruder noch als Sklave nach Amerika verkauft worden war, erzählte Orfeo ihr und von seiner schneeweißen Mutter aus Deutschland, die nach dem Tod von Orfeos Vater schwermütig wurde und nie mehr das Haus verließ. (Wie kann man *nie mehr* aus dem Haus gehen? Das hielt Antonia für ein Märchen, wie überhaupt das meiste seiner schillernden Biographie, mit der er sie stückchenweise fütterte wie mit einer Pralinenmischung.)

1969 ging er auf Betreiben seiner Mutter nach München, um dort Betriebswirtschaft zu studieren. Er wohnte bei einem alten Onkel, der sich an Orfeos Mutter kaum erinnern konnte, aber ständig darüber klagte, daß sie mit ihrer exquisiten milchweißen Haut einen »Mohren«, wie er sich ausdrückte, geheiratet hatte, und von ihm ins tiefste Afrika entführt worden war. Orfeo hielt es nur wenige Monate bei dem Onkel und an der Universität aus. Er zog in eine der ersten Kommunen Münchens, erstand eine alte Nähmaschine, ließ sich von Freunden aus der Heimat ein paar Ballen feinbedruckten Baumwollstoff schicken und nähte burnusähnliche Gewänder, die er auf der Leopoldstraße verkaufte. (Ja, dachte Antonia grinsend, ich erinnere mich gut an die gräßlichen Schlabberkleider, die billigen Armreifen mit Silberglöckchen, die kitschigen Tücher mit Fransen und kleinen Spiegeln, den stinkenden Weihrauch, die Armreifen aus Elefantenhaar, den ganzen Mist aus der dritten Welt. Erst kam er aus Indien, dann aus Afrika.)

Orfeo war – zumindest in München – einer der Erfinder des Afrolooks, und er hatte Erfolg mit seinen zeltartigen Gewändern. Zuerst bei den Studentinnen, dann auch bei der Schickeria. Seine Kleider wurden teurer und verrückter (und weniger afrikanisch). Tag und Nacht hockte er über seiner Nähmaschine. Er zeigte Antonia seine vernarbten Zeigefinger, durch die er sich in der Eile und halbblind vor Müdigkeit zigmal durchgenäht hatte. Er nähte ungarische Spitze auf Thaiseide, fertigte Burnusse aus Dirndlstoffen und verzierte sie mit kleinen Spiegeln und Glassteinen. Orfeo nähte sich hinauf zum Liebling der Schwabinger Haute volée.

»Damals hatte ich eine Wespentaille«, erzählte er stolz, »schmaler als jede Frau«, und er zeigte Antonia ein Bild, das ein Schwabinger Maler von ihm in jener Zeit gemalt hat. Enttäuschenderweise war Orfeo darauf nur von hinten zu sehen, ein dünner, rosa Mann, der nackt auf einem Felsen lag. Darüber ein blutroter Sonnenuntergang.

»Schön«, sagte Antonia.

»Ja«, sagte Orfeo und lächelte versonnen, »damals, da kannte mich jeder. Da war ich berühmt. Ich wurde zu jeder Party eingeladen.«

Er trug nur noch selbstgeschneiderte Anzüge aus weißer Seide, die seine olivfarbene, samtige Haut zum Leuchten brachte. Die Frauen vergötterten ihn. Er war elegant, exotisch, charmant und, was besonders chic war, bisexuell. Das wußten alle, außer seiner Frau Evi, einer blonden Schwäbin, die er 1973 in Ravensburg heiratete und die kurz hintereinander zwei Kinder von ihm bekam. (Das glaube ich einfach nicht, dachte Antonia, aber Orfeo zeigte ihr zum Beweis ein ganzes Videoband. Es war kaum angelaufen, da standen ihm schon die Tränen in den Augen. Zittrig und verschwommen sah Antonia zwei dicke blonde Kinder und ihre ebenso blonde Mutter in der Küche beim Plätzchenbacken, unterm Weihnachtsbaum, beim Skifahren, beim Schwimmen, im Bett, auf dem Teppich und vor dem Auto. Orfeo war nie zu sehen, aber das begründete er ganz logisch damit, daß er ja schließlich die Kamera geführt hätte. Antonia glaubte ihm dennoch nicht. Gleich zwei semmelblond-blauäugige Kinder? Und eine Frau, die in jeder deutschen Familienserie die Hauptrolle hätte spielen können?) 1975 eröffnete Orfeo seine erste Boutique mit dem Namen »Orphé«, die Evi gewissenhaft führte. Sie war glücklich. Ihr Leben klappte wie am Schnürchen. Mit Stolz las sie den Namen ihres Mannes in den Klatschspalten und Partyberichten der Boulevardpresse. Aber sie begleitete Orfeo nur selten, sie war eher schüchtern und fürchtete sich vor dem blitzschnellen Small talk der anderen Frauen. Aber wenn sie einmal auftauchte, dann immer in einer ganz besonders extravaganten Kreation ihres Mannes. Für das letzte Fest, das sie miteinander besuchen sollten, nähte ihr Orfeo eigenhändig einen Rock aus siebzehn Lagen Stoff, in dem sie, wie er stolz sagte, aussah wie die Königin von Spanien. Er kramte ein weiteres Foto heraus. Antonia erwartete ein Bild von Evi in dem besagten Rock, aber auf dem Foto war allein der Rock zu sehen, eine riesige Wolke Stoff in allen erdenklichen Blautönen. Eine Woche nach diesem Fest kam Evi mit den Kindern früher als geplant von einem Besuch bei ihren Eltern in Ravensburg zurück und erwischte Orfeo in ihrem Ehebett mit Helmut, dem Besitzer der Boutique »La vie en rose«. Orfeo trug einen schwarzen Lederslip mit einem Loch in der Mitte. Evi hielt den Kindern die Augen zu, führte sie aus der Wohnung und gab Orfeo vierundzwanzig Stunden Zeit, aus ihrem Leben zu verschwinden. Er nahm nichts weiter mit als seine weißen Seidenanzüge, den Videofilm mit Evi und den Kindern und das Foto von dem Rock.

Er zog in ein Apartment im zwölften Stock eines grauen Hochhauses und bewegte sich wochenlang nicht mehr vom Fleck. Wie ein Käfer, der sich totstellt, versuchte er, dem Schmerz zu entgehen. Aber er litt mehr, als er jemals gelitten hatte. Mehr noch, so kam es ihm vor, als vor vierundzwanzig Jahren sein Vater ertrank und er ihn drei Wochen später am Strand angespült fand. Er erkannte ihn nur noch an dem großen Smaragdring, den sein Vater, seit Orfeo denken konnte, an dem kleinen Finger seiner linken Hand trug. Er erinnerte sich, wie er äußerlich vollkommen unbewegt neben seinem toten Vater im Sand gehockt hatte und es in ihm gezuckt hatte vor Schmerz, wie ein Fisch zuckt, den man auf die Bootsplanken schlägt. Und so wie der Fisch langsam immer weniger zuckt, bis er sich endlich nicht mehr bewegt, wurde der Schmerz über die Jahre immer weniger, bis er dann irgendwann verschwand und etwas Schwarzem, Dumpfem Platz machte, an das Orfeo nicht mehr oft dachte. Aber dies hier war schlimmer. Dieser Schmerz, das wußte Orfeo, würde mit der Zeit nur schärfer werden. Evi ließ ihn nie wieder zu seinen Kindern. Sie verkaufte die Boutique, löste die Wohnung auf und zog mit den Kindern zurück nach Ravensburg. Sie schickte ihm einen einmaligen Scheck über zehntausend Mark, auf dem in der Rubrik »Empfänger« stand: »Du hast mich belogen und betrogen. Geliebt hast Du mich nie.«

Antonia drehte eine Kopie des Schecks in den Händen. Sie wurde das Gefühl nicht los, daß Orfeo ihr diese Dinge in die Hand drückte wie die Requisiten zu einem Stück, in dem er einen Mann von einem anderen Planeten spielte und sie ein unglückliches Fotomodell.

»Ich habe nur meine Mutter mehr geliebt als Evi«, sagte Orfeo pathetisch.

»Und wann kamen dann die Außerirdischen?« fragte Antonia ungeduldig.

»Die ließen noch lange auf sich warten«, antwortete Orfeo und lachte unvermittelt, »die wollten mich erst so richtig in der Scheiße wühlen sehen.«

Er saß so lange apathisch in seinem Apartment und starrte aus dem Fenster, bis ihm das Geld ausging und die Zwangsräumung vor der Tür stand. Dann besann er sich auf das Einzige, was er noch hatte und zu Geld machen konnte. Er zog wieder seine weißen Anzüge an, ging in die einschlägigen Bars und verkaufte seine Haut an biedere Ehemänner und swinging singles. Was ihn wirklich daran erschreckte, war die Tatsache, daß es ihm überhaupt nichts ausmachte, daß es sich so anfühlte, als hätte er nie etwas anderes getan, und daß es ihm manchmal, allerdings recht selten, sogar Spaß machte. Aber wenn seine Freier frühmorgens sein

Apartment verließen, die Luft blau und durchsichtig wurde, die Vögel schon anfingen zu zwitschern und Orfeo wieder allein war, bekam er Angst. Angst um seine Seele. Er sah in einen Abgrund, der von Tag zu Tag tiefer wurde.

»Mama«, sagte er manchmal leise, »Mama, hilf mir.« Aber es war nicht Mama, die ihm schließlich half. Eines Nachts, als er ausnahmsweise allein in seinem Bett lag, schlaflos vor Einsamkeit, hörte er plötzlich ein immer lauter werdendes trommelndes Geräusch wie von hundert Spechten gleichzeitig oder wie des tropischen Regen in seiner Heimat, der auf ein Blechdach trommelt. Und dann erschien eine große, blaue Kugel aus Licht vor seinem Fenster, blieb eine Weile dort stehen, wie um ihn zu beobachten, und hüpfte dann in sein Zimmer.

»In dieses Zimmer?« fragte Antonia.

»Ja«, sagte Orfeo ungeduldig. Die Kugel hüpfte ins Zimmer und breitete sich dort aus wie ein großer Teppich aus purem Licht.

Orfeo lag auf seinem Bett und sah sich selbst dabei zu, wie er aufstand, ohne Furcht den blauen Teppich betrat und in die Höhe und aus dem Zimmer hinaus gehoben wurde. Er sah den anderen Orfeo tief unter sich auf seinem Bett liegen, während er die Wohnung, das Apartmenthaus, München, Deutschland und schließlich auch die Kapverdischen Inseln hinter sich ließ. Und während die Erde unter ihm immer kleiner und bedeutungsloser wurde, wurde sein Herz leicht und fröhlich.

»Was hattest du an?« fragte Antonia.

»Ich war nackt«, sagte Orfeo träumerisch, »komplett nackt.« Wesen, die er nicht näher beschreiben konnte, die nur aus Licht zu bestehen schienen, ihm aber seltsam vertraut waren, nahmen ihn an der Hand und führten ihn in einen leuchtend weißen Raum. Sie legten ihn auf eine Art Operationstisch und betasteten seinen Körper mit Fingern wie Blütenblätter.

»Wo war der weiße Raum? In der Luft? In einem Raumschiff?« fragte Antonia.

»Auf dem Planeten Arcturus«, sagte Orfeo ernst. »Sie befühlten meinen Brustkasten, meine Rippen, und dann stachen sie mit einer heißen Nadel in meinen Körper und holten etwas heraus. Der Schmerz war unbeschreiblich. Aber er beendete alle anderen Schmerzen. Sie schlossen die Wunde mit ihren Fingern, und der Schmerz verflog augenblicklich. Sie richteten mich auf und führten mich aus dem weißen Raum wieder in den Kosmos. Warum ich? fragte ich sie, und sie deuteten auf den Smaragdring von meinem Vater, den mir meine Mutter geschenkt hatte, bevor ich die Kapverdischen Inseln verließ, und den ich seitdem nie mehr abgelegt habe. Sie brachten mich zurück auf die Erde, zurück nach München, in meine Wohnung, in mein Zimmer, und wieder hörte ich dieses seltsame Geräusch, dieses Trommeln, und dann sah ich mich auf meinem Bett liegen mit angstvoll aufgerissenen Augen, die dumme, häßliche Hülle von Orfeo de Altamar. Ich ging näher heran an diese Hülle, und als ich sie berühren wollte, zerfloß sie vor meinen Augen. Ich legte mich an ihrer Stelle aufs Bett und sah zu, wie der Teppich aus Licht sich wieder zu der blauen Kugel verdichtete und aus dem Fenster verschwand. Das Trommeln wurde leiser, dann hörte es ganz auf. Ich lag so da, im Dunkeln, und war plötzlich wieder glücklich, so glücklich wie als Kind, bevor mein Vater starb.«

Orfeo verstummte und strich über seinen Smaragdring.

»Bist du sicher, daß du das nicht alles geträumt hast?« fragte Antonia ihn vorsichtig. Orfeo sah sie mit leichter Verachtung an, dann riß er mit beiden Händen seinen Morgenmantel auf und drehte ihr seinen Oberkörper zu. Stumm wies er auf eine lange, sichelförmige Narbe unterhalb seiner Rippen. Er nahm ihre Hand und legte sie auf die Narbe. Sie fühlte sich an wie ein Wurmstich in einem glatten Apfel.

»Was haben sie dir herausgenommen?« fragte Antonia. Orfeo zuckte die Achseln.

»Ich wünschte, sie hätten mich nicht wieder zurückgebracht«, sagte er leise. »Aber ich muß meine Aufgabe erfüllen.«

»Was ist das für eine Aufgabe?« fragte Antonia.

»Ich muß versuchen, so viele Menschen zu retten, wie ich kann«, sagte er ernsthaft, »ich muß ihnen von der Existenz ihrer Brüder und Schwestern im Weltall erzählen. Nur die, die davon wissen und die Edelsteine tragen, nur die werden am Ende, wenn die Welt untergeht, gerettet werden.«

»Und was ist mit all den reichen Tanten, die Juwelen am ganzen Körper tragen, aber noch nie von den Außerirdischen gehört haben, werden die aus Versehen auch gerettet?« fragte Antonia. Da warf Orfeo den Kopf zurück und fing an zu lachen.

»Das frage ich mich manchmal auch«, gackerte er. Er warf sich neben Antonia aufs Wasserbett und lachte, und lachte, und sie lachte mit und überlegte, wann sie eigentlich mit Johnny das letzte Mal so gelacht hatte. Sie lachten, bis ihnen die Bäuche weh taten und Antonia das Gesicht schmerzte. Da sagte Orfeo immer noch kichernd: »Es ist ganz schön teuer, gerettet zu werden. Edelsteine kosten einen Haufen Geld. Ich kenne leider nicht genug Leute, die es sich leisten können.« Er richtete sich auf und fuhr mit dem Finger über die Turmaline von Antonias Halskette. »Aber Fotomodelle«, sagte er leise, »die haben viel Geld, nicht?« Antonia zuckte die Schultern. »Na ja«, sagte sie, »die, die gut im Geschäft sind, die natürlich schon.« Orfeo sah sie nachdenklich an, seine Augen waren jetzt ganz schmal, seine Nase schien noch schärfer als sonst, sein Mund zuckte, dann sagte er langsam: »Du kennst doch bestimmt viele Fotomodelle?«

»Natürlich«, sagte Antonia, »ich arbeite ja schon ewig in dem Scheißjob.« Orfeo drehte sich auf den Bauch und schnurrte wie eine Katze: »Würdest du diese Mädchen nicht gerne retten, wenn du könntest?«

Antonia begriff.

Später fragte sie sich, wann Orfeo eigentlich angefangen hatte, alles einzufädeln. Bei ihrem ersten Besuch schon? Oder war sie es in Wirklichkeit gewesen? War es nicht ihre Idee gewesen, Orfeos silberne Visitenkarten unter ihren Kolleginnen zu verteilen? Glaubte sie nicht immer mehr an seine bizarren Geschichten, wenn sie den anderen Mädchen davon erzählte? War sie von seinen hellseherischen

Fähigkeiten wirklich überzeugt, oder holte sie sich von ihm nur die Antworten, die sie bereits kannte und insgeheim fürchtete?

»Was wird Johnny tun, wenn die Fußballweltmeisterschaft vorbei ist?« hatte Antonia Orfeo letzthin so beiläufig, wie es ihr möglich war, gefragt.

»Er wird versuchen, sich anderswo zu betäuben, so wie man in einen tiefen, dunklen See taucht«, hatte er schnell und spitz wie eine Nadel geantwortet.

Und tatsächlich, kaum waren die Argentinier Weltmeister geworden, verschwand Johnny wieder jeden Abend und kehrte erst frühmorgens ziemlich betrunken zurück. Der Alkohol machte ihn nicht fröhlich oder aggressiv und laut oder melodramatisch wie andere Menschen, sondern nur steif und düster. Wie paralysiert fiel er in der Morgendämmerung neben Antonia aufs Bett und schlief dann mit beiden Händen auf der Brust, bewegungslos wie eine Mumie, bis spät am Nachmittag. Oft fand sie ihn, wenn sie von der Arbeit zurückkam, genauso, wie sie ihn am Morgen verlassen hatte, keinen Zentimeter hatte er sich bewegt.

»Meinst du, er ist unglücklich?« fragte sie Orfeo, während sie seine Wohnung staubsaugte und die Pornohefte hinter dem Wasserbett verschwinden ließ.

»Natürlich ist er unglücklich«, antwortete Orfeo, der in seinem Sessel saß. Er hob die Füße hoch, damit Antonia auch dort saugen konnte. Wie kann Johnny unglücklich sein? Er hat doch mich! dachte Antonia verletzt.

»Warum?« fragte sie.

»Er hat keinen Weg vor sich«, erklärte Orfeo gelangweilt, »er ist wie die Haut, aus der die Schlange schlüpft,
nichts als eine leere Hülle.« Er zündete die Kerzen neben
dem Foto vom Planeten Arcturus an, rückte den Plastikbuddha zurecht und sah nervös auf die Uhr.

»Noch fünf Minuten«, sagte er. Antonia packte den
Staubsauger zusammen. Orfeo nahm wieder in seinem
Sessel Platz. Er trug ein neues burnusartiges Gewand aus
grüner Faschingsseide. Smaragdgrün, hatte er Antonia
aufgetragen und ihr seinen eigenhändigen Entwurf und die
Adresse einer kleinen Schneiderei gegeben, die er noch
von früher kannte. Antonia glaubte ihm daraufhin seine
Vergangenheit als Modedesigner ein kleines bißchen mehr
als zuvor. Sie zog die Jalousien herunter. Das Sonnenlicht,
das jetzt nur noch in dünnen Streifen ins Zimmer fiel,
verlieh ihm etwas Geheimnisvolles.

»Wie sehe ich aus?« fragte Orfeo. Er hauchte über seinen Smaragdring und polierte ihn.

»Erleuchtet«, sagte Antonia. Orfeo grinste. »Jetzt hol
die Steine«, sagte er. Sie stellte den Staubsauger zurück in
den Schrank und holte ein schwarzes Lackkästchen heraus. Sie klappte es auf und sah sich noch einmal den Saphir,
Topas und den leuchtenden, großen Aquamarin an. Von
den Steinen schien ein Licht auszugehen, das woanders
hinzudeuten schien als nur auf die Oberfläche der Dinge,
wie sie es gewöhnt war.

»Edelsteine«, hatte ihr Orfeo erzählt, »retten dich vor
deinem bösen Ich. Wenn du sie trägst, kannst du nicht
mehr von dem Bösen getäuscht werden. Du erkennst die
Dinge, wie sie wirklich sind. Sie zeigen dir deinen Weg.«

Das klang schön, und zu gern hätte sie ihm geglaubt. Aber die Edelsteine im Kästchen waren nichts weiter als eine Investition, für die sie fast ihre gesamten Ersparnisse hingeblättert hatte. In den Expertisen, die Orfeo zusammen mit den Steinen auf mysteriöse Weise durch alte Bekannte, wie er sagte, besorgt hatte, wurde der Wert der Steine doppelt und dreifach so hoch angegeben wie das, was Antonia dafür bezahlt hatte. Aber da sie selbst zuvor keine Ahnung gehabt hatte, was die Steine wirklich kosteten, nahm sie an, daß ihre Kolleginnen es auch nicht wissen würden. Orfeo rechnete fest mit fast dreihundert Prozent Gewinn. Aber das war Antonia gleichgültig, denn als sie ihr Geld Schein für Schein Orfeo gab, der es mit angelecktem Daumen sorgfältig nachzählte, war sie fast froh, es loszuwerden, und es kam ihr so vor, als könnte sie sich auf diese Weise an Johnny für all das rächen, was sie von ihm nicht bekam. Schein für Schein veränderte sie sich, sie war nun nicht mehr das reiche Fotomodell, das Johnny kannte (und liebte? Irgendwann geliebt hatte?), sondern sie wurde gerade mit einem Schlag ihr gesamtes Geld los, und vielleicht konnte sie bald schon ihre Miete nicht mehr bezahlen. Sie sah sich bereits mit einem Bündel auf der Straße stehen, Johnny neben ihr, er sah an dem grauen Apartmenthaus hoch zu ihrem alten Balkon, auf dem noch die Geranien blühten, die er so spießig fand, und fassungslos fragte er sie, wie das denn hatte passieren können.

Aber so würde es nicht enden (leider nicht?), das wußte sie ziemlich genau. Fotomodelle hatten alle zuviel Geld und wußten nicht, wohin damit. Sie hatten keine Familie, meistens noch nicht einmal einen festen Freund. Sie wurden durch die Welt geschickt wie Gepäckstücke, sie waren einsam und hatten Angst. Sie sehnten sich nach Erlösung. Sie waren so wie sie. Sie würden Orfeo an den Lippen hängen und bezahlen. Es klingelte.

»Jetzt verschwinde«, zischte Orfeo.

»Sag mir noch eins«, sagte Antonia seufzend, »warum liebe ich Johnny so?«

»Ach«, sagte Orfeo ungeduldig, »weil er dir völlig fremd ist und du glaubst, ihn irgendwann verstehen zu können. Blödsinn, alles Blödsinn. Du wirst ihn verlassen. Bald. Sehr bald.«

»Ich Johnny verlassen?« fragte Antonia erschrocken, »niemals.« Orfeo schob sie zur Tür und küßte sie zum Abschied auf die Wangen. Er roch nach Zimt und Rosen. Antonia drückte sich am anderen Ende des Etagenflurs an die Wand und beobachtete, wie Alice, ein blondes Modell aus Los Angeles, der sie als allererster von Orfeo erzählt hatte, an Orfeos Haustür klingelte, wie die Tür aufging und ein Stück grüne Faschingsseide herausflatterte, das Mädchen umfing und in die Wohnung zog.

Antonia fuhr in den neunten Stock hinunter zu Johnny. Im Fahrstuhl stand der Mann mit der dicken Brille und dem Flaum auf dem Kopf wie ein Küken, den sie früher für Orfeo gehalten hatte.

»Sie sehen blaß aus«, sagte er. Er hatte sie noch nie zuvor angesprochen. Er wackelte, während er sprach, mit dem Kopf.

»Sie haben vielleicht zu wenig Blut. Sie müssen Holundersaft trinken, das bildet neues Blut«, sagte er.

»Danke«, sagte Antonia schwach. Ihr war plötzlich zum Heulen.

Johnny saß im Bademantel im Bett und las die Zeitung. »Hey, Moskito«, sagte er, »du siehst ja beschissen aus. Wie Braunbier mit Spucke.«

»Du wirst mich verlassen«, sagte Antonia und brach in Tränen aus. Johnny stand auf, hob sie hoch wie eine Puppe und legte sie neben sich aufs Bett.

»Hat dir das der Marsmensch erzählt?« fragte er. Johnny roch so vertraut nach Zigaretten und Männerschweiß. Antonia drückte sich enger an ihn. Orfeo ist eine dumme, alte, geldgierige Schwuchtel, dachte sie. Johnny nahm ihr Gesicht in seine Hände.

»Der verdreht dir das Hirn«, sagte er. »Du siehst die Dinge nicht mehr so, wie sie sind.«

»Wie sind sie denn?« fragte Antonia, »bitte, sag mir, wie sie sind.« Während sie noch sprach, spürte sie, wie sich unter ihr ein Abgrund auftat. Sie krallte sich in Johnnys Arm. »Sie sind so, wie sie sind«, sagte Johnny, schüttelte sie ab, rollte sich zum Nachttisch und zündete sich eine Zigarette an.

Alice, das Modell aus Los Angeles, kaufte nach drei Sitzungen bei Orfeo den Saphir für zweiundzwanzigtausend Mark. Sibylle aus Düsseldorf den Topas für fünfzigtausend. Angie aus Mailand den riesigen Aquamarin für achtzehntausend, und nach nur sechs Wochen gab Orfeo Antonia feierlich ihr Geld zurück. Den Profit von rund vierzigtausend Mark, den er dabei gemacht hatte, erwähnte er nicht. Antonia fragte auch nicht danach. Es war ihr egal. Sie freute sich für Orfeo, der vor Glück zu glühen schien. Strahlend verkündete er, es sei an der Zeit, den Brüdern und Schwestern vom Planeten Arcturus zum Dank ein Opfer zu bringen.

»Müssen die sich nicht bei dir bedanken? Immerhin haben sie jetzt schon drei Menschen mehr, die sie retten können«, fragte Antonia und kicherte, weil sie fest annahm, daß Orfeo mitlachen würde. Aber wie so oft bei ihm, hatte sie sich gründlich getäuscht. Wütend fuhr er herum und zischte sie an: »Du klingst so neunmalklug wie dein Johnny. Hast du ihm alles erzählt?«

»Ich ... ich habe ihm nichts erzählt«, stotterte Antonia, und das stimmte auch. Sie redete kaum noch mit Johnny. Sie wartete darauf, daß er sie ansprach, was immer seltener geschah. Oft sagte er den ganzen Abend lang kein einziges Wort. Antonia sah Orfeo zu, wie er frischen Hummer und Champagner vor seinem kleinen Altar aufbaute und die Kerzen anzündete.

Er verdunkelte das Zimmer, nahm Antonia an der Hand und zog sie neben sich auf die Erde. Sie kniete neben ihm und sah aus dem Augenwinkel, wie er mit geschlossenen Augen die Lippen bewegte. Glaubte er am Ende vielleicht doch daran? Sie beneidete ihn plötzlich glühend und wünschte sich nichts mehr, als auch an etwas glauben zu können, ganz gleich an was, sogar an die Brüder und Schwestern vom Planeten Arcturus.

»Bitte, bitte, bitte«, murmelte sie tonlos, »ich möchte, möchte, möchte jemand anders sein.« Orfeo klatschte neben ihr in die Hände, sprang auf, zog die Jalousien hoch und schenkte den geopferten Champagner in zwei bereitstehende Gläser.

»Sie wollen, daß wir mit ihnen feiern«, sagte er grinsend, drückte Antonia ein Glas in die Hand und stieß mit ihr an.

»Auf die Welt der Mode und des Luxus«, sagte er. Antonia fühlte sich von ihm auf den Arm genommen. Sie wußte nie, woran sie mit ihm war. Eigentlich unterschied er sich in dieser Hinsicht kaum von Johnny. Sie kam sich mutterseelenallein vor. Orfeo nahm eine Hummerschere und saugte sie aus wie ein gieriges Insekt.

»Antonia«, sagte er und winkte mit der Hummerschere, »hör einfach auf zu leiden. Johnny ist es nicht wert, hörst du?«

»Manchmal sehe ich dich an und frage mich, was macht dieser Mann in meinem Leben?« sagte Antonia an diesem Abend zu Johnny, nachdem sie genau zwei Stunden, sie hatte auf die Uhr gesehen, miteinander geschwiegen hatten. Johnny hob langsam den Kopf. Er sah sie seufzend an, klappte den Mund auf, als wolle er etwas sagen, dann klappte er ihn wieder zu, stand auf, holte ein Stück Papier und schrieb mit großen Buchstaben darauf: ARCTURISCHER HIRNFURZ. Antonia zerknüllte den Zettel und warf ihn in eine Ecke. Johnny stand vor ihr, breitete die Arme aus und sagte langsam, als zitiere er die erste Zeile eines Gedichts:

»Manchmal sehe ich dich an und frage mich, was macht der Marsmensch in unserem Leben?« Dann ging er aus dem Zimmer, Antonia hörte, wie er seine Schlüssel nahm.

Die Haustür machte leise klick. Sie saß eine Weile so da und stellte sich vor, daß sie Johnny gerade zum letzten Mal gesehen hatte. Daß er, wie sie es aus Zeitschriftenberichten kannte, »Zigaretten holen« gegangen war. Verschwunden, auf Nimmerwiedersehen. Einfach so. Ohne Abschied, ohne Tränen. Sie versuchte, Schmerz bei der Vorstellung zu empfinden, aber statt dessen fühlte sie sich seltsam erleichtert. So, als sei ein häßlicher Fleck von ihrer Seele gewischt worden. Aber der Fleck konnte doch nicht Johnny gewesen sein, dachte sie entsetzt. Sie konnte sich doch nicht wünschen, von ihm verlassen zu werden, nur um ihn nicht mehr lieben zu müssen. Sie wurde unruhig. Ihr Herz begann zu flattern wie ein Wellensittich im Käfig. Was, wenn nun aber Johnny einfach beschlossen hatte, sie nicht mehr zu lieben? Wenn der Zettel seine letzte Botschaft an sie war? Sie holte das zusammengeknüllte Stück Papier aus der Ecke, strich es glatt, und starrte auf die beiden Wörter ARCTURISCHER HIRNFURZ wie auf eine Hieroglyphe. Ein Furz ist Luft, ist nichts, leer, dachte sie, ich bin eine leere Hülle, ich bin gar nichts. Gar nichts kann man nicht lieben. Er will mir sagen, daß er mich nicht mehr liebt. Ich bin Luft für ihn, stinkende Luft, wie ein Furz. Ihre Gedanken verwirrten sich immer mehr, bis sie es nicht mehr ertrug und zu Orfeo in den zwölften Stock hinaufrannte.

Er öffnete nicht. Sie hämmerte an seine Tür. Er mußte doch zu Hause sein. Keine Antwort. Sie hockte sich auf die Fußmatte, da hörte sie hinter der Tür ein heiseres Krächzen. Die Tür öffnete sich einen winzigen Spalt, und als sie sie aufstieß, sah sie Orfeo dahinter auf allen vieren am Boden kauern. Er war nackt und zitterte am ganzen Körper, während ihm der Schweiß heruntertropfte. Auf seinem Rücken sah Antonia große, dunkellila Flecken. Sie wußte sofort, was es war. Sie wollte flüchten, drehte sich schon auf dem Absatz um und machte einen Schritt zurück in den Flur, da fiel ihr ein, daß unten in ihrem Apartment nur eine andere Angst auf sie wartete. Sie schloß die Tür hinter sich. Orfeo sah sie an. Sein Atem rasselte. Die Luft in seiner Wohnung roch nach Erbrochenem und Schweiß. Sein schmaler Körper bebte. Und das muß ausgerechnet mir passieren, dachte Antonia. Aber als sie ihm dann mit einem feuchten Schwamm den ganzen Körper vorsichtig abtupfte und er seinen Kopf auf ihre Schulter legte wie ein kleines Kind, fühlte sie sich mit einem Mal so wundervoll sinnvoll wie vielleicht noch nie zuvor in ihrem Leben, und dieses Gefühl wollte sie nicht so schnell wieder hergeben.

Sie teilte Johnny in einem ganz ungewohnt bestimmten Ton mit, daß sie die nächsten Nächte bei dem kranken Orfeo verbringen werde, und sie genoß es über die Maßen, daß das Johnny sichtlich verletzte. Höhnisch sagte er: »Natürlich. Natürlich mußt du Tag und Nacht bei diesem Marsmenschen bleiben. Was hat er denn Schlimmes? Eine Erkältung?«

»Nein, Aids«, sagte Antonia kühl.

»Oh, Scheiße«, sagte Johnny und schlug sich mit der flachen Hand an den Kopf. Sie schwiegen einen Moment.

»Moskito«, sagte Johnny dann leise, »das wird über deine Kraft gehen.«

»Nein«, antwortete Antonia trotzig, »das wird es nicht.« Sie wußte, daß Johnny recht hatte, aber sie mochte nicht darüber nachdenken, und insgeheim bezweifelte sie, um sich vor ihrer eigenen Angst zu schützen, daß Orfeo wirklich an Aids litt. Sie sprachen nie direkt über seine Krankheit. Einmal sagte Orfeo mitten in der Nacht plötzlich in die Stille hinein: »Verstehst du, daß ich Geld brauche? Viel Geld?« und Antonia bezog das sofort auf seine Krankheit, denn Orfeo hatte bestimmt keine ordentliche Krankenversicherung wie andere Menschen.

»Ja«, flüsterte sie, »natürlich.« Sie griff nach seiner langen, dünnen Hand und hielt sie fest. Sie konnte in dem dunklen Zimmer nur seine Umrisse in den weißen Laken erkennen.

»Ich will meine Kinder sehen«, sagte Orfeo.

»Ich kenne Herrn de Altamar nicht«, sagte Evi de Altamar langsam und betont zu Antonia am Telefon.

»Er ist sehr krank«, sagte Antonia.

»Hach«, sagte Evi, »daß ich nicht lache«, und legte auf.

Antonia fuhr nach Ravensburg. Sie wartete vor einem Reihenhaus mit einem Vorgarten, in dem jeder Grashalm wirkte wie geputzt. Als Evi aus dem Haus kam, wirkte sie dicker, blonder und noch spießiger als auf dem Videoband. Sie trug vernünftige braune Halbschuhe und einen altmodischen Popelinemantel. Der Kies knirschte unter ihren Schuhen. Sie schloß die Gartentür sorgfältig hinter sich, sah Antonia kühl an und sagte, noch bevor Antonia sich vorstellen konnte:

»Nein.«

»Er wünscht es sich so«, stammelte Antonia.

»Nein«, wiederholte Evi und sah Antonia ins Gesicht. Sie hatte hübsche Augen, ganz blau und weit. »Die Kinder können sich gar nicht mehr an ihn erinnern.«

»Er stirbt«, sagte Antonia und griff sie am Arm. Evi schüttelte sie ab und wischte sich über den Ärmel ihres Popelinemantels, als wollte sie Antonias Fingerabdrücke wegputzen.

»Sie sind in sechs Jahren die vierte Person, die mir das ausrichtet«, sagte sie, und dann ging sie mit schnellen, harten Schritten an Antonia vorbei. Antonia war so verwirrt, daß sie erst reagierte, als Evi schon weit von ihr entfernt war.

»Aber dieses Mal stimmt es!« rief Antonia und lief ihr hinterher. Evi blieb stehen. Ihre Augen wurden schmal, dann wieder weit. Antonia sah, wie sich ihr Busen hob und senkte.

»Wenn es wirklich wahr ist«, sagte Evi, »dann wünsche ich ihm einen leichten Tod.« Sie wandte sich ruckartig ab und ging die Straße entlang, vorbei an den hübschen weißen Reihenhäusern mit den hübschen bunten Vorgärten. Ihr Popelinemantel blähte sich hinter ihr auf wie ein Segel.

Als Antonia zu Orfeo zurückkam, hatte er sein Zimmer aufgeräumt, sein Bett gemacht und sich angezogen. Er war rasiert, sorgfältig gekämmt und trug einen eleganten Anzug mit Einstecktüchlein und Krawatte. Plötzlich sah er aus wie ein südamerikanischer Politiker. Sie wollte schon auflachen, da verstand sie. Orfeo linste an ihr vorbei, als erwarte er, daß hinter ihr noch jemand ins Zimmer käme.

Antonia schüttelte den Kopf. Wortlos wandte sich Orfeo von ihr ab, zog den Anzug aus, ließ ihn achtlos zu Boden fallen und kroch zurück in sein Bett. Er zog sich die Decke über den Kopf und fing unter ihr in seltsam piepsigen Schluchzern an zu weinen. Antonia konnte ihn nicht beruhigen. Er weinte und weinte, bis sie sich keinen Rat mehr wußte. Sie holte Johnny, der Orfeo bisher noch nie gesehen hatte.

Neugierig wanderte Johnny in Orfeos Wohnung herum, beugte sich über den Altar und das Foto vom Planeten Arcturus, befingerte grinsend den Plastikbuddha und sagte dann zu Orfeo, der immer noch unter der Decke vor sich hin weinte: »Hey, Marsmensch, hör auf zu flennen, das ist verschenkte Zeit.« Orfeo reagierte nicht.

»Wie lange heult er jetzt schon?« fragte Johnny Antonia.

»Sechs Stunden«, sagte sie.

»Sechs Stunden verschenkte Zeit«, sagte Johnny zu Orfeo.

»Und so viel Zeit hast du nicht mehr zu verschenken, Marsmensch.« Antonia bereute zutiefst, daß sie Johnny geholt hatte.

»Hör auf«, flüsterte sie entsetzt. Johnny hob die Hände.

»Hast du nichts Besseres zu tun? Abgesehen davon, daß mein Moskito hier *ihre* Zeit mit einem Zombie wie dir totschlägt, der ihr irgendeine Scheiße von Edelsteinen und Auserwählten ins Ohr bläst«, fuhr Johnny ungerührt fort. Der Bettenberg zuckte.

»Johnny, hör auf, so mit ihm zu reden!« zischte Antonia wütend. Johnny beachtete sie nicht weiter und setzte sich zu Orfeo aufs Wasserbett.

»Hey, Marsmensch«, sagte Johnny, und es klang freundlich, »weißt du, was mich wirklich interessieren würde? Wie kommt es, daß so viele UFOS in Amerika landen und so wenig hier bei uns in Europa? Was finden die Außerirdischen an den Amis nur so klasse? Dolly Parton? Ein gutes T-Bone-Steak? Baseball?« Orfeo antwortete nicht. Die Decke über seinem Kopf bewegte sich nicht. Johnny zuckte die Achseln und stand wieder auf.

»Nichts zu machen«, sagte er. Er sah sich um.

»Hier bist du also, wenn du nicht bei mir bist?« sagte er leise und wandte sich ihr zu. Antonia flog auf ihn zu wie ein Vogel an eine Fensterscheibe. Sie warf ihren Kopf an seine Brust. Sie hatte das Gefühl, plötzlich sei alles wieder so wie früher. Als Johnny zögernd seine Arme um sie legte, hörte sie Orfeos tränenerstickte Stimme von unter der Bettdecke sagen: »Er soll abhauen. Er verbreitet schlechte Schwingungen.« Johnny ließ Antonia stehen und ging wieder auf das Bett zu.

»Ich bin eben ein armes Schwein und kein Auserwählter«, sagte er, »ich würde zu gern mal den Klunker sehen, an dem dich deine Brüder erkennen sollen. Zeig doch mal her!« Mit einem Ruck zog er Orfeo die Bettdecke vom Kopf. Wütend schoß Orfeo hoch, holte die Decke zurück, hielt sie mit beiden Händen umklammert und zischte:

»Faß mich nicht an!« Johnny grinste. »Huch!« sagte er. Er griff nach Orfeos Hand mit dem Smaragdring.

»Ist er das?« fragte er, »ist das die Eintrittskarte auf den Planeten Dingsbums?«

»Arcturus«, sagte Antonia. Orfeo entzog Johnny wütend seine Hand.

»Du hast doch keine Ahnung, Mann«, sagte er, »du bist so uninspiriert wie eine Plastiktüte.« Johnny lachte laut. Antonia begriff plötzlich, was er tat, und sie mochte ihn so sehr dafür, daß ihr Herz in einem Riesensatz auf ihn zuhüpfte: Johnny gab Orfeo die Chance, aus seiner Depression herauszukommen wie eine wütende Muräne aus ihrer Höhle.

»Du wirst von der Zeit weggespült werden wie ein klitzekleiner Kieselstein«, kreischte Orfeo, »du hast keine Seele. Nichts wird von dir übrigbleiben. Keiner wird dich vermissen, keiner wird wissen, daß du je existiert hast.«

»Oh«, sagte Johnny und wiegte den Kopf, »das ist traurig. Aber du, du bleibst übrig, was?«

»Ja«, sagte Orfeo ernsthaft und wischte sich die Tränen ab, »ich werde in einem anderen Raum und in einer anderen Zeit weiterleben.«

»Auf dem Planeten Arcturus«, sagte Johnny grinsend.

»Ja«, sagte Orfeo schlicht.

»Der glaubt die Scheiße wirklich«, sagte Johnny und stand auf. Er wirkte erstaunt.

»Hau ab«, sagte Orfeo ruhig.

»Okay«, sagte Johnny und nickte Orfeo zu. Er ging zur Tür. Antonia hielt ihn auf und legte ihm die Arme um den Hals.

»Danke«, flüsterte sie in Johnnys Ohr.

»Keine Ursache«, sagte er. Er nahm ihre Arme von

seinem Hals und gab sie ihr zurück wie ein Kleidungs-stück, das ihm nicht sonderlich gefiel.

»Weiterhin viel Spaß, Krankenschwester«, sagte er zu ihr, und leise, daß Orfeo es nicht hören konnte, fügte er hinzu: »Der ist gar nicht so krank, wie du denkst.«

Vielleicht stimmte das sogar, denn am nächsten Tag ging es Orfeo schon sehr viel besser, und nach zwei Wochen hatte er sich so weit erholt, daß er wieder Kunden empfing. Er erwähnte seine Krankheit nie wieder, und sehr viel später einmal fragte Antonia sich, ob sie am Ende nur Teil seiner großen Inszenierung gewesen war.

Das Geschäft mit den Edelsteinen florierte zusehends. Die Kunden kamen bald in größeren Scharen, als Antonia jemals geglaubt hätte. Die Fotomodelle brachten ihre Agenten und Fotografen mit, bald folgten Schauspieler, Masken- und Kostümbildner aus dem Theater, Skript-girls und Regieassistentinnen vom Film, und am Ende kam auch die Schickeria. Orfeo hatte sein altes Publikum wieder. In der kleinen abgezirkelten Welt seines Apart-ments im zwölften Stock eines Hochhauses blühte er auf wie eine Wunderblume in einem Glas Wasser. Mit Anto-nias Hilfe ließ er seine Wohnung komplett renovieren, die Wände mit goldfarbener Tapete verkleiden, einen ru-binroten Teppich verlegen und die Decke schwarz strei-chen mit einem großen, von ihm selbst gemalten Auge in der Mitte. Er kaufte einen schwarzen Lacktisch für den Altar und einen roten Samtsessel, in dem er seine Audien-zen hielt. Ansonsten blieb der Raum vollkommen leer –

die Kunden mußten ihm zu Füßen auf der Erde sitzen –
bis auf eine große chinesische Bodenvase, für die Antonia
jeden dritten Tag frische Lilien besorgte. Zu guter Letzt
ließ sich Orfeo weite Gewänder aus Seide in den Farben
des Sonnenuntergangs anfertigen, die, wenn er sich bewegte, rauschten wie Birken im Wind; und als er dann zur
Premiere in seinem Sessel Platz nahm, erinnerte er Antonia
an einen verirrten Pfau in einem chinesischen Restaurant.
In der Nachmittagssonne sah das Zimmer plötzlich schäbig aus, die goldene Tapete billig, der Teppich staubig, die
Blumen kitschig und überladen. Sie legte ihren Kopf auf
seine Knie und dachte sehnsüchtig an die Zeit, als sie ihn
kennengelernt hatte, und noch ein bißchen sehnsüchtiger
an die Zeit, als er so krank gewesen war.

Er gründete eine Firma mit dem Namen CosmoConnec-
tions und kaufte immer mehr Edelsteine in allen Größen
und zu allen Preisen. Er hatte nicht mehr so viel Zeit für
Antonia wie früher. Oft lungerte sie einfach in seiner
Wohnung herum, räumte ein bißchen auf, kochte Tee und
hörte ihm bei seinen endlosen, geschäftlichen Telefonaten
zu, die er meist auf portugiesisch führte. Wenn Kunden
kamen, mußte sie gehen. Orfeo duldete es nicht, daß sie im
Schlafzimmer wartete.

»Es stört mich bei der Kontaktaufnahme mit meinen
Brüdern und Schwestern«, sagte er. Antonia fühlte sich
vernachlässigt und ausgeschlossen. Sie saß jetzt manchmal
in ihrer Wohnung mit Johnny herum und dachte an Orfeo,
wie sie anfangs bei Orfeo an Johnny gedacht hatte. Sie
spürte, daß ihr Draht zu Orfeo immer dünner wurde, und

es kam ihr so vor, als hätte sie bereits das Wichtigste, das sie in ihrem Leben besessen hatte, verloren.

»Was macht eigentlich der Marsmensch?« fragte Johnny sie grinsend, »hat er Besuch aus dem All und keine Zeit mehr für dich?«

Am nächsten Tag bat Antonia Orfeo um einen Edelstein. Er sah sie erstaunt an.

»Du brauchst doch keinen Stein«, sagte er.

»Warum nicht?« fragte Antonia. Sie griff an ihre Kette mit den Turmalinen und nahm sie ab.

»Wie sollen mich denn die Jungs erkennen und retten, wenn ich meine Kette nicht mehr trage, hm?« sagte sie. Orfeo grinste. Es entstand eine Pause. Eine Pause des stummen Einverständnisses. Wie früher, dachte Antonia.

»Ja, es ist besser, wir trennen uns«, nickte Orfeo. Du meine Güte, dachte Antonia, er hat mich völlig falsch verstanden.

»Du bist nicht stabil genug dafür gebaut«, sagte Orfeo, »es wird ziemlich scheußlich werden, weißt du ... irgendwann ... Kein hübscher Tod, soviel ist sicher ...« Antonia merkte, wie sich in ihrem Gehirn ein dunkles Loch auftat. Nein, sie wollte nicht darüber nachdenken. Nein.

»Also dann«, sagte Orfeo laut, »welchen Stein willst du?«

»Du mußt ihn für mich aussuchen«, sagte Antonia, »ich will, daß du es mit mir ganz genauso machst wie mit den anderen Kunden.« Orfeo sah sie kurz irritiert an, dann sagte er blitzschnell: »Gut, dann bekommst du einen Smaragd. So wie ich.«

Er besorgte ihr den größten Smaragd, den sie je gesehen hatte. Es hätte auch ein Stück grünes Glas sein können, wie man es glattgeschliffen am Strand findet. Es war ihr egal, ob er echt war oder nicht. Sie bezahlte achtundsechzigtausend Mark dafür. Orfeo verbrannte etwas Salbei in einer Schale, um den Smaragd zu reinigen, dann rieb er sich den Stein lange über die Brust und sah Antonia dabei an. Sie erinnerte sich an seine Narbe, an seine Haut, die sich kühl und glatt anfühlte wie Marmor. Sehnsucht stieg in ihr auf wie eine Stichflamme. Sehnsucht nach den Anfängen. Mit Johnny. Mit Orfeo. Mit allen Männern. Orfeo befahl ihr, das Hemd auszuziehen. Er rieb den Stein auf ihrer Haut, dann wieder auf seiner. Dann führte er sie zu dem Altar und legte den Smaragd in eine Schale Wasser vor dem Foto des Planeten Arcturus.

»Der Smaragd ist ein Gedanke Gottes«, murmelte er, »er wird dich führen. Wenn du ihn trägst, wirst du nicht mehr getäuscht werden. Du wirst...«

»...die Dinge sehen, wie sie wirklich sind«, unterbrach ihn Antonia. Sie sah ihn an. Orfeo lächelte. Antonia weinte. Sie nahm den Smaragd aus dem Wasser und hielt ihn fest in der Hand. Sie stand auf, ging aus der Tür zum Fahrstuhl, fuhr hinunter in den neunten Stock, ging ins Schlafzimmer und weckte Johnny.

»Ich werde dich verlassen«, sagte sie und hielt den Smaragd in ihrer Hand fest umschlossen.

»Oh«, stöhnte Johnny, »geht das schon wieder los.« Er drehte sich auf die andere Seite und zog sich ein Kissen über den Kopf. Antonia nahm die Kette mit den Turmalinen und legte sie in einem sorgfältigen Kreis neben Johnny aufs Bett. Sie packte, während er weiterschlief. Sie verabschiedete sich nicht von ihm und auch nicht von Orfeo.

Die Nacht verbrachte sie am Flughafen. Sie bestieg die Morgenmaschine nach New York. Den ganzen Flug über fühlte sie den Smaragd in ihrer Hand wie ein kühles, tröstendes Wasser. Als sie zehn Stunden später in New York in ein Hotelbett sank und die brennenden Augen schloß, hatte sie den Smaragd immer noch in der Hand. Mitten in der Nacht wachte sie von einem seltsamen Geräusch auf. Es hörte sich an wie ein langsam näherkommender Trommelwirbel, wie Tropenregen auf einem Blechdach. Antonia hielt den Atem an. Das Geräusch wurde lauter. Es kam immer näher. Antonia sah zum Fenster. Sie wartete auf das Licht.

Prügel

»Das Hütchen steht dir gut«, sagt Klaus.

»Stimmt doch gar nicht«, sage ich und ziehe mir die blauweiß gestreifte Papiermütze, die seit heute zu unserer Uniform gehört, tiefer ins Gesicht. Sie steht keinem. Selbst mir nicht, und ich habe ein ausgesprochenes Hutgesicht.

»Doch«, sagt Klaus, »du siehst damit jung, hübsch und ein bißchen dämlich aus. Wie was Nettes fürs Bett.« Ich mag es nicht, wenn er mich bei der Arbeit besucht.

»Klaus«, sage ich, »bitte.« Er nimmt einen Zahnstocher von der Theke und kaut lässig auf ihm herum. Ich mag immer noch seine Lippen. Fast so sehr wie am Anfang. Der Manager geht hinter dem Grill auf und ab. Er beobachtet mich. Ich führe Privatgespräche. Das Lokal ist leer.

»Ich passe bloß auf dich auf«, sagt Klaus und streicht sich nervös die Haare aus der Stirn.

»Danke«, sage ich spitz. Meine Kollegin Anni steht an der Friteuse und dreht sich nach mir um. Sie hat ein kleines, schniefnasiges Kind und einen schwarzen Freund aus Ghana. Er wartet jeden Abend draußen auf sie. Sie hat mir erzählt, er sei fantastisch im Bett. Ich wollte von ihr wissen, was sie genau damit meint.

»Weißt du das nicht? Leidenschaftlich halt«, hat sie gesagt und mich mißtrauisch angesehen.

»Herr Prescher mag es nicht, wenn wir Privatgespräche führen«, flüstere ich Klaus zu, »also bestell was oder verschwinde.«

»Ach so, der Herr Prescher mag es nicht, wenn wir Privatgespräche führen«, sagt Klaus sehr laut. Der Manager bleibt stehen und sieht ihn eisig an. Er trägt ein kleines weißes Schild auf seiner Anzugbrust.

»Prescher. Manager« steht darauf. Auch ich trage so ein Schild. Darauf steht »Fanny«. Sonst nichts. Klaus grinst Prescher an und spuckt den Zahnstocher auf den Boden. Ich weiß, ohne mich umzudrehen, daß Prescher jetzt auf den Zehenspitzen wippt.

»Also, ein Hamburger«, sage ich laut.

»Du kleiner Schisser, du«, sagt Klaus leise zu mir. Ich möchte diesen Job nicht verlieren. Ich kann ihn gut mit meinem Studium koordinieren, und wir wohnen um die Ecke. Klaus versteht nicht, warum ich sein Geld nicht will. All sein schönes Geld.

»Nein, ich möchte keinen Hamburger«, sagt er langsam und macht eine Pause, die spannend wirken soll, »ich hätte gern einen Doppelcheeseburger, eine große Portion Pommes frites, eine große Cola und eine Apfeltasche.«

»Hör auf damit«, zische ich. Er wiederholt laut seine Bestellung und streichelt dabei meine Hand. Ich sehe, wie sich seine große, fleischige Hand mit den kurzen Fingern behutsam auf meine kleine, dünne Hand legt wie eine schwere, warme Decke. Ganz ruhig liegen die beiden Hände da. Es geht ihnen gut. Ich drehe mich um zu Yilmaz und Ömer am Grill.

»Einen Doppelcheese«, rufe ich. Yilmaz nickt und wirft einen Fleischklops auf den Grill. Es zischt. Klaus nimmt seine Hand von meiner. Ich stelle eine große Cola auf sein Tablett. Anni reicht mir wortlos eine Tüte Pommes frites. Ich nehme eine Apfeltasche vom geheizten Regal und verbrenne mir dabei wie immer die Finger. Ich bonniere. Die Kasse piept in verschiedenen Tönen. Vierzehn Mark fünfundneunzig, das weiß ich inzwischen, klingt wie der Anfang von Beethovens Fünfter. Prescher steht mit verschränkten Armen neben mir und wippt auf den Zehenspitzen. Klaus bezahlt. Als ich ihm das Wechselgeld geben will, schiebt er es zurück.

»Für Sie«, sagt er und sieht dabei Prescher an.

»Wir dürfen kein Trinkgeld annehmen«, sage ich monoton.

»Warum nicht?« fragt Klaus und sieht weiterhin Prescher an. Prescher wippt und sagt nichts. Anni hängt die Friteuse ins Fett und zwinkert mir zu. Prescher dreht sich um und geht in sein Büro.

»Du machst mir nur Schwierigkeiten«, sage ich zu Klaus.

»Dieser Affenarsch«, sagt er und steckt sein Geld ein.

»Ein Doppelcheese«, ruft Yilmaz, packt den Hamburger in eine Plastikschachtel und legt ihn auf seiner Seite in die Durchreiche. Ich hole die Schachtel auf meiner Seite ab. Yilmaz lächelt mir zu.

»Hey«, sagt Klaus, »der macht dich ja an.«

»Wer?« frage ich und schiebe ihm das Tablett über die Theke.

»Na ja«, sagt Klaus, »mir soll's recht sein.« Er nimmt

sein Tablett, geht ein paar Schritte, dann dreht er sich um und ruft Yilmaz zu: »Sie hat eiskalte Füße im Bett, putzt die Badewanne nicht, wenn sie gebadet hat, und überall in der Wohnung fliegt ihre Unterwäsche herum!« Ich schaue meine Fingernägel an. Seit einiger Zeit bilden sich immer mehr weiße Punkte auf ihnen. Dann fehlt einem irgendwas, sagt man, ich habe vergessen, was. Yilmaz grinst verständnislos.

»Fanny?« sagt Klaus leise.

»Hm?« Er starrt mich an und zuckt dann mit den Schultern. Er geht mit seinem Tablett in die hinterste Ecke des Lokals. Sein Essen rührt er nicht an. Er stützt das Kinn in die Hände und bewegt sich nicht. Er sitzt da wie ein großer grauer Stein. Er macht mich traurig. Wir sind jetzt öfters traurig und wissen doch nicht, warum. Wir liegen zusammen im Bett, wenn ich von der Arbeit komme, und sehen fern. Wir trinken Rotwein dazu, und die Laken haben rote Flecken. Ich sehe, wie er sich eine Zigarette anzündet. Er sitzt so weit weg, daß ich sein Gesicht nicht mehr erkennen kann. Er raucht. Nur seine Hand bewegt sich. Eine Horde Jugendlicher kommt hereingeplatzt wie eine Explosion. Prescher kommt aus seinem Büro und schleicht hinter mir auf und ab. Er macht mich nervös. Ein Junge mit einem Engelsgesicht und einem Mohawkhaarschnitt bestellt einen Hamburger. Als ich ihm sein Wechselgeld herausgebe, sagt er: »Ich habe Ihnen aber einen Fünfziger gegeben, keinen Zwanziger.«

»Nein«, sage ich und hebe zum Beweis den Zwanziger hoch, den ich absichtlich vor und noch nicht in die Kasse gelegt habe. Prescher nickt mir lobend zu. Die anderen

Kinder, die neugierig hinter dem Jungen stehen, maulen enttäuscht.

»Du kleine Ratte«, sage ich ganz leise zu dem Jungen mit dem Mohawkschnitt. Ich sehe in seinen Augen, wie er erschrickt. Ich lächle ihm zu. Fast lächelt er zurück, dann besinnt er sich und sieht mich böse an. Als ich endlich alle bedient habe und sie sich mit ihren Tabletts johlend an die Tische verzogen haben, ist Klaus verschwunden. Ich räume sein Tablett ab. Noch nicht einmal die Cola hat er angerührt. Ich halte das Tablett schräg an die große Mülltonne mitten im Lokal und lasse alles hineinrutschen. Ich höre, wie die Cola überschwappt und der Doppelcheeseburger auseinanderplatzt. Ich wische die Tische ab. Kinder haben mit Ketchup Gesichter auf die Tischplatte gemalt. In einem Rest Hamburger stecken zwei Zigarettenstummel. In einem Milchshake schwimmen Pommes frites. Die Menschen sind Schweine. Ich rücke die Stühle wieder an die Tische. Die Jugendlichen beschießen sich mit in Cola getränkten Papierkügelchen, die sie durch Strohhalme blasen. Sie beschießen mich. Ich reagiere nicht. Ich weiß, daß es sonst nur noch schlimmer wird. Ich gehe zurück hinter die Theke. Prescher sitzt bei geöffneter Tür in seinem Büro und säubert sich mit einem Streichholz die Fingernägel. Yilmaz und Ömer schlafen im Stehen am Grill. Anni steckt sich eine Pomme frite in den Mund. Dafür kann sie gefeuert werden. In einem kahlen, gekachelten Hinterzimmer rühre ich in drei großen Eimern die Milchshakes an. Aus drei verschiedenen Tuben drücke ich eine rote, eine gelbe und eine braune Paste ins Wasser. Erdbeer, Vanille und Schokolade. Anni hat mir erzählt, es hätte mal jemand in die Eimer gepinkelt und keiner hätte es gemerkt. Ich schütte die Eimer in die Milchshake-maschine.

Die Jugendlichen sind weg. Eine alte Frau mit orthopädischen Schuhen trinkt Kaffee und knabbert an einer Kirschtasche. In einer halben Stunde kann ich gehen. Meine Füße schmerzen. Ich lehne mich an die Milchshake-maschine. Man darf sich nicht anlehnen, aber Prescher kann mich von seinem Büro aus nicht sehen. Draußen gehen zwei junge Frauen vorbei. Sie haben sich eingehakt. Die eine ist dick und dunkelhaarig, die andere dünn und blond. Die Dicke hat eine kurze Stachelfrisur, die auf ihrem Kopf sitzt wie eine Mütze. Sie streicht der Dünnen die langen, blonden Haare aus dem Gesicht und gibt ihr einen Kuß. Die beiden gehen quer über den Pariser Platz und setzen sich auf eine Bank. Die Dicke legt der Dünnen den Arm um die Schultern und zieht sie enger an sich heran. Anni tritt neben mich ans Fenster. »Hast du deinen Freund gefragt?« fragt sie mich.

»Anni«, sage ich ungeduldig, »Klaus hat mit Immobilien zu tun, er verkauft Wohnungen, er vermietet sie nicht.«

»Aber vielleicht kennt er ja jemanden, der eine Wohnung kaufen und dann vermieten will«, sagt Anni schüchtern. Ich sehe tiefe, unregelmäßige Rillen auf Annis Stirn, wie die Straßen von Würmern in Holz.

»Ach, Anni«, sage ich, »ich kann dir da auch nicht helfen.«

»Wir können doch nicht ewig zu dritt in einem Zimmer

wohnen«, sagt Anni vorwurfsvoll und geht zurück zur Friteuse und schüttelt sie heftig.

Um sechs Uhr putzen wir gemeinsam die Milchshake-maschine, dann das große Regal für die Hamburger, das kleine für die Apfel- und Kirschtaschen. Yilmaz und Ömer schrubben den Grill. Prescher sagt zu Ömer: »Du morgen sieben Uhr.« Ömer wischt sich den Schweiß von der Stirn und sieht ihn nicht an. Prescher sagt lauter: »Du morgen sieben Uhr. Okay?« Ömer nickt. Draußen vor dem Fenster steht jetzt Annis Freund. Er trägt eine hell-grüne Windjacke. Das sieht toll aus zu seiner schwarzen Haut. Die beiden Frauen sitzen immer noch auf der Bank. Die Dicke redet auf die Dünne ein und gestikuliert dazu mit beiden Händen. Um Punkt halb sieben kommt unsere Ablösung. Zwei Türken für den Grill, zwei Mädchen für den Verkauf. Sie meutern wegen der neuen Papiermützen wie wir heute früh.

»Die Mützen werden aufgesetzt und damit basta«, sagt Prescher zu ihnen wie zu uns vor acht Stunden. Anni und ich gehen in den Umkleideraum. Anni zeigt mir ihre Krampfadern. »Das hat man dann davon«, sagt sie und lacht.

Als wir rauskommen, läuft ihr Freund auf sie zu, um-armt sie und hält sie eine lange Zeit fest an sich gedrückt. Jeden Abend geht das so. Ich schließe die Augen und atme gierig die warme Sommerluft ein. Als ich sie wieder öffne, sind Anni und ihr Freund verschwunden. Ich habe wenig Lust, nach Hause zu gehen. Langsam schlendere ich über den Platz. Die beiden Frauen auf der Bank streiten. Die

Dicke sagt etwas zu der Dünnen. Die Dünne springt auf und schlägt der Dicken ins Gesicht. Die Dicke versucht, ihr den Arm festzuhalten, sie redet auf sie ein, aber die Dünne reißt sich los und schlägt die Dicke abermals mitten ins Gesicht. Ich höre es klatschen. Ein älteres Ehepaar bleibt stehen und sieht den beiden neugierig zu. Yilmaz kommt an mir vorbei. »Was ist los mit den beiden?« fragt er mich. Ich zucke die Achseln. Die Dicke sitzt bewegungslos auf der Bank. Die Dünne prügelt jetzt mit beiden Armen auf sie ein. Warum steht die Dicke nicht auf? Warum wehrt sie sich nicht? Mehr Leute bleiben stehen. Im Handumdrehen hat sich ein Halbkreis um die beiden Frauen gebildet. Ich sehe Klaus mit einer Plastiktüte in der Hand über den Platz auf mich zukommen. Er sieht sich nur flüchtig nach den Frauen um. Er küßt mich und deutet auf die Tüte.

»Seezunge und Salat.« Ich nicke. Ich habe keinen Hunger, aber das sage ich ihm nicht. Ich fasse ihn am Arm. »Guck mal«, sage ich, »die beiden.« Die Dicke ist jetzt doch aufgestanden. Sie hält sich schützend die Hände vors Gesicht. Die Dünne drischt mit beiden Fäusten blind auf sie ein. Ihre langen, blonden Haare tanzen. Ein paar Männer pfeifen und johlen. Immer mehr Neugierige bleiben stehen.

»Wie in dem Film ›Irma la Douce‹«, sagt Klaus, »kannst du dich erinnern? Da prügeln sich Shirley McLaine und ... Wer war noch gleich die andere? Der Barkeeper sprüht ihnen mit einem Siphon Wasser ins Gesicht. Und ein Hündchen kommt vor ...« Die Dicke schreit etwas. Wieder und wieder. Aber es ist in dem allgemeinen Gejohle nicht zu verstehen. Sie wehrt sich immer noch nicht. Sie schreit nur immer wieder denselben Satz. Die Dünne holt aus und schlägt der Dicken auf die Nase. Ich bilde mir ein, ein häßliches Geräusch dabei zu hören. Blut läuft der Dicken übers Gesicht. Die Dünne tänzelt um sie herum wie ein Profiboxer.

»Hau se, hau se, hau se auf die Schnauze«, brüllt ein Mann, und ein paar andere schreien begeistert mit, »hau se, hau se, hau se auf die Schnauze.« Der Kreis um die beiden Frauen hat sich jetzt geschlossen. Neben uns stehen zwei Männer in Nappalederjacken. Sie recken die Hälse und grinsen. Die Dünne tritt jetzt in einer Art Kung-Fu-Technik nach der Dicken. Sie trifft sie am Bauch. Die Dicke krümmt sich zusammen. Eine ältere Frau im Dirndl stellt sich auf die Zehenspitzen, um besser sehen zu können. »Widerlich«, sagt sie, »das ist ja widerlich!« Klaus nimmt meine Hand und zieht mich mit sich fort. Wir wollen den Platz überqueren, um nach Hause zu gehen, aber die Menschenmenge läßt uns nicht durch.

»Hey«, sagt eine jüngere Frau mit großen lila Ohrringen zu mir, »nicht vordrängeln.« Wir drehen um und gehen außen um den Platz herum. Als wir auf der Höhe der beiden Frauen sind, verstehe ich plötzlich, was die Dicke die ganze Zeit ruft. »Sie kann nichts dafür!« schreit sie so laut sie kann, »sie kann nichts dafür!«

»Was meint sie damit?« frage ich Klaus.

»Sie kann nichts dafür!« schreit die Dicke. »Warum hilft denn keiner?« Klaus drückt mir plötzlich die Plastiktüte in die Hand und drängt sich durch die Menschenmenge nach vorne. Ich komme nicht so schnell hinterher, die Leute schimpfen und lassen mich nicht durch. Ich gehe ein Stück weiter außen herum auf der Suche nach einem Schlupfloch. Lachen brandet auf, schwappt durch die Menschen wie eine große Welle und verebbt dann wieder. Als ich mich endlich bis in das Innere des Kreises vorgekämpft habe, sehe ich, wie Klaus versucht, die Dicke und die Dünne voneinander zu trennen. Die Dünne schlägt jetzt abwechselnd auf Klaus und auf die Dicke ein. Wie ein wütendes Hündchen springt sie um die beiden herum. Die Menge johlt. Endlich bekommt Klaus die Arme des dünnen Mädchens zu fassen. Sie strampelt und tobt, aber sie kommt nicht mehr los. Die Leute jaulen enttäuscht auf. Die Dicke wischt sich das Blut aus dem Gesicht. Ich laufe auf Klaus zu. Er keucht vor Anstrengung. Das dünne Mädchen zittert am ganzen Leib. Sie hält den Kopf gesenkt, ihre Haare verdecken ihr Gesicht. Die Menge löst sich langsam auf. Klaus hält das Mädchen weiter an den Armen fest. Plötzlich reißt es den Kopf hoch. Sein Gesicht zuckt. Es ist ein hübsches Gesicht, aber seltsam starr. Es bäumt sich auf, reißt einen Arm los und fuchtelt damit herum. Es will sich wieder auf die Dicke stürzen.

»Sie darf mich nicht mehr sehen!« ruft die Dicke Klaus zu. Klaus nickt und macht eine Kopfbewegung in meine Richtung. Ich weiß nicht, was er meint. Er schleudert das dünne Mädchen herum und verdeckt ihm mit seinem Körper den Blick auf die Dicke. Die Dicke kommt zögernd auf mich zu.

»Du bist seine Frau?« fragt sie. Ich nicke. Ich bin nicht seine Frau, manchmal noch nicht einmal seine Freundin. Der Dicken laufen Tränen übers Gesicht. Sie vermischen sich mit dem Blut zu einer rosa Soße. »Sie kann nichts dafür«, sagt sie, »sie meint gar nicht mich. Sie kann wirklich nichts dafür.« Sie kramt mit zitternden Fingern in ihrem Portemonnaie und holt eine Visitenkarte heraus. Sie drückt mir die Visitenkarte in die Hand. Dr. Helga Borke, lese ich, Psychotherapeutin.

»Da muß sie hin«, sagt sie, »sofort. Sie brauchen Frau Dr. Borke nur zu sagen, daß es ein neuer Schub ist.« Sie macht eine Pause und sieht zu dem dünnen Mädchen hinüber, das in Klaus' festem Griff mit den Beinen strampelt wie ein Kind.

»Ein neuer Schub«, wiederhole ich.

»Sie meint nicht mich«, sagt die Dicke immer wieder, »sie meint mich gar nicht.« Nur noch vereinzelt stehen ein paar Leute in Grüppchen herum und beobachten uns aus der Entfernung. Das Mädchen hört auf zu strampeln. Klaus läßt seinen Arm los und streicht ihm vorsichtig über den Kopf. Er führt es langsam zum Taxistand. Die Taxifahrer lehnen an ihren Autos und sehen ihnen neugierig entgegen. Die Beine des Mädchens knicken immer wieder ein. Klaus fängt es auf, wartet, bis es wieder sicher steht, dann geht er mit ihm weiter. Die Dicke weint jetzt nicht mehr. Sie küßt ihre Fingerspitzen und bläst die Küsse in die Richtung des dünnen Mädchens.

»So viel Schmerz«, sagt sie und seufzt. »So viel Schmerz in einem einzigen Menschen.«

Ich steige mit ins Taxi. Als es losfährt, sehe ich durch die Rückscheibe, wie die Dicke allein in der Mitte des Platzes steht und die Hand hebt. Das dünne Mädchen sitzt zwischen Klaus und mir. Ich spüre seinen zitternden Körper durch mein Sommerkleid. Es zittert nicht wie ein Mensch. Eher wie ein Tier. Wie ein Pferd, das mit einem Hautzukken eine Fliege vertreiben will.

»Das war ja 'ne tolle Show«, sagt der Taxichauffeur. »wie in diesem Film, wie hieß der noch? Auf jeden Fall war er mit Bette Midler und... und, ich komme jetzt nicht auf den Namen, kennen Sie bestimmt. Die beiden Weiber haben sich so geprügelt, daß...«

»Bitte seien Sie still«, sage ich zum Taxifahrer. Klaus sieht mich erstaunt an. Er nickt mir zu. Er hat den Arm um das Mädchen gelegt, dem jetzt ein Lächeln übers Gesicht läuft wie ein Schatten, dann verrutscht sein Mund, und es redet lautlos vor sich hin. Es wird unruhig und bäumt sich auf. Ich spüre, wie sich sein ganzer Körper spannt, wie sein Innerstes nach außen will. Klaus hält das Mädchen fest.

»Ruhig«, sagt er, »ganz ruhig. Alles ist gut. Alles ist gut.« Es wirft den Kopf von einer Seite zur anderen. Es sieht mich mit weit aufgerissenen Augen an. Ich kann bis in sein zu Tode erschrockenes Herz sehen.

»Alles ist gut, alles ist gut«, murmelt Klaus. Plötzlich läßt die Spannung nach, das Mädchen fällt in sich zusammen, sein Körper neben mir fühlt sich jetzt ganz knochenlos an. Es schmiegt sich an Klaus. Er streichelt ihm über den Kopf. Ganz dicht kuschelt das Mädchen sich an ihn. Mit seiner freien Hand faßt Klaus mich an die Schulter. Ich nehme seine Hand und drücke sie. Wenig später bäumt sich das Mädchen wieder auf wie unter einem Stromschlag. Ich höre es schreien, obwohl kein Ton über seine Lippen kommt. Die Psychotherapeutin öffnet die Tür und nimmt das dünne Mädchen sofort an den Schultern und dirigiert es zu einem roten Sofa im Flur.

»So, Irmi«, sagt sie laut und bestimmt, »du setzt dich jetzt da hin.« Das Mädchen sinkt auf das Sofa und umklammert seine Beine. Ganz winzig sieht es in der Tiefe des Flurs auf dem großen roten Ledersofa aus, als sei es plötzlich zusammengeschnurrt. Klaus und ich sind an der Tür stehengeblieben. Die Psychotherapeutin kommt zurück. Sie trägt ein elegantes beigefarbenes Kleid und eine goldgefaßte Brille.

»Ein neuer Schub, soll ich Ihnen sagen«, sage ich.

»Das sehe ich«, sagt sie lächelnd, »Frau Schindler hat schon angerufen.«

»Ach so«, sage ich.

»Vielen Dank«, sagt die Psychotherapeutin und schließt vor uns die Tür. Ich sehe noch, wie das Mädchen an seinen Haaren kaut, ganz schnell, so wie ein Eichhörnchen an einer Nuß knabbert.

Als wir wieder auf der Straße sind, stehen wir eine Weile stumm herum. Der Verkehr summt an uns vorbei. Es riecht nach Benzin. Ein warmer Wind spielt mit meinen Haaren. Der Himmel ist samtblau. Die Blätter der Pappeln glitzern silbrig. Klaus winkt nach einem Taxi. Wir sitzen nebeneinander, mit einer kleinen Lücke zwischen uns. Dann rutsche ich näher an ihn heran. Klaus öffnet das Fenster. Ich lege meinen Kopf an seine Brust und halte das Gesicht in den Fahrtwind.

»Die Seezunge!« sagt Klaus. Seine Stimme brummt an meinem Ohr. Ich kann mich nicht erinnern, wo ich die

Tüte vergessen habe. Als wir am Pariser Platz aussteigen, sehe ich sie neben der Bank stehen. Klaus nimmt die Tüte und sieht hinein. Der Salat sieht ein bißchen welk aus. Er schlenkert mit der Tüte und geht ein paar Schritte voraus.

»Warte«, sage ich leise. Er dreht sich um. Ich setze mich auf die Bank, auf der zuvor die beiden Frauen gesessen haben. Von der Dicken weiß ich nur den Nachnamen, von der Dünnen nur den Vornamen. Irmi und Frau Schindler. Klaus kommt zu mir. Er setzt sich neben mich. Wir halten uns an den Händen. Durch die großen Scheiben des Lokals sehe ich meine Kolleginnen Hamburger auf Tabletts stellen und Pommes frites wenden. Mit ihren blauweißen Papiermützen sehen sie aus der Entfernung aus wie Figuren aus einem Kindertraum.

Winnetous rechter Fuß

»Wohin wollen Sie denn, honey?« fragte die grün unifor-
mierte Frau von der Autovermietung und schob Charlotte
eine Karte von New Mexico über die Theke, eine Land-
karte, so leer und weiß wie ein abgegessener Teller mit ein
paar farbigen Klecksen an den Rändern.

»Nach Gallup«, sagte Charlotte. Der Name gefiel ihr, er
klang nach Galopp, Pferden und Indianern, und er kam in
dem Lied vor »Get your kicks on route 66« und bei Jack
Kerouac, bei dessen Erwähnung die Männer in Deutschland prompt einen sehnsüchtigen Blick bekamen und über
Charlottes Kopf hinweg zur nächsten Tür sahen und
durch die Tür hindurch in gleißende Mittagssonne, Wüste,
Weite und ein anderes, besseres Leben.

»Gallup, Kindchen«, sagte die Frau von der Autovermietung, »ist eine Ansammlung von betrunkenen Indianern.
Sonst nichts.« Sie sah sich schnell um, dann beugte sie sich
weit über die Theke. Ihr Atem roch nach Kaugummi mit
Erdbeergeschmack. Er paßte zu ihren roten, hochtoupier-
ten Haaren.

»Leere Flaschen auf den Straßen, Dreck, Dreck und
noch mal Dreck«, fuhr sie fort, »besoffene Indianer, die
weißen Mädchen nachsteigen. Die torkeln nur so durch

die Gegend. Gehirne so klein wie Spatzen. In Gallup wird man entweder vergewaltigt, ausgeraubt, oder man bekommt Depressionen. Hier, Santa Fe, Taos – da ist es schön. Da fahren alle hin.« Sie nahm einen Kuli und malte dicke Kreise um beide Orte. Das Telefon, so grasgrün wie ihre Uniform, klingelte. Sie nahm ab und sagte sofort:

Beth, Darling, hör auf zu heulen, der kommt wieder. Alle Männer kommen irgendwann wieder. Das Gras ist immer grüner auf der anderen Seite, daran muß man sich gewöhnen.« Wie Songtexte kamen die Wörter aus ihrem Mund, als bewege sie nur die Lippen wie zu einem Playback. Gleichzeitig schob sie Charlotte den Automietvertrag über die Theke, ließ sie neben einem ihrer lila Fingernägel, die gebogen waren wie Raubtierkrallen, unterschreiben und gab ihr schließlich einen Autoschlüssel.

»Ein guter Mann ist eben schwer zu finden«, sagte sie ins Telefon und sah Charlotte an. Charlotte wurde von diesem Satz so unerwartet getroffen wie jemand in einem Slapstickfilm von einer Torte oder einem Wasserstrahl. Sie taumelte rückwärts und stolperte über ihre eigenen Füße. Als sie sich wieder gefangen hatte und sich aufrichtete, winkte ihr die Autovermieterin zum Abschied zu, legte die Hand über den Telefonhörer und rief: »Machen Sie einen großen Bogen um Gallup, hören Sie, Kindchen!« Das Leihauto war ein behäbig aussehender Chevrolet etwas älterer Bauart mit der Typenbezeichnung »Cavalier«. Auf dem gelben Nummernschild stand »New Mexico – Land of Enchantment«. Beide Wörter, Kavalier und Verzauberung, nahm Charlotte als gutes Omen. Sie setzte sich in die warme, wattige Stille des Autos und sah durch die

Windschutzscheibe, die am oberen Rand blau gefärbt war, den Flugzeugen zu, wie sie dick und schwer ganz langsam über den Parkplatz schwebten. »A good man is hard to find«, dieser Satz der Autovermieterin klebte an ihr wie ein Kaugummi unter der Schuhsohle, sie wurde ihn nicht mehr los. Sie dachte ein bißchen an Robert, den sie im Sommer heiraten wollte oder auch nicht und an den sie sich im Moment so schlecht erinnern konnte. Die Sonne schien hier so hell. Heller als anderswo. Sie ließ die Schatten schwärzer und die Farben blasser, wie Pastellfarben, wirken. Charlotte breitete die Karte auf dem Beifahrersitz aus. Sie sah den lila Fingernagel der Autovermieterin vor sich, wie er gebieterisch auf Santa Fe und Taos im Nordosten deutete. Gallup lag genau in der entgegengesetzten Richtung. Charlotte wollte in einem großen Bogen quer durch die Reservate fahren, das weiße Niemandsland, wo es keine Orte gab, keine Straßen, nur gestrichelte Sandpisten und, wie Charlotte hoffte, die weite Prärie und die Indianer. Sie stellte sich ihr Auto und sich selbst darin aus der Vogelperspektive vor, ganz klein wie ein Spielzeugauto in einem großen Sandkasten. Sie schloß die Augen. Die Flugzeuge brummten in der Ferne wie große Rasenmäher an einem Sonntagnachmittag auf dem Land. Sie träumte, sie sei mit Robert im Kino. Sie erkannte Iltschi auf der Leinwand, das Pferd von Winnetou, das über Schluchten und Abgründe fliegen kann, wenn man ihm die Hand zwischen die Ohren legt. Und da war auch Winnetou, er wandte sich vom Publikum ab, aber sie erkannte ihn sofort. Sie flüsterte Robert zu: Das da ist Winnetou, ich erkenne ihn selbst von hinten. In demselben Moment bemerkte sie, daß in ihrem Schoß eine Fernbedienung lag, und als sie sie in die Hand nahm, sprang das Bild auf der Leinwand plötzlich um, und es lief ein ganz anderer Film. Das Kinopublikum schrie empört auf. Charlotte drückte auf die Tasten der Fernbedienung, um den Winnetoufilm wiederzufinden, aber es gelang ihr nicht. Die Leute hinter ihr pfiffen und schrien, beschimpften sie. Mit schweißnassen Händen schaltete sie auf der Fernbedienung herum von einem Film zum andern, aber Winnetou fand sie nicht wieder. Sie spürte Roberts mißbilligenden Blick von der Seite, fühlte, wie er von ihr abrückte, nicht mehr zu ihr gehören wollte. Sie sah, wie seine Hosenbeine neben ihr zuckten. Er stand auf. Er ging. Charlotte hielt ihn am Jackett fest, bleib bei mir, bitte, bleib doch bei mir, flehte sie ihn an, aber er schüttelte sie wortlos ab wie eine Fliege, dabei streifte sie mit dem Ärmel die Fernbedienung in ihrem Schoß, wieder sprang der Film um – und Winnetou ritt auf sie zu und hob die Hand. Die Leute verstummten mit einem Schlag und setzten sich wieder hin. Charlotte sah, wie Roberts breiter schwarzer Rücken, ein Rücken wie ein Bergmassiv, sich dem Ausgang zubewegte. Jetzt blieb er stehen, er drehte sich langsam um, sah auf die Leinwand und kam dann, ohne den Blick von Winnetou zu wenden, zu seinem Platz neben Charlotte zurück und ließ sich schwer in den Sitz fallen. Charlotte dankte Winnetou.

Sie wachte auf und fühlte sich pappig und aufgequollen. Sie öffnete das Fenster. Die Luft war frisch wie ein Pfefferminz.

Sie fuhr auf den Highway 85 Richtung Osten. LKWS donnerten an ihr vorbei wie Gewitter. Ich fahre allein durch Amerika, dachte Charlotte stolz. Sie fühlte sich frei und übermütig. »Ein einziges Mal noch in meinem Leben möchte ich ganz allein sein«, hatte sie zu Robert gesagt. In Bernalillo bog sie von dem großen Highway auf eine kleine Straße mit der Nummer 44 ab. Bei dem Ort Nageezi führte laut ihrer Karte eine Sandpiste ins Reservat. Aber einen Ort Nageezi gab es nicht. Nur einen geschlossenen »tradingpost« und eine verwaiste Tankstelle, von wo aus eine ungeteerte Straße nach Süden führte. Nach wenigen Meilen umgab sie nichts als leeres Land. Es gab keine Strommasten mehr, keine Zäune, keine Straßenschilder, nichts. Nur die Autospuren auf der Sandpiste vor ihr erinnerten noch an Menschen. Sie fuhr immer geradeaus durch graugrünes Gestrüpp auf roter, zerfurchter Erde, an ockerfarbenen Felsen und Cañons vorbei. Darüber wölbte sich ein babyblauer Himmel. Die Farben waren ganz sanft, wie in Milch getaucht. Die Leere und Stille betäubten sie. Nach einer Weile war es, als löste sich die Materie in Farben auf, als führe sie durch farbige Luft. Sie hielt an, um zu pinkeln. Als sie aus dem Auto stieg, bekam sie plötzlich Angst, als hätte sie ihren sicheren Kokon verlassen. Ihr wurde klar, wie sehr sie es gewohnt war, irgendwo in der Entfernung immer ein Zeichen menschlichen Lebens ausmachen zu können. Einen Bauernhof, eine kleine Straße, Strommasten, einen Heuschober – irgend etwas. Hier gab es nichts. Überhaupt nichts.

Sie hockte sich hinter ihr Auto und sah zu, wie sich das Rinnsal zwischen ihren Füßen einen Weg durch den roten, bröckeligen Sand grub. Es führte ihr im Kleinen die Entstehung der ausgetrockneten Flußbetten und Cañons vor, an denen sie vorbeigekommen war. Eine Landschaft wie unter Wasser, nur fehlte inzwischen das Wasser. Ein brutales, menschenfeindliches Land.

Sie flüchtete zurück ins Auto und drehte das Radio an. Ein Mann redete in einer seltsamen Sprache, es klang wie eine Mischung aus Japanisch, Chinesisch und Arabisch. Ab und zu erkannte Charlotte englische Wörter. Sie ragten wie Monolithen aus dem eigenartigen, monotonen Singsang heraus. Das klang etwa so:

»Hanahoa SPECIAL OFFER wahenavajoawazehoa CASH-BACK henoha wapa CHEVY DEALER wetsahoabenavahoa-hoha MCDONALDS hano sazinhe CHICKEN MC NUGGET ana-weja DOUBLEWHOPPER haemana.«

Irgendwann schnappte Charlotte das Wort »navajo« auf, und sie begriff, daß sie Werbespots in der Sprache der Navajoindianer lauschte. Ohne Punkt und Komma las der Mann sie vor, ohne jede Betonung, fast wie eine Beschwörung. In der Entfernung erhob sich jetzt aus der Ebene ein seltsam geformter Berg, sein Gipfel war wie mit einem großen Messer geköpft, wie ein Tisch so glatt. Seine Form war so erstaunlich, so ungewöhnlich für einen Berg, daß er Charlotte bedeutungsvoll vorkam. Magisch. Er war umgeben von rötlichgelben Felsen in bizarren Formationen, die aussahen wie abgebrochene Borkenschokolade. Die Straße führte in Kurven um die Felsen herum, und ganz plötzlich, ohne jede vorherige Ankündigung, befand sich Charlotte in einem lieblichen grünen Tal. Es war, als käme sie von der beängstigenden Weite draußen in ein gemütliches Zimmer. Keine Menschenseele war zu sehen. Charlotte hielt und stieg aus. Sie setzte sich auf einen Stein. Hier war es windgeschützt und warm. Ein paar Bäume und Sträucher wuchsen in der Nähe der Ruinen. Auf einer Wiese blühten Gänseblümchen. Charlotte zog ihre Jacke aus und schloß die Augen. Eine Fliege summte. Aus dem offenen Auto drang die Stimme des Navajo zu ihr. Hoahenaznehaioa RADIATION DAMMAGE ahezuna HOSPITAL shehane hanehoa FREE CHECK UP hoahenezupe RADIATION hehoanaze...

Sie brauchte eine Weile, bis sie diese immer wiederkehrenden Wörter in einen sinnvollen Zusammenhang gebracht hatte. Offensichtlich wurde in einem Krankenhaus den Navajos eine kostenlose Untersuchung auf Strahlenschäden angeboten. Vollkommen ausdruckslos wie zuvor die Werbespots leierte der Mann im Radio die Nachricht herunter. Charlotte lauschte ihm erschrocken. Ihr Gehirn spielte plötzlich verrückt. Es überflutete das Tal vor ihr mit Bildern von Indianern. Blut floß in breiten Strömen über die gelben Felsen, das grüne Gras war übersät mit toten Indianern, niedergemetzelten Frauen und Kindern, herumstolpernden Pferden, sie hörte Todesschreie, Gewimmer und Weinen. Sie sprang auf und lief zum Auto. Aber als sie die Hand nach dem Radio ausstreckte, um den Navajo mit seinem fürchterlichen Singsang zum Schweigen zu bringen, kam ihr das plötzlich vor wie ein weiterer Mord, und sie zog ihre Hand zurück. Mit hängenden Schultern stand sie da und starrte auf die rote Erde, die ja vielleicht radioaktiv verseucht war, sie fühlte sich hilflos und verlassen, Tränen tropften auf ihre Jeans und bildeten dort dunkelblaue Punkte. Sie sehnte sich nach Robert wie nach einem großen Pflaster, das sie auf ihr blutendes Herz kleben könnte. Der Mann im Radio verstummte. Es entstand eine Pause. Dann fing ein anderer heiserer, alter Mann an zu singen. Ganz langsam und tief. Eine dunkle Melodie von nur wenigen, rhythmisch wiederkehrenden Tönen. Er sang zuerst ganz leise, dann immer lauter. Charlotte fuhr aus dem grünen Tal hinaus durch eine schmale Öffnung zwischen den Felsen zurück in die gelbe, große Ebene. Hoahoahoahe, sang der alte Mann. Nach einiger Zeit tauchten in der Entfernung Wohnwagen auf wie große weiße Tiere. Sie waren im Viereck angeordnet, in der Mitte war Feuerholz in der Form eines Tipi aufgeschichtet. Kleine, hellbraune Hunde liefen herum, und auf den kargen Weiden stand Vieh. Charlotte begegnete das erste Auto seit Stunden. Am Steuer saß ein dunkler Mann mit langen, lackschwarzen Haaren. Im Vorbeifahren sah er Charlotte kurz an. Sein Blick war scharf und schnell wie ein Pfeil. Seine Augen blieben ihr im Gedächtnis. Sie hatte ihren ersten Indianer gesehen. Die Sandpiste endete am Highway 371. Sie verließ das Reservat und bog nach Süden ab. Wenig später verstummte der alte Mann im Radio. Der Sender fing an zu rauschen. Charlotte drehte am Radio hin und her, aber die Navajostation blieb verschwunden. Sie fand sie nie mehr wieder. Kurz vor Crownpoint hielt sie vor einem riesigen Supermarktkomplex mit einer Betonsäule davor, die ein bißchen an einen Totempfahl erinnerte.

Sie ging in den Supermarkt und kam sich vor wie in einem Raumschiff. Draußen war es hell, heiß, windig und weit, hierdrin plötzlich kühl, dunkel, dumpf. Indianerfamilien schoben mit stoischen Mienen schwer beladene Einkaufswägen durch die Reihen. Nur die Kassiererinnen waren Weiße. Ihre Kassen konnten sprechen. P-O-T-A-T-O-E-C-H-I-P-S, N-I-N-E-T-Y-N-I-N-E, sagte eine Computerstimme zu der verwirrten Charlotte, C-O-K-E, F-I-F-T-Y-F-O-U-R. Ungerührt standen zwei alte Navajofrauen in bunten Röcken und behängt mit schwerem Silberschmuck neben ihr. Charlotte lächelte sie an. Sie lächelten nicht zurück.

»So was habe ich noch nie gesehen«, sagte Charlotte. Die eine Alte zuckte mit den Schultern.

Die untergehende Sonne zog dünne Schleier in immer neuen Farben über den Himmel wie zarte Chiffonschals. Als Charlotte in Gallup ankam, war der Horizont ein hellgrünes Band, das sich nach oben in silbriges Blau verlor. Davor flackerten die Neonreklamen wie Weihnachtsbäume. Charlotte fuhr an zahllosen Motels vorbei, auf der Suche nach der Stadt. Es schien sie nicht zu geben. Sie drehte um und fuhr an der Bahnlinie entlang zurück. Auf einem Schild stand: US HIGHWAY 66. Die Dächer der Motels waren mit Neonröhren eingefaßt in Rosa, Blau oder Grün, deren Flackern der Stimmung auf den leeren Parkplätzen etwas Unruhiges, Nervöses verlieh. Charlotte entschied sich für das Ambassador-Motel in Neonpink für $19.95 die Nacht. Es lag am Highway 66 wie ein großes rosa Bonbon. Ein kleiner, alter Mann kam nach einer Weile aus seinem Wohnzimmer im Hintergrund ins Büro geschlurft. Umständlich legte er Charlottes Eurocard und das Formular in die Maschine ein.

»Woher in Europa?« fragte er.

»Deutschland«, sagte Charlotte. Er deutete auf sich, »Abruzzen«, sagte er. Er erzählte Charlotte, daß er vor achtundsechzig Jahren aus einem kleinen Dorf in den Abruzzen nach Gallup gekommen sei.

»Warum gerade nach Gallup?« fragte Charlotte. Er schaute einen Moment lang abwesend aus dem großen Fenster seines Büros auf den rosa Parkplatz, dann sagte er: »Vielleicht, weil ich vier Jahre später hier meine Frau kennengelernt habe.«

»Und wo kam sie her?« fragte Charlotte.

»Abruzzen«, sagte er.

Hinter der Tür lag roter Wüstensand. Er war weit ins Zimmer geweht. Das rosa Neonlicht strömte herein wie dicke Puddingsoße. Charlotte zog die grauen Plastikvorhänge bis auf einen kleinen Spalt zu. Sie schlug die löchrige Tagesdecke auf dem Bett zurück und machte den Fernseher an. Es war kalt. Sie drehte im Badezimmer das heiße Wasser der Dusche auf und setzte sich aufs Bett. Der Wasserdampf kroch langsam ins Zimmer wie eine große Raupe. Sie hatte Durst.

Zu Fuß ging sie den Highway 66 entlang Richtung Stadt. Kein Mensch war auf der Straße. Ein Zug donnerte vorbei. Auf den Waggons stand SANTA FE RAILWAY. Sie ließ die glitzernden Neonreklamen der Motels hinter sich und bog ab auf die düstere, verlassene Main Street. Sie überlegte, ob sie umkehren sollte, aber dann kam sie an einem erleuchteten Waschsalon vorbei und sah durch die Scheiben hinein wie in ein Aquarium. Navajofrauen luden bergeweise Wäsche in die Waschmaschinen und Trockner, die Männer saßen in einer Ecke und tranken Bier, die Kinder lungerten um die Videospiele herum. Ein kleines, fettes Mädchen stand vor einem Videospiel mit einem großen Gewehr und knallte mit stoischer Präzision irgend etwas auf der Videomattscheibe ab. Die Kinder um sie herum klatschten bei jedem Treffer in die Hände. Das fette Mädchen kümmerte sich nicht um den Beifall. Gleichgültig zielte es und schoß. Immer wieder. Es war höchstens acht, neun Jahre alt, aber sah schon genauso aus wie die Frauen an den Waschmaschinen: unförmig, rund, mit einem breiten, flachen, ausdruckslosen Gesicht, auf dem eine schwere, dunkle Brille saß. Vor einem Liquorshop neben dem Waschsalon lungerten ein paar betrunkene Indianer. Ein junger Mann mit glasigen Augen kam auf Charlotte zu und streckte die Hand aus, ein anderer berührte sie leicht an der Schulter und torkelte dann gegen ein Auto. Zwei Männer ohne Schuhe lehnten an der Hauswand. Der Kies zu ihren Füßen war voller Scherben. Charlotte gab jedem einen Dollar. Auf der Erde saß eine Frau mit staubigen Haaren und einer blutigen Schramme auf der Stirn. Charlotte gab auch ihr einen Dollar und ging dann schnell in den Laden.

Sie kaufte ein paar Nüsse und eine Cola. An der Kasse stand ein etwa sechzigjähriger, dicker Mann mit einer Haut so weiß wie das Neonlicht über ihm.

»Wo ist Ihr Auto?« fragte er Charlotte.

»Beim Motel«, sagte sie und riß die Coladose auf.

»Welches?«

»Ambassador.« Der dicke Mann nickte.

»Sie sollten hier nicht allein herumlaufen«, sagte er und deutete auf die betrunkenen Indianer draußen.

»Ach«, sagte Charlotte, »die tun mir schon nichts.« Er zog eine Augenbraue hoch. »Aha«, sagte er. »Woher sind Sie?« fragte er dann. Er hielt ihr Wechselgeld in der Hand.

»Deutschland«, sagte Charlotte mürrisch und streckte die Hand nach ihrem Wechselgeld aus. Er hielt es noch zurück.

»Und Sie?« fragte Charlotte, nur um irgendwas zu sagen. »Woher kommen Sie?«

»Abruzzen«, sagte der dicke Mann und gab ihr das Geld.

Als Charlotte aus dem Laden kam, wurde sie sofort wieder von den Indianern umringt und angebettelt.

»Aber ich habe Ihnen doch gerade eben was gegeben«, murmelte Charlotte hilflos. Sie reagierten nicht, streckten ihr stumm die Hände entgegen. Charlotte gab ihnen ihr Wechselgeld. Sie beugte sich hinunter zu der Frau auf der Erde mit der Schramme im Gesicht und drückte ihr einen Quarter in die Hand. Die Frau war sehr viel jünger, als sie angenommen hatte, vielleicht Mitte zwanzig. Sie hatte schöne Augen und eine ganz glatte Haut wie ein Kind. Ihr T-Shirt und ihre Jeans waren dreckverkrustet. Als Charlotte sich wieder aufrichtete, spuckte die Frau aus. Sie traf Charlotte am Turnschuh. Charlotte wandte sich erschrokken ab. Sie sah, wie der dicke, weiße Mann sie von innen durch die Scheibe beobachtete. Nur um vor ihm nicht klein beizugeben, drehte sie jetzt nicht um, sondern ging eilig weiter die dunkle, düstere Straße entlang.

Taumelnde Gestalten bewegten sich vor ihr entlang der Hauswände, manchmal lösten sich die Schatten und kamen auf sie zu, streckten die Hände aus. Es waren alles Indianer. Charlotte ging schneller. Sie fing an zu laufen. Sie kam an ein paar dunklen Geschäften vorbei, einem geschlossenen mexikanischen Café, einem pleite gegangenen Kino. Neben dem Kino brannte über einem mit silbernen Mosaiksteinchen besetzten Eingang eine Reklame »American Bar«.

Atemlos betrat Charlotte den großen und ziemlich leeren Raum. Im Hintergrund spielten zwei Männer Pool, ein alter Indianer in einem rotkarierten Hemd saß bewegungslos an einem Tisch. Hinter der Theke stand eine kleine, gedrungene Mexikanerin. Charlotte setzte sich in ihre Nähe an die Bar. Ein paar Stühle weiter saß ein junger Navajo mit langen, schwarzen Haaren. Er drehte sich nach ihr um. Charlotte bestellte einen Four Roses und trank ihn in einem Zug aus. Der junge Navajo sah sie anerkennend an.

»Nicht schlecht für eine Lady«, sagte er.

»Danke«, sagte Charlotte und bestellte noch einen. Die kleine Mexikanerin kicherte.

»Sie kommen aus Deutschland«, sagte der Navajo. Er wartete ihre Antwort nicht ab, sondern kniff die Augen zusammen und sagte langsam und vorsichtig, als könnten die Wörter auf seiner Zunge zerplatzen: »Hansi, Angelika,

Achim, Müller, Gabi . . .« Er machte die Augen wieder auf und grinste Charlotte an.

»Die kommen jedes Jahr zur großen Stammeszeremonie im August. So viele Deutsche kommen hierher . . . weiß der Teufel, warum. Alles Deutsche. Immer im August. Aber jetzt gibt es doch hier nichts zu sehen, außer ein paar besoffenen Indianern.«

»Der Name Gallup klingt so schön«, sagte Charlotte.

»Der Name klingt so schön«, wiederholte der Navajo und sah sie zweifelnd an. Charlotte war plötzlich ganz aufgeregt. Sie hatte eine richtige Unterhaltung mit einem richtigen Indianer! Sie gab ihm ein Bier aus. Er hieß John.

»Sind Sie verheiratet?« fragte John.

»Ja«, sagte Charlotte, »mein Mann ist im Motel geblieben.«

Nach ihrem vierten Four Roses erzählte sie John von Winnetou, dem großen Häuptling der Apachen.

»Es gab ihn zum Ausschneiden in einem Heft«, erzählte sie, »in Lebensgröße. Jede Woche ein anderer Teil von ihm. Ich hatte nicht das Geld, mir dieses Heft zu kaufen, aber ich bettelte alle Freundinnen an, und irgendwann hatte ich Winnetou in meinem Zimmer in Lebensgröße an der Wand hängen. Ihm fehlte nur noch der rechte Fuß. Aber das Heft konnte ich nie mehr auftreiben. Nichts zu machen. Jeden anderen Körperteil von ihm hatte ich schließlich doppelt, aber seinen rechten Fuß bekam ich nie.«

»Sie hatten sonst *jeden* Körperteil?« fragte John grinsend. Charlotte machte eine Handbewegung. »Ich war ein kleines, unschuldiges Mädchen. Jeden Abend stieg ich vor dem Zubettgehen auf einen Hocker, um Winnetou zu küssen, und ich träumte davon, ihn eines Tages zu heiraten und mit ihm durch die Prärie zu reiten.«

»Winnetou«, sagte John und schüttelte den Kopf. »Hast du das gehört?« fragte er die kleine Mexikanerin hinter der Theke. Sie lächelte verständnislos. Charlotte rutschte vom Barhocker und fragte nach der Toilette. Die kleine Frau wies wortlos nach hinten. Etwas unsicher auf den Beinen ging Charlotte durchs Lokal. Als sie an dem alten Indianer vorbeikam, der immer noch bewegungslos am Tisch saß, merkte sie, daß es eine Puppe war. Sie stupste die Puppe mit dem Finger an. Die beiden Poolspieler hielten in ihrem Spiel inne und beobachteten sie. Auf dem Klo betrachtete Charlotte in einem fleckigen, kleinen Spiegel über dem Waschbecken ihr vom Alkohol verrutschtes Gesicht.

Als sie zurückkam, war die Stimmung umgeschlagen. John brütete vor sich hin, sah sie nicht mehr an.

»Kann ich noch ein Bier haben?« fragte Charlotte die kleine Frau. Die kleine Frau schüttelte den Kopf.

»Es ist nach Mitternacht«, sagte sie streng, »und bereits Sonntag.«

»Ach, bitte, nur noch eins für John und mich«, sagte Charlotte. Die kleine Frau sah sie feindselig an. Schließlich holte sie zwei Dosen Bier aus dem Kühlschrank und stellte sie auf die Theke.

»Ach«, sagte John zu der kleinen Frau. »Mir wolltest du keins geben, hm?« Er wandte sich an Charlotte.

»Sonntags gibt's in der ganzen Stadt keinen Tropfen Alkohol, damit es ein bißchen länger dauert, bis die bekloppten Indianer sich alle zu Tode gesoffen haben.« Er hob seine Bierbüchse und wollte mit Charlotte anstoßen. Charlotte dachte angestrengt nach. Sie wollte etwas Nettes, Tröstliches, Versöhnliches sagen, sie wollte ihm zeigen, daß es ihr nicht gleichgültig war, was mit ihm geschah, sie wollte so gern eine wunderbare Person sein, daß ihr ganz heiß wurde vor Anstrengung.

»Es tut mir so leid«, sagte sie schließlich, »was mit euch geschehen ist und weiter geschieht.« John sah sie lange an, so lange, daß Charlotte schließlich nervös mit den Händen über die Theke wischte.

»Das ist nett«, sagte John schließlich, »Charlotte, das ist wirklich nett von dir.« Er grinste.

»Aber es geht dich nichts an«, fuhr er fort. Er stand vom Barhocker auf. Er war kleiner, als Charlotte gedacht hatte, und er hatte einen kleinen Bierbauch, der über seinen Gürtel mit einer gewaltigen Silberschnalle fiel. Er nahm seinen Cowboyhut und balancierte ihn auf den Fingerspitzen. »Es geht dich nichts an«, wiederholte er. Er grinste immer noch. Dann sagte er: »Auf der anderen Seite weiß man ja nie. Deine Urgroßeltern hätten nach Amerika auswandern und ein paar Indianer umbringen können. Haben sie nicht getan. Sie sind in Deutschland geblieben und haben Kinder gekriegt, und die haben Kinder gekriegt, und die haben dann ein paar Juden umgebracht...« Charlotte schnappte verletzt nach Luft. Was weißt du schon, du versoffener Indianer, dachte sie. »Ja«, sagte sie und nickte ernsthaft, »das stimmt vielleicht. Meine Eltern zwar nicht, die waren nämlich...« John unterbrach sie. »Wie hieß dieser Apache noch gleich?«

»Winnetou«, sagte Charlotte.

»Ach ja, Winnetou«, wiederholte John lachend. Er strich seine langen, lackschwarzen Haare zurück, setzte seinen Hut auf, nickte ihr zu und wandte sich zum Gehen. Er hat einen fetten Hintern, dachte Charlotte.

Als sie zum Motel zurückging, war der Liquorshop geschlossen. Die Indianer lagen unter den Autos und schliefen ihren Rausch aus. Es blies jetzt ein kalter Wind. Die Luft roch nach Schnee. Charlotte überquerte den rosa Parkplatz des Ambassador-Motels, auf dem jetzt noch drei weitere Autos außer ihrem standen. Als sie ihre Zimmertür aufschloß, spürte sie etwas im Rücken. Sie drehte sich um. Vor ihr stand die Indianerin vom Liquorshop mit der Schramme im Gesicht, die nach ihr gespuckt hatte.

»Hey, sister«, sagte sie und kam schwankend näher. Sie blies Charlotte ihre Fahne ins Gesicht.

»Ein Bett«, sagte sie undeutlich. »Kalt. Ein Bett.« Charlotte schüttelte den Kopf. »Nein«, sagte sie, »nein.«

»Ja«, sagte die Indianerin, »ja.« Und dann wieder: »Hey, sister.«

Später, als die Indianerin in ihrem Bett lag und Charlotte in einem unbequemen Plastiksessel hockte, ärgerte sie sich, daß sie auf dieses »sister« hereingefallen war. Ein mieser Trick, dachte sie, und natürlich funktioniert er bei mir sofort. Die Frau in ihrem Bett schnarchte. Ihre Kleider rochen scharf nach Schweiß und Dreck. Charlotte öffnete das Fenster einen Spalt. Das rosa Neonlicht strömte ins Zimmer und ergoß sich über die schlafende Indianerin wie eine fluoreszierende Plastikdecke. Charlotte wachte davon auf, daß der Fernseher lief. Die Indianerin hockte im Schneidersitz auf dem Bett und sah fern. Charlotte sah auf ihre Uhr. Es war kurz nach vier. Im Fernsehen lief ein Verkaufsprogramm. Eine Blondine mit kirschrot geschminktem Mund pries in blumigen Worten und mit öliger Stimme Nippes, Schmuck, Tischdecken und Grillgeräte zum Verkauf an. Mit unbewegtem Gesicht starrte die Indianerin auf die Mattscheibe.

»Hi«, sagte Charlotte. Die Indianerin hob die Hand, ohne den Blick von der Mattscheibe zu wenden. Charlotte setzte sich neben sie auf die Bettkante.

Die Blondine im Fernsehen bot zwei winzige Glaspferdchen für nur neun Dollar an.

»Hübsch«, sagte die Indianerin. Eine Frau aus Kansas City rief beim Fernsehsender an. Sie bestellte die beiden Glaspferdchen und erzählte, daß sie jede Nacht das Verkaufsprogramm sähe und schon viele hübsche Dinge gekauft habe. Die Indianerin holte ein Kaugummi aus der Tasche, wickelte es aus, biß es in zwei Teile und bot Charlotte die Hälfte an. Das Stückchen Kaugummi war übersät mit winzigen Krümeln. Charlotte bedankte sich und tat so, als würde sie es sich in den Mund stecken, behielt es aber in der geschlossenen Hand und ließ es unters Bett fallen. Sie kaute mehrmals mit leerem Mund und lächelte die Indianerin an. Sie fragte sie nach ihrem Namen. Die Indianerin verstand sie erst beim dritten Mal.

»Sharon«, sagte sie.

»Sharon«, wiederholte Charlotte.

»Nein, Sharon«, sagte Sharon. Charlotte wiederholte mehrmals ihren Namen, aber Sharon war mit der Aussprache nicht zufrieden.

»Nicht Sharon, Sharon«, wiederholte sie. Dann sagte sie nichts mehr. Auf Charlottes Fragen, wo sie wohne, und ob sie Familie habe, kicherte sie und schwieg. Einmal noch sagte sie »hübsch«, als im Fernsehen ein lebensgroßer Dalmatiner aus Porzellan vorgeführt wurde. Wenig später ließ sie sich nach hinten in die Kissen fallen und schlief weiter.

Charlotte hätte gern Robert angerufen und ihm von Sharon erzählt. Er hätte gefragt, warum sie es zuließ, daß eine stinkende Indianerin in ihrem Bett lag und sie deshalb im Sessel übernachten mußte. Charlotte schlich aus dem Zimmer auf den rosa Parkplatz, setzte sich ins Auto und drehte das Radio an. »Stand by your man«, sang Tammy Wynette.

Als sie aufwachte, war der Parkplatz nicht mehr rosa, sondern weißgelb in der hellen Sonne. Die Tür zu ihrem Zimmer mit der Nummer 59 stand offen. Sharon war verschwunden. Nur eine Mulde in der Bettdecke erinnerte noch an sie und ein leichter Geruch von Schweiß, der in der Luft hing. Charlotte rief Robert an. Sie lauschte dem vertrauten Tuut-tuut der Deutschen Bundespost, aber Robert nahm nicht ab, oder er war nicht zuhause. Sie legte sich auf das Bett, in die Mulde, die Sharon zurückgelassen hatte, und versuchte an das Leben, das vor ihr lag, zu denken, aber es entwich ihr immer wieder, als wolle sie einen Fisch im Wasser fassen. Sie hatte die Wahl, jetzt zu weinen oder frühstücken zu gehen.

Abermals trottete sie den Highway 66 entlang. Die Indianer waren verschwunden. Der Schotter auf dem Bürgersteig war übersät mit leeren Flaschen und Glasscherben. Im PLAZA CAFE, einer Wellblechbude direkt am Highway, saßen große weiße Männer auf kleinen Barhockern, ihre Hintern quollen über die Sitze, und ihre Jeans waren im Rücken so tief heruntergerutscht, daß man ihre Pofalte sehen konnte. Sie trugen Cowboystiefel und Cowboyhüte und hatten fette Schlüsselbunde an ihren Gürteln hängen. Die stark geschminkte, mexikanische Kellnerin knallte Charlotte einen Teller mit Pfannkuchen so groß wie Wagenräder auf den Tisch und wünschte ihr viel Spaß damit. Sie waren weich und süß und fühlten sich an wie Schwämme. Charlotte aß alle drei, weil sie nicht wußte, was sie sonst tun sollte.

Später ging sie immer weiter an der Bahnlinie entlang und zählte die Waggons der Züge, die vorbeiratterten. Außer ihr war kein Mensch zu Fuß unterwegs. Die Männer in den vorbeifahrenden Autos verdrehten sich nach ihr die Köpfe. Sie kam an Läden mit Indianerschmuck vorbei, manche von ihnen waren Leihhäuser. Als sie feststellte, daß einige von ihnen sogar heute, am Sonntag, geöffnet hatten, befiel Charlotte das Jagdfieber wie zu Hause in den Kaufhäusern zum Sommerschlußverkauf. Mit angehaltenem Atem und klopfendem Herzen schaute sie in jede Vitrine, sah Hunderte von silbernen Armbändern, Ketten und Ringen mit dicken Türkisen, die die Farbe des Him-

mels von New Mexico hatten. An manchen Schmuckstük-
ken hingen Zettel: Dead Pawn, totes Pfand, nicht abgeholt. Und alles war so preiswert! Sie bekam einen trockenen Mund vor Aufregung. Alles, alles wollte sie haben:
den Schmuck, die Tonschalen der Hopis und die Ka'chi-
nas, die geschnitzten Götterfiguren, die feingewebten
Teppiche der Navajos, die Fetische der Zunis, kleine
blankpolierte Tiere aus Stein; perlenbesetzte Mokassins,
Cowboystiefel aus Schlangenleder, dicke indianische
Wolldecken und Adlerfedern, bündelweise. Sie wollte alles und konnte sich letzten Endes für nichts entscheiden.
Erschöpft, unglücklich und mit einem Gefühl leichter
Übelkeit, als hätte sie zuviel gegessen, ließ sie sich schließlich mitten in einem Laden auf einen Stapel Teppiche
fallen. Sie beobachtete, wie zwei junge Navajofrauen in
Jogginganzügen mit ihrer steinalten Großmutter, die verschiedene bunte Röcke und Pullover übereinander trug,
dem weißen Ladenbesitzer Türkisschmuck zeigten, den
sie aus einer Plastiktüte holten. Sie verhandelten nicht mit
ihm, sondern warteten mit gesenkten Köpfen ab. Mürrisch schob der Besitzer ihnen schließlich Geld und Pfand-
scheine über den Ladentisch. Die Frauen zählten das Geld
nach und verließen wortlos den Laden.

Vor den Geschäften parkten Autos, vollgepfropft mit
Kindern und Frauen. Kein einziger Mann war zu sehen. In
einem alten, zerbeulten Straßenkreuzer saß das fette Mäd-
chen aus dem Waschsalon. Es hielt ein Baby auf dem
Schoß. Die Mutter kam zurück, eine Plastiktüte in der
Hand. Das fette Mädchen sah sie erwartungsvoll an. Die
Mutter schüttelte den Kopf.

In der heißen Mittagssonne trottete Charlotte zurück zum Motel. In einem chinesischen Restaurant aß sie eine Wontonsuppe. Sie war der einzige Gast. Die chinesische Kellnerin starrte aus dem Fenster auf die vorbeiratternden Züge. Einmal klingelte das Telefon. Die Kellnerin setzte sich langsam in Bewegung, aber bevor sie es erreichte, hörte es auf zu klingeln.

Auf dem Parkplatz des Ambassador-Motels stand nur noch Charlottes Auto. Charlotte schloß erschöpft ihre Zimmertür vor der kadmiumgelben Sonne und dem türkisfarbenen Himmel. Im Zimmer roch es leicht nach verbrannten Tannennadeln, ein bißchen wie nach Weihnachten. Charlotte legte sich aufs Bett, lauschte ihrem Atem und fürchtete sich vor ihrem Leben.

Später fand sie ein schmales, silbernes Armband mit leuchtenden Türkisen im Badezimmer. Es lag mitten im Raum auf der Erde auf einem Kleenex. An jeder der vier Ecken des Papiertaschentuchs lag ein Häufchen Asche. Charlotte legte das Armband um. Es sah schön aus auf ihrer gebräunten Haut. Sie trat vor die Tür, lief in die Mitte des Parkplatzes und hielt ihren Arm mit dem Armband in die Sonne. Das Silber blitzte auf.

»Hey, sister«, flüsterte Charlotte.

Fotografieren 15 Dollar

»Sharon«, sagt meine Mutter immer wieder zu mir, »Sharon, schau den Männern auf die Finger. Sie mögen ihren Ehering absetzen, wenn sie allein unterwegs sind, aber das dünne, helle Band an ihrem Ringfinger, dort, wo keine Sonne hingekommen ist, das verrät sie.« Und als sei ich zu blöd, zu kapieren, was sie meint, schiebt sie jedesmal mühsam den dünnen Ehering von ihrem dicken Finger und zeigt mir den weißen Streifen in ihrem geschwollenen Fleisch. Dabei ist mein Vater schon so lange fort aus Santa Ana, daß ich immer mehr das Gefühl habe, als hätte ich ihn nur erträumt. Wenn ich die Augen ganz fest schließe, dann sehe ich manchmal noch meine Eltern zusammen an dem Holztisch in der Ecke sitzen. Mir fällt nur nicht mehr ein, was sie dort gemacht haben, ich sehe sie nicht essen, nicht trinken, sie sitzen einfach nur da und schweigen. Meine Mutter behauptet, mein Vater sei weggegangen, weil er fernsehen wollte, denn bei uns in Santa Ana Pueblo gibt es weder Strom noch fließend Wasser. Deshalb kommen die Touristen. Sie wollen ein echtes, altes, indianisches Dorf sehen. Meine Mutter ist stolz darauf. Sie nennt es das »richtige Leben«. Dabei ist es nur langweilig, träge und öd. So ähnlich wie meine Mutter. Sie ist jetzt manchmal so häßlich, daß ich wegsehen muß. Als mein Vater verschwand, um woanders mit einem Bier in der Hand vorm Fernseher zu sitzen wie jeder andere normale Amerikaner auch, da war ihre Haut noch wie brauner Samt, und die Härchen unter ihrer Achsel, in die ich mich flüchtete, zart wie junges Gras. Sie liebte bunte Dinge. Jede Wand in unserem alten Lehmhaus hatte sie in einer anderen Farbe gestrichen, und auf der alten Nähmaschine mit dem Pedal, mit der meine Brüder und ich so gern Raumschiff spielten, nähte sie mir leuchtend bunte Kleider. Mein Lieblingskleid war ein rubinrotes Samtkleidchen mit gesmoktem Oberteil. Ich erinnere mich, wie meine Mutter mir die verklebten Zöpfe auskämmte, mir das rote Kleidchen anzog und mich dann vor die Tür schickte. Kaum trippelte ich über den großen, plattgetretenen Platz am Fluß, der heute der Parkplatz für die Reisebusse ist, machte es schon klick-klick-klick um mich herum, und die Touristen mit den vielen Fotoapparaten um den Hals schenkten mir Kaugummi und Bonbons. Meine Mutter kam hinterher und kassierte. Erst ein Dollar pro Foto, später zwei, drei. Heute kostet es fünfzehn Dollar, wenn man uns fotografieren will. An all die Fotos denke ich jetzt manchmal, wenn ich kein Bett für die Nacht finde und es zu kalt ist, um unter den Autos zu schlafen, wenn der Wein alle ist und nichts mich mehr von dieser beschissenen Welt ablenken kann, dann stelle ich mir vor, wie ich als süßes kleines Indianermädchen im roten Kleid in unzähligen Fotoalben klebe und wie diese Fotoalben in Schränken stehen, die über die ganze Erde verteilt sind, die meisten natürlich in den USA. Aber es kommen auch viele Europäer zu uns, Japaner, einmal sogar ein Russe. Diese Schränke stehen in Wohnzimmern, in denen abends ein gemütliches, gelbes Licht brennt, der Fernseher läuft, und davor sitzen junge Paare, alte Paare, Familien mit Kindern in allen Altersstufen, Großeltern und vielleicht sogar mein Vater.

»Männer«, sagte meine Mutter, »sind wie Zucker. Ungesund.« Gleichzeitig bleute sie mir ein, ich müsse auf mein Äußeres achten, dürfe mich niemals gehenlassen, sonst bekäme ich nie einen Mann ab. Sie nähte mir die bunten Kleider, rieb Aloe vera in meine Haare, damit sie schön glänzten, sie brachte mir das Tanzen bei und wie man anmutig geht, sitzt und steht. Als ich vierzehn wurde, durchbohrte sie meine Ohrläppchen, die sie zuvor mit Whisky eingerieben hatte, mit einer Nähnadel und schenkte mir ihre silbernen Ohrringe mit den großen Türkisen. Ich wußte, ohne in den Spiegel zu sehen, daß sie mein Gesicht zum Leuchten brachten, wie sie nur unsere Haut zum Leuchten bringen, niemals die rosa Haut der Weißen. Ich wußte, daß ich hübsch war. Und ich wollte es zu gern jemandem zeigen. Jemandem von draußen, nicht aus Santa Ana. Einem Mann.

Meine Mutter wußte das, denn während sie mich herausputzte und auf ihren dicken, platten Füßen um mich herumwatschelte, dort einen Saum feststeckte, hier einen Ärmel einsetzte, erzählte sie mir immer wieder ihre Horrorgeschichten von Männern, die ihren Ehering absetzen, um junge Mädchen zu verführen, die einen zum Essen einladen und betrunken machen, die mit einem tanzen gehen, bis einem ganz schwindlig wird und man nicht mehr weiß, was man tut.

»Es ist für sie nichts anderes, als eine Münze in einen Automaten zu stecken«, sagte sie, »die Männer bekommen etwas dabei heraus, stecken es ein und gehen damit davon. Und du stehst mit leeren Händen da.«

Ich hatte keine Ahnung, was sie damit meinte, aber es war mir auch egal. Sie langweilte mich zu Tode mit ihren ständigen Warnungen vor den Männern und vor einem Leben außerhalb des Reservats. Das eine war in ihren Augen so schädlich wie das andere, und beides schien Hand in Hand zu gehen, wie man an meinen Kusinen Mary und Lana sehen konnte, die beide weiße Männer geheiratet hatten und weggezogen waren aus New Mexico, weit weg von unserem staubigen Pueblo und unseren altmodischen Müttern. Ich stellte sie mir oft vor, wie sie in ihren modernen Bungalows mit Klimaanlagen, riesigen Kühlschränken und Fernsehern, elektrischen Brotschneidemaschinen und Dosenöffnern lebten, und jedesmal, wenn sie den Schalter umlegten und der Strom sanft schnurrte wie eine große Katze, laut lachten und an uns zurückdachten, wie man an dumme Fehler zurückdenkt, die man begangen hat, weil man es nicht besser wußte.

Wie Strom, stellte ich mir vor, würde die Liebe sich anfühlen, schnell, aufregend und elektrisierend. Sie würde mich durcheinanderwirbeln wie ein Küchenmixer, mir bunte Geschichten erzählen wie ein Fernseher und mich aufsaugen wie ein Staubsauger.

Kurze Zeit nach meinem vierzehnten Geburtstag durfte ich als Parkplatzwärterin arbeiten. Ich bekam dazu ein Walkie-talkie, das mich sehr wichtig aussehen ließ. Der einzige Fehler daran war, daß am anderen Ende im Ticket-häuschen meine Mutter saß.

Ich wies die Autos und Busse mit den Touristen ein und erklärte ihnen, daß sie die gesperrten Teile des Dorfes auf keinen Fall besichtigen dürften, und ich sagte das immer in einem ganz geheimnisvollen Ton, so daß ihre Augen groß wurden vor Neugier. Viele fotografierten mich sofort, wenn sie aus dem Auto stiegen, und sie mußten mir dann ihre Eintrittskarte zeigen. Hatten sie die fünfzehn Dollar extra fürs Fotografieren nicht bezahlt, schickte ich sie zurück zu meiner Mutter, die in ihrem Tickethäuschen saß wie in einer Festung. Jedes Auto kündigte sie mir über Walkie-talkie an.

»Roter Chevy aus Idaho«, schnarrte sie, und dann sagte sie ohne Unterbrechung Dinge wie: »Zieh den Rock run-ter und hör auf, an deinen Fingernägeln zu kauen«, ob-wohl sie mich doch überhaupt nicht sehen konnte. Es ärgerte mich, wie oft sie mich tatsächlich bei etwas er-wischte, was ich gerade tat oder nicht tat.

Oft sagte sie: »Steh nicht da wie ein alter Büffel«, und es stimmte, in der Mittagshitze bewegte ich mich kaum noch vom Fleck und stierte meist auf den ockergelben Lehm-boden. Ich hob auch kaum den Kopf, als sie eines Tages um die Mittagszeit abfällig ins Walkie-talkie sagte: »Weißes Angeber-Mercedes-Cabrio aus Kalifornien.« Ich weiß noch, wie ich dachte, seltsam, daß meine altmodische Mutter alle Automarken kennt, selbst die japanischen – und die sehen nun wirklich alle gleich aus –, und wie sie ganz fachmännisch sagt »Mercedes-Cabrio«, da rollte ein blütenweißes Auto langsam über den Parkplatz direkt auf mich zu wie in einem Traum. Es hielt keine fünf Zentimeter vor mir, und drin saß ein Mann, der ganz genauso aussah, wie ich mir immer den Mann vorgestellt habe, der irgendwann kommen würde, um mich von meiner Mutter und von Santa Ana zu befreien. Er kam nur viel früher, als ich gedacht hatte. Er hatte leuchtend blonde, lange Haare, seine Haut war leicht gebräunt, sein Mund war groß und sein Kinn markant, er trug eine verspiegelte Sonnenbrille, in der ich ein Mädchen mit flatternden schwarzen Haaren, großen Türkisohrringen und erstaunt aufgerissenen Augen sah, das plötzlich gar nicht mehr so hübsch war, wie ich geglaubt hatte.

»Hi«, sagte er, und seine Stimme floß wie dunkler Ahornhonig, »hallo, du Schöne. Wo soll ich parken?« Ich wies ihn wortlos ein. Als er ausstieg, sah ich erst, wie groß er war. Seine Beine in den engen Jeans reichten bis in den Himmel. Er trug Cowboystiefel aus Eidechsenhaut, auf die ich starrte, als er mit mir sprach. Er fragte mich, ob ich ihn durch unseren Ort führen könne. Als ich zu ihm aufsah, schoß ein Sonnenstrahl direkt an seinem Kopf vorbei in mein Auge und blendete mich. Das hätte mir eine Warnung sein sollen. Statt dessen betete ich, daß meine Mutter nicht gerade jetzt über das Walkie quäken möge.

»Ich kann nicht«, stotterte ich schließlich, »ich muß auf den Parkplatz aufpassen.« Er nahm seine Sonnenbrille ab. Seine Augen waren so grün wie ein Swimmingpool.

»Och«, sagte er, »das ist aber traurig. Das bricht mir ja das Herz.« Das sagte er wirklich. Und während ich noch über diesen seltsamen Satz nachdachte, quäkte meine

Mutter laut: »Beiger Ford aus Colorado. Und steh gerade, Sharon, deinen Buckel kann ich von hier aus sehen. Davon bekommst du den häßlichsten Hängebusen von New Mexico.«

Ich senkte den Kopf, so daß meine Haare vor mein Gesicht fielen wie ein dichter Vorhang, und ich schabte mit dem Fuß ein kleines Loch in den Sand, in dem ich mich gern verkrochen hätte. Ich hörte ihn lachen. »Wer ist das?« fragte er.

»Meine Mutter«, murmelte ich kaum hörbar. »Sie sitzt im Tickethäuschen. Sie kann mich gar nicht sehen.«

»Die dicke Alte, die aussieht wie ein Buddha?« lachte er.

Ich sah zu ihm auf, lächelte und nickte. Und während ich lächelte, bat ich meine Mutter um Verzeihung, das weiß ich noch. Der beige Ford, den sie angekündigt hatte, rollte über den Parkplatz, und ich machte keine Anstalten, ihn einzuweisen. Ich sah dem Auto zu, wie es sich langsam wie eine Raupe an der Reihe der geparkten Wagen entlangschob, und dann in eine Lücke hineinkroch, ganz ohne mein Zutun. Da dämmerte mir, daß ich nur geglaubt hatte, ich sei es gewesen, die die Autos in hübschen, ordentlichen Reihen aufgestellt hatte, aber daß in Wirklichkeit alles von ganz allein geschah und daß mich hier ja sowieso keiner brauchte, daß alles nur ein großer Schwindel war. Ich nahm den großen, blonden Mann an der Hand. Ich führte ihn durch die engen Gassen zwischen den Lehmhäusern entlang zum Friedhof, der allen Touristen immer so gut gefällt, weiß der Himmel warum. Es ist nichts weiter als ein von Unkraut überwuchertes Feld mit zum Teil verwitterten Grabsteinen. Manchmal habe ich mit meiner Mutter um die Gräber von meinen Großeltern, von Onkel Joe und meiner kleinen Schwester Lissy herum ein bißchen Unkraut gejätet, wir haben Plastikblumen in die Vasen gestellt und amerikanische Fähnchen in den Boden gesteckt. Ich sagte allen stumm auf Wiedersehen und wunderte mich, daß ich bereits so genau zu wissen schien, was ich vorhatte.

Meine Mutter quäkte kaum hörbar aus dem Walkie, ich hatte sie einfach leise gedreht, und um sie nicht zu beunruhigen, drückte ich jetzt auf die Sprechtaste und sagte nur: »Okay«, als würde ich weiter die Autos auf dem Parkplatz einweisen. Ich hielt den Mann neben mir an der Hand, als würde ich ihn schon lange kennen. Wir gingen zurück zum Parkplatz. Wir kamen an unserem Haus vorbei, aber das sagte ich ihm nicht. Ich verabschiedete mich von meinem Bett, das ich gern mochte, und von meinen Kleidern. Es begegnete uns kein Mensch. Alle waren beim Mittagessen. Außer meiner Mutter.

»Grüner Pick-up aus Oregon, Hippietypen«, sagte sie als letztes, bevor ich das Walkie ausmachte und unter einen Busch legte.

Als ich zu ihm ins Auto stieg, schüttelte er den Kopf und sagte: »Ich will keinen Ärger mit irgendeinem Indianerhäuptling.« Ich weiß, wie ich gucken muß, wenn ich etwas will.

»Du bist doch noch ein Baby«, sagte er.

»Nein«, sagte ich, »das ist nur unsere Haut. Die sieht jünger aus als weiße.« Er fuhr immer noch nicht los.

»Bitte«, sagte ich. Er schüttelte den Kopf. Da setzte ich

mich auf die Knie und küßte ihn mitten auf seinen großen, rosa Mund. Und dann auf die Brust, auf das Stück nackte Haut zwischen seinem seidigen, grünen Hemd. Und als ich spürte, das auch das nichts half, tat ich etwas, von dem ich gar nicht gewußt hatte, das ich es konnte, daß ich überhaupt eine Ahnung davon hatte. Ich beugte meinen Kopf tiefer und tiefer und vergrub ihn in seinem Schoß. Ich hörte, wie er tief einatmete. Er legte mir seine Hand in den Nacken, schloß die Tür und ließ den Motor an. Ich rutschte auf die Fußmatte unter das Handschuhfach. Von dem Tickethäuschen, in dem meine Mutter saß, sah ich nur das Schild, auf dem steht: Fotografieren 15 Dollar, Malen und Skizzieren 45 Dollar. Ich habe nie verstanden, warum es so viel teurer ist, uns zu malen als zu fotografieren.

Erst weit nach Santa Ana traute ich mich, aus meinem Versteck heraus. Ich setzte mich auf den gelben Ledersitz, der so weich war wie ein Handschuh. Dann sah ich seine Hand auf dem Lenkrad. Er trug einen schmalen goldenen Ring am Ringfinger. Ich hielt das für ein gutes Zeichen. Er war immerhin kein Lügner, er versteckte seinen Ehering nicht. Er gab mir Zigaretten und nannte mir seinen Namen, Douglas. Ich durfte im Radio den Sender suchen, der mir am besten gefiel. Der Wind zerrte an meinen Haaren, und ich spürte, wie mein Körper vor Aufregung zitterte.

»Warst du schon mal in Santa Fe?« fragte mich Douglas.

»Nein«, log ich, »noch nie.« Dabei fuhr ich seit Jahren fast jedes Wochenende mit meiner Tante May nach Santa Fe, um auf dem Schmuckmarkt unter den Arkaden ihre Türkisketten zu verkaufen. Sie brachte mir bei, wie man die dumme Indianerin spielt, die noch nicht einmal richtig englisch kann, um nicht mit sich handeln zu lassen, wie man freundlich aber verständnislos immer wieder die Schultern zuckt, bis die Touristen seufzend den vollen Preis bezahlen.

Genauso freundlich verständnislos zuckte ich die Schultern, als mich Douglas später im Hotelzimmer fragte, ob es das erste Mal sei. Ich wußte nicht, was er hören wollte, ich hatte Angst, er würde mich bei der falschen Antwort sofort nach Santa Ana zurückbringen, und ich hatte mich doch noch lange nicht sattgesehen an dem bunten Licht, das aus dem Fernseher quoll wie eine nicht endenwollende Flut von kritzebunten Bonbons. Ich konnte nicht den Blick davon wenden, aber dann legte sich Douglas schwer auf mich und nahm mir den Blick. Seine Zunge schmeckte salzig, ich stelle mir vor, daß so das Meer schmeckt. Er bewegte sich vor und zurück wie eine Eidechse. Ich langweilte mich ein bißchen und lauschte dem Fernsehton, wenn Douglas nicht gerade in mein Ohr atmete.

»Hol dir das neue Frischegefühl, komm, hol es dir, hol es dir«, sang eine Frau. Ich schob meinen Kopf unter seiner Achsel hervor, um weiter fernsehen zu können. Sein Körper auf mir schimmerte bläulich im Fernsehlicht. Ein Hund mit einer Sonnenbrille fuhr Wasserski. Später holte Douglas seinen Fotoapparat aus seiner Tasche und fotografierte mich, wie ich nackt auf dem Bett lag. Er sagte: »Dreh dich auf den Rücken. Leg deine Hand auf deinen Schenkel.«

»Indianer fotografieren kostet fünfzehn Dollar«, sagte ich. Er lachte.

»Doch«, sagte ich, »es kostet fünfzehn Dollar.« Er gab

mir zwanzig. »Leg deine Hand zwischen die Schenkel«, sagte er. Ich tat, was er wollte, solange ich dabei fernsehen konnte.

Ich starrte so lange in das bunt erleuchtete Viereck, bis mir die Augen tränten. Ich mußte an meinen Vater denken, und ich stellte mir vor, wie er jetzt in diesem Moment genau die gleichen Bilder sah wie ich. Es war ein Gefühl, als trüge ich wieder seinen alten grünen Pullover, den er zurückließ, als er ging, und der noch lange, lange nach ihm roch, bis meine Mutter ihn mir wegnahm, und so lange wusch, bis es nur noch ein alter, grüner Pullover war und sonst gar nichts.

Rote Rosen

Charlotte wachte an ihrem Hochzeitstag auf und hatte keine Lust zu heiraten. Sie grub sich tief in ihre Kissen und wünschte, der Tag wäre schon vorbei. Sie drehte sich langsam auf den Rücken und beobachtete ihren zukünftigen Ehemann beim Anziehen. Er zog sich nach demselben System an wie jeden Tag. Er hätte genausogut ins Büro gehen können. Ordentlich zog er die Socken hoch, knöpfte bedächtig sein Hemd zu, glättete den Kragen, dann stieg er vorsichtig in seine Hose, setzte sich aufs Bett und band sich die Schnürsenkel seiner handgemachten englischen Schuhe zu. Sie haßte seine Schuhe, von denen er jeweils zwei Paar in Schwarz und zwei Paar in Braun besaß, und die, wie er immer wieder begeistert verkündete, sein ganzes Leben lang halten würden. Werde ich ihn irgendwann von Kopf bis Fuß hassen, nicht nur seine Schuhe? dachte Charlotte. Robert griff nach ihrem Fuß unter der Bettdecke, hielt ihn fest und kitzelte ihn. Gleichzeitig sah er auf die Uhr.

»In einer halben Stunde holen uns deine Eltern ab. Ich weiß nicht, wie lange du brauchst, aber vielleicht solltest du langsam aufstehen.« Charlotte wiederholte seine Worte in ihrem Kopf: ICH WEISS NICHT, WIE LANGE DU BRAUCHST, ABER VIELLEICHT SOLLTEST DU LANGSAM AUF-

STEHEN. Sie hätte sich jetzt gern wie ein kleines Kind schreiend auf den Boden geworfen. Aber ich bin die vernünftige Charlotte, dachte Charlotte bitter, und ich heirate einen vernünftigen Mann.

»Du hast recht«, sagte sie. Sie entzog ihm ihren Fuß, stand auf, gab ihm einen flüchtigen Kuß und ging schnell, bevor er sie festhalten konnte, ins Bad. Sie nahm zwei von den kleinen grünen Pillen, die ihre Gedanken so angenehm flauschig werden ließen, daß man sich nicht mehr an ihnen stieß.

Wie gut Charlotte immer aussieht, dachte Fanny neidisch, als ihre Schwester am Arm ihres Vaters in die Kirche geleitet wurde. Ihr schmales Gesicht läßt einen vollkommen vergessen, daß sie ganz schön breit in den Hüften ist. Selbst Robert sieht ganz passabel aus. Bei manchen Männern hilft ein Anzug. Amüsiert beobachtete sie, wie ihrer Mutter beim Anblick von Charlotte im Hochzeitskleid prompt die Tränen in die Augen stiegen. Aber eine halbe Stunde später, als Charlotte und Robert die Ringe tauschten, fing auch Fanny an zu schnüffeln. Klaus legte ihr ungefragt ein Taschentuch in den Schoß. Fanny legte ihre Hand auf sein Knie.

Sie bewarf das Brautpaar pfundweise mit Reis, und die Reiskörner blieben in Roberts schwarzen Haaren hängen und ließen ihn frühzeitig ergraut aussehen. Fannys alte Tante Hedda wackelte mißmutig mit dem Kopf. »Der gute Reis«, sagte sie. Solange Fanny denken konnte, war sie die »alte« Tante Hedda. Sie hatte nie geheiratet, und als Kind hatte Fanny geglaubt, mit Tante Hedda sei etwas nicht in

Ordnung, sie konnte doch nicht freiwillig so leben, ohne Kinder und ohne Mann. Später erzählte ihr ihre Mutter, Tante Hedda habe Männer einfach immer nur sterbenslangweilig gefunden; schon als Backfisch sei sie in ihrer Gesellschaft einfach eingeschlafen. Wie klug, den ganzen Kram mit der Liebe einfach auszulassen, dachte Fanny jetzt, als sie Tante Hedda am Arm nahm, um sie die Kirchenstufen hinunterzuführen. Sie erschrak über Tante Heddas dünne Vogelknochen unterm Seidenkleid. Überhaupt waren die älteren Verwandten meist erstaunlich geschrumpft, während die Onkel und Tanten um die Fünfzig viel dicker und mächtiger erschienen, als Fanny sie in Erinnerung hatte. Im Alter ist man anscheinend wie ein Soufflé, das aufgeht, bevor es in sich zusammenfällt, dachte sie. Ihr fiel ein Satz ihrer Mutter ein: mit fünfzig muß man sich entscheiden, ob man für den Rest seines Lebens eine Kuh oder eine Ziege sein will. Aber ihre Mutter war weder das eine noch das andere geworden. In ihrem ockerfarbenen Chiffonkleid und mit ihren grauen Haaren sah sie aus wie eine große, elegante Katze, die mit wachen Augen alles registrierte, was um sie herum vor sich ging. Es war ihr auch nicht entgangen, daß Fanny sich vor der Konversation mit den Verwandten durch übergroße Hilfsbereitschaft drücken wollte. Sie nahm Fanny das Tablett mit den Sektgläsern aus der Hand und sagte leise, während sie weiter den Gästen zulächelte: »Wenn du mir einen Gefallen tun willst, unterhältst du dich mit den Leuten und spielst hier nicht die Kellnerin.« Fanny floh in die Küche. Dort standen zwei Köchinnen an der Anrichte, die sofort verstummten, als sie hereinkam. Die eine von ihnen plazierte mit einer Spritztüte winzige Sahnekringel auf winzige Fleischhäppchen, die andere zerteilte Weintrauben, entkernte sie und legte die Hälften vorsichtig auf die Sahnekringel. Fanny hätte zu gern mit ihnen getauscht. Warum, dachte sie, kann ich mich nicht einfach über die Hochzeit meiner Schwester freuen?

Eine junge Kellnerin in schwarzem Minikleid und weißer Schürze stürmte in die Küche und rief: »Die Häppchen müssen raus, sonst liegen bald alle besoffen unterm Tisch!« Sie zögerte einen Moment, als sie Fanny sah, und Fanny rechnete fest damit, sie würde sich entschuldigen, aber das auffallend hübsche Mädchen sah sie nur leicht spöttisch an und sagte: »Ist doch wahr.« Sie nahm von den Köchinnen zwei Tabletts entgegen und ging mit ihnen wieder hinaus.

Als Fanny sich nicht länger in der Küche verstecken konnte, ohne aufzufallen, drückte sie sich in den Ecken herum und sammelte abgestellte Sektgläser ein. Sie beobachtete Klaus, der mit ihrer kleinen Kusine Lilli schäkerte und ihr Komplimente über ihr blaues Samtkleid mit einer riesigen rosa Schleife auf dem Po machte. Lilli lächelte gnädig. Fanny mochte Lillis Eltern, Tante Louise und Onkel Franz. Sie waren noch ziemlich jung und fragten Fanny nicht ständig, wie sie sich ihr weiteres Leben vorstelle. Louise trug ein knallrotes weit ausgeschnittenes Kleid. Als Fanny sich umdrehte, sah sie gerade noch, wie der Blick ihrer Mutter mißbilligend auf Louises Dekolleté ruhte. Ihre Mutter stand etwas erhöht auf einer Stufe wie ein General und beobachtete prüfend das Geschehen.

Fanny sah, wie ihr Vater ihre Mutter in den Arm nahm und ihr etwas ins Ohr flüsterte. Daß sie schön aussah am Hochzeitstag ihrer Tochter? Daß sie bald alles überstanden haben würden? Daß sie aufhören solle, sich Sorgen darüber zu machen, ob das angeheuerte Personal das teure Porzellan auch wirklich nicht in die Spülmaschine stellte? Er faßte seine Frau um die Taille und drückte sie an sich. Er war vier Jahre älter als sie, sah aber zehn Jahre jünger aus, immer leicht gebräunt, und seine Haare waren noch tiefschwarz. Fanny fragte sich, ob er sie sich inzwischen färben ließ. Ihre Mutter hatte früher leuchtend rotblonde Haare gehabt, die sie zum Bedauern beider Töchter keiner vererbt hatte.

Als immer mehr graue Haare ihre frühere Haarfarbe allmählich verdrängten, hatte Fanny ihr einmal eine blonde Tönung geschenkt. Aber sie hatte nur lächelnd den Kopf geschüttelt: »Nein, nein, Fanny. Was vorbei ist, ist vorbei.« Wie lernt man das, dachte Fanny plötzlich verzweifelt, wie lerne ich jemals, zu akzeptieren, daß alles so ist, wie es ist?

Fannys Mutter legte den Kopf auf die Schulter ihres Mannes. Fanny betrachtete die beiden gerührt. Jemand sollte ein Foto von ihnen machen, dachte sie, wie sie so dastehen, stolz, zufrieden und erschöpft. Fanny sah das Foto vor sich wie das Schwarzweißbild eines unbekannten, glücklich in die Kamera lächelnden älteren Ehepaares mit der Unterschrift: HERBERT UND EVA FINCK AM 23. 5. 1987 – SIE WUSSTEN NICHT, DASS... Sie wußten nicht, daß Charlotte erst vor vier Wochen eine Abtreibung hatte vornehmen lassen, weil sie sich plötzlich nicht mehr sicher war, ob sie Robert heiraten wollte. Sie wußten nicht, daß Fanny und Klaus zuviel tranken und unglücklich waren, daß Fanny so wenig wußte, was sie mit ihrem Leben anfangen sollte, daß sie oft an Selbstmord dachte. Sie wußten nicht, daß Charlotte, die brave Charlotte, jahrelang Gras geraucht hatte, sie wußten nicht, daß Fanny ihre Liebhaber schon lange nicht mehr an zehn Fingern abzählen konnte, daß Robert, Charlottes frischgebackener Ehemann, Fanny eines Abends, als Charlotte schon schlafen gegangen war, die Hand aufs Knie und darüber gelegt hatte, daß er fünf Jahre mit einer Griechin verheiratet gewesen war, die eines Morgens um vier mit fünfzig Schlaftabletten und zwei Flaschen Rotwein im Bauch aus dem Fenster gesprungen war, sie wußten nicht, daß...

»Hors d'œuvre gefällig?« Die hübsche Kellnerin hielt Fanny mit frechem Augenaufschlag das Tablett unter die Nase, und Fanny wußte bereits, wie Klaus auf diesen Augenaufschlag reagieren würde.

Und tatsächlich sah sie wenig später, als sie gelangweilt versuchte, Tante Olga ihren Job als Tontechnikerin zu erklären, wie Klaus auf der anderen Seite des Raums betont langsam ein Häppchen vom Tablett der hübschen Kellnerin nahm, lasziv hineinbiß und das Mädchen mit seinem bestechenden, jungenhaften Grinsen bedachte.

Er konnte dieses Grinsen an- und ausknipsen wie eine Glühbirne. Fanny hatte sich wegen dieses Grinsens in ihn verliebt, jetzt dachte sie manchmal daran, sich wegen desselben Grinsens von ihm zu trennen. Klaus konnte nicht nur dieses Grinsen, sondern all seine Gefühle ganz nach

Belieben an- und abschalten, er hatte sich immer unter Kontrolle und verstand nicht, daß Fanny von ihren Gefühlen überschwemmt wurde wie von einer Springflut.

Fanny erfuhr von Charlottes Heiratsplänen, als sie gerade krank im Bett lag. Krank, voller Selbstmitleid und einsam, denn Klaus war auf Geschäftsreise, ihre beste Freundin frisch verliebt und nicht ansprechbar, rief sie ihre Mutter an, um ein bißchen zu jammern und sich trösten zu lassen. Aber nach zwei Sätzen über ihre entzündeten Mandeln unterbrach ihre Mutter sie: »Deine Schwester heiratet!« rief sie aufgeregt: »Stell dir vor, deine Schwester!«

Fanny stellte es sich vor, und obwohl sie fand, daß Robert, der zukünftige Ehemann ihrer Schwester, langweilig und humorlos und ihre Schwester von allen guten Geistern verlassen sei, und sie die Ehe ja sowieso als bürgerliche Institution strikt ablehnte, brach sie, nachdem sie eingehängt hatte, in Tränen aus. Charlotte bekam alles, und sie nichts! Schon immer hatte die Schwester den größeren Teil Schokolade, die hübschere Puppe, das bessere Fahrrad bekommen, so kam es Fanny jetzt vor, mehr Lob, mehr Zuneigung, mehr Bewunderung, mehr von allem, und Fanny wußte auch, warum: weil Charlotte warten konnte. Nicht gierig war wie sie. Egoistisch. Und deshalb bekam die anspruchslose, geduldige, bescheidene Charlotte auch jetzt, was sie wollte: ein richtiges, normales, handfestes Leben. Fanny kam sich dagegen vor, als säße sie auf einer Wolke, die ohne Bindung an irgend etwas sinnlos über die Erde schwebte, dazu verdammt, immer nur zu beobachten und nie teilnehmen zu dürfen.

Teilnehmen an was? fragte Klaus, als er drei Tage später von seiner Geschäftsreise zurückkehrte und Fanny bleich und verheult im Bett vorfand. An Roberts langweiligem Alltag als Chef einer japanischen Autovertretung? An dem nervtötenden Leben ihrer Schwester als Lehrerin für Englisch und Geschichte? An den spießigen Träumen der beiden von Badeferien in der Türkei und Kulturreisen nach Nepal? An ihren Sorgen, die Eigentumswohnung nicht optimal abgesetzt zu haben? An diesem Nullachtfünfzehn-Leben wollte sie so gern teilhaben?

Nein, schrie Fanny wütend. Du verstehst überhaupt nichts. Und du, erwiderte Klaus kühl, du weißt nicht, was du willst.

Ein halbes Jahr später, sechs Wochen vor Charlottes Hochzeit, saß Fanny nach einem langen, erfolglosen Einkaufsbummel mit ihrer Mutter im Operncafé. Ihre Mutter hatte sehr bestimmte Vorstellungen, wenn sie »in die Stadt ging«, wie sie es nannte, und war nicht bereit, einen Deut von ihnen abzurücken. Lieber kaufte sie gar nichts.

Den ganzen Vormittag waren sie auf der Jagd nach einer lachsroten Bluse gewesen, aber entweder war die Farbe nicht ganz richtig oder wenn die Farbe stimmte, war das Material falsch, und wenn ihr der Stoff zusagte, mochte sie den Schnitt nicht. Sie machte Fanny damit rasend, wußte das auch, wünschte sich aber immer wieder, von ihr beim Einkaufen begleitet zu werden.

»Schade, daß Klaus' Geschmack für mich etwas zu extravagant ist«, sagte ihre Mutter, »aber der wüßte wenigstens, was mir steht.«

»Dir stehen keine lachsroten Blusen«, beharrte Fanny und fragte sich, welchen Geschmack Klaus eigentlich hatte. Bestimmt keinen extravaganten. Eher gar keinen. Sie sah sich gelangweilt um, und ihr fiel dabei auf, daß auffallend viele Damen im Café unter ihren beigefarbenen und grauen Kostümjacken lachsrote Blusen trugen.

»Wie findet Klaus eigentlich Robert?« fragte ihre Mutter unvermittelt

»Langweilig. Wie ich«, antwortete Fanny und hörte förmlich schon die Ermahnung, nicht über ihren zukünftigen Schwager herzuziehen, aber ihre Mutter blieb stumm, sah sie ernst an und bewegte die Kuchengabel in der Luft, als skandiere sie einen Satz, den sie erst noch üben mußte, bevor sie ihn aussprach. Schließlich sagte sie: »Robert hat deiner Schwester gelbe Rosen zum Geburtstag geschenkt.«

»Aha«, sagte Fanny desinteressiert.

»Dabei hatte sie sich rote gewünscht«, fuhr ihre Mutter fort und machte ein sorgenvolles Gesicht.

»Pech«, sagte Fanny und wünschte, sie hätte ihre Mutter schon zu Hause abgeliefert.

»Dabei hat sie ihm gegenüber mehrmals fallen lassen, wie schön sie rote Rosen findet.« Ihre Mutter machte eine Pause und sah ihre Tochter prüfend an, als überlege sie, ob sie ihr vertrauen könne.

»Wenn es das erste Mal wäre«, redete sie dann bekümmert weiter, »würde ich ja nichts weiter sagen, aber er hat ihr einfach noch nie rote Rosen geschenkt. Immer Rosen, aber nie rote.«

»Na und?« sagte Fanny lahm.

»Rote Rosen bedeuten doch etwas. Das muß er doch wissen. Aber es sind ja nicht nur die Rosen. Ich weiß, wie sehr sich Charlotte von ihm zum Geburtstag einen Ring gewünscht hat.«

»Verlobungsring oder was?«

»Nein. So spießig ist deine Schwester nicht, das weißt du ganz genau. Irgendeinen schönen Ring. Nichts Teures. Aber eben einen Ring. Sie hat ihm sogar Ringe gezeigt, die ihr gefallen würden. Daraufhin hat er gesagt, er wisse doch nicht ihre Größe. Also hat sie ihren Finger ausgemessen und ihm die Maße aufgeschrieben. Und ihm mehrmals gesagt, daß sie am liebsten Ringe trägt. Ohrringe stehen ihr nicht, Ketten mag sie nicht, es sollte ein Ring sein. Jetzt rate mal, was er ihr geschenkt hat!«

»Mama, es ist mir, ehrlich gesagt, wurscht, was Robert meiner Schwester zum Geburtstag schenkt.« Ihre Mutter seufzte und starrte in ihren Kaffee. Als sie aufsah, glänzten ihre Augen. Fanny war sich nicht sicher, ob von unterdrückten Tränen oder Kaffeedampf.

»Du mit deiner Kaltschnäuzigkeit. Hast du deiner Schwester wenigstens gratuliert?«

»Ja. Hab sie angerufen. Also, was hat er ihr geschenkt?«

»Daß du und deine Schwester euch einmal so gleichgültig werden würdet...«

»Jetzt sag schon, was hat er ihr geschenkt?«

»Eine Brosche. Er hat ihr irgendeine blöde Brosche geschenkt.« Sie sah über Fannys Haaransatz hinweg in den Raum und sagte dann leise: »Ich weiß nicht, ob sie ihn heiraten sollte. Erst die Geschichte mit den Rosen und dann die Brosche. Er ist ein Egoist.« Mit einem Mal sah sie klein und alt aus, wie sie da unter all den kuchenessenden Damen in lachsroten Blusen im Café saß, und Fanny hätte sie gern spontan in den Arm genommen.

»Ach, weißt du«, sagte Fanny und bemühte sich, fröhlich zu klingen, »dann soll sie sich eben in Zukunft ihre Ringe selbst kaufen. Wenn's nur das ist.«

»Ich weiß nicht«, sagte ihre Mutter und tupfte sich die Augen, »du vergißt die Rosen.«

Zwei Wochen später rief Charlotte Fanny an und bat sie, sie ins Krankenhaus zu begleiten.

»Bist du sicher, daß du es wirklich nicht willst?« fragte Fanny vorsichtig.

»Wenn ich sicher sein könnte, daß sich Robert sicher ist, wäre ich nicht so unsicher. Du mußt zugeben, daß das keine gute Basis ist für ein Kind.«

»Aber was ist schon sicher?« sagte Fanny und mußte an den Ring und die Rosen denken.

»Sehr weise, große Schwester«, sagte Charlotte, und Fanny wartete auf ihr spöttisches Lachen, aber es kam nicht.

Allen andern, selbst Robert, erzählte Charlotte, sie sei mit ihrer Klasse auf einen mehrtägigen Schulausflug. Auf der Fahrt zum Krankenhaus erklärte sie Fanny die Vorzüge einer Beamten-Krankenversicherung. Sie sah tapfer und vernünftig aus, als sie ins Operationszimmer ging, und als sie eine Dreiviertelstunde später wieder herauskam, hatte sie genau denselben Ausdruck im Gesicht, als sei er darauf festgefroren.

Vielleicht würde sie ihre roten Rosen bekommen, wenn

sie nicht immer so verdammt vernünftig aussehen würde, dachte Fanny.

Tante Hedda trug zu Charlottes Ehren ein kleines Gedicht vor. Manchmal blieb sie stecken und sah dann lange auf ihren Spickzettel, bis sie die nächste Zeile gefunden hatte. Robert knabberte an Charlottes Hals und küßte ihr das Ohrläppchen. Fannys Tischherr, Onkel Alf, flüsterte Fanny ins Ohr: »Ach Gott, muß Liebe schön sein«, und dann kicherte er blöd. Er hatte ein großes Muttermal in der Form eines Ahornblatts auf der Wange, das sie als Kind fasziniert angestarrt hatte. Jetzt im Alter war es zusammengeschrumpelt und bewegte sich zitternd, wenn er kaute oder sprach. Wahrscheinlich wußte er gar nicht mehr, daß er vor vielen Jahren auf Charlottes Konfirmation Fanny ins Bad gedrängt und ihr mit einer blitzschnellen Bewegung unter das Kleid gegriffen hatte. Seine gierige Tatscherei verwandelte sich, als jemand die Treppe heraufkam, blitzschnell wieder in eine onkelhafte Umarmung, und bevor Fanny überhaupt richtig verstanden hatte, war er bereits wieder der lustige Onkel Alf mit dem komischen Fleck auf der Backe.

Jetzt sah Fanny, wie er absichtlich den Arm der hübschen Kellnerin streifte, als sie ihm vorlegte. Das Mädchen gönnte ihm keinen Blick und ging weiter zur Tischdame von Klaus, der dicken Annette. Klaus machte einen Witz und Annettes fleischige Oberarme bebten unter ihrem Gelächter. Die hübsche Kellnerin versuchte, Klaus' Aufmerksamkeit auf sich zu ziehen und fragte ihn mehrmals, ob er nicht noch etwas Soße haben wolle. Klaus schüttelte abwesend und leicht ungeduldig den Kopf, aber Fanny wußte genau, daß das nur gespielt war, um das Mädchen zu reizen. Tatsächlich war dem Mädchen eine Spur Verunsicherung anzumerken, weil es die Soßenterrine wie erstarrt in der Luft hielt und nicht gleich weiterging. Dann setzte es eine übertrieben arrogante Miene auf, und kam um den Tisch herum, zu Onkel Alf, der schon unruhig auf seinem Stuhl hin- und herrutschte, bis die Reihe an ihm war.

»Soße?« fragte das Mädchen kühl, und Onkel Alf sah es mit Hundeaugen an und sagte bedeutungsvoll: »Ja, bitte. So viel wie möglich.« Er zitterte vor Geilheit wie ein Pinscher, wenn es kalt ist, aber das Mädchen kippte ihm ungerührt einen ganzen See dunkler Soße über den Braten und ging weiter zu Fanny. Werden denn alle Männer, wenn sie alt sind, unweigerlich lächerlich? dachte Fanny, während sie dem Mädchen ihren Teller hinhielt. In diesem Moment prostete ihr Vater ihr von weitem zu, als wolle er sagen, na ja, manche vielleicht, aber bestimmt nicht alle, schau mich an, und Fanny lächelte ihm dankbar zu, da bog die Kellnerin um die Tischecke und beugte sich zu ihrem Vater hinunter. Fanny hielt unwillkürlich den Atem an, aber ihr Vater schüttelte nur knapp den Kopf, das Mädchen wollte schon weitergehen. Fanny war fast erlöst, da hob ihr Vater plötzlich den Blick, sah die hübsche Kellnerin an, sagte etwas zu ihr, und in seinem Blick lag mit einem Mal so viel Sehnsucht, ein so inständiges Betteln, daß Fanny heiß wurde vor Scham. In ihren Ohren rauschte laut das Blut, sie hörte nichts mehr, und um sie herum klappten die Menschen die Münder auf und zu wie die Fische.

Enttäuschung breitete sich in ihr aus wie ein Tropfen

Tinte in einem Glas Wasser und färbte alles, was sie dachte, diffus ein mit Traurigkeit und dem Gefühl von Verlassenheit. Sie suchte Klaus' Blick, aber der unterhielt weiterhin die dicke Annette, als gelte es, einen Preis als witzigster Tischherr zu gewinnen. Das ist mir alles zu blöd, dachte Fanny verzweifelt, das ist mir alles viel zu blöd.

Kaum wurde die Tafel aufgehoben, bahnte sie sich einen Weg durch die wogenden Taft- und Samtkleider und Wolken von Parfüm, lief aus dem Zimmer nach oben und ließ die Hochzeitsgesellschaft hinter sich wie ein zu laut eingestelltes Fernsehprogramm.

Der dicke Teppich im dunklen Flur saugte die Musik und die Geräusche auf wie ein Schwamm. Fanny konnte sich plötzlich genau an das Gefühl dieses Teppichs unter ihren nackten Kinderfüßen erinnern, selbst an den etwas muffigen Geruch. Bis zum ersten Treppenabsatz war sie nachts, wenn sie nicht schlafen konnte, oft über diesen Teppich gekrochen und hatte dort im Schutz einer kleinen Konsole ihre Eltern unten im Wohnzimmer beobachtet, wie sie da saßen und lasen. Keiner von ihnen sprach. Sie blätterten Seite um Seite um, sahen manchmal auf und lächelten sich zu. Es war für Fanny immer aufregend und unheimlich zugleich gewesen, ihre Eltern so zu sehen. Sie erkannte sie nicht wieder, als seien sie Fremde, die sie bei einer geheimen Tätigkeit beobachtete. Manchmal wurde es ihr zu unheimlich, dann kam sie aus ihrem Versteck heraus, ging die Treppe hinunter und sagte: »Ich kann nicht schlafen«, und wie durch ein Zauberwort verwandelten sich dann die beiden fremden Menschen wieder in ihre Eltern. Sie wurde auf den Schoß genommen, bekam Zuckerwasser, und schließlich trug sie ihre Mutter zurück ins Bett.

In dieses Bett wollte Fanny sich jetzt legen und ein bißchen vor sich hinweinen. Aber als sie die Tür öffnete, sah sie, daß ihre Mutter bereits genau das tat: sie saß auf Fannys altem Kinderbett und weinte. Ungeschickt legte Fanny ihr die Arme um die Schultern. Wie immer war sie überrascht, wie schmal ihre Mutter sich anfühlte.

»Wein doch nicht«, sagte sie versuchsweise, dann »Was ist denn?« und »Was ist denn so schlimm?« – alles Sätze, die sie hunderttausendmal genauso, in demselben Tonfall, von ihrer Mutter gehört hatte.

»Red nicht mit mir wie mit einem Kind«, sagte ihre Mutter barsch und wand sich aus Fannys ungelenker Um- armung. Sie schwiegen.

Fannys Mutter strich den Stoff ihres Kleids zwischen den Knien glatt, immer wieder ließ sie die Hand über den Stoff gleiten. Fanny sah ihr dabei zu. Zum ersten Mal fielen ihr die dunklen Altersflecken auf den Händen ihrer Mut- ter auf.

»Du und deine Schwester, ihr beide glaubt, daß man auf Probe leben kann«, sagte ihre Mutter schließlich mit zit- ternder Stimme, »aber es liegt schon so viel Zeit hinter euch. Und die, die ihr noch vor euch habt, nehmt ihr nicht ernst.«

»Und deshalb weinst du?«

»Ach«, sagte ihre Mutter und sah sie böse an, »ihr wißt nichts. Gar nichts wißt ihr. Und du weißt noch weniger als deine Schwester. Was, wenn du später feststellen mußt, daß diese Zeit bereits die glücklichste Zeit deines Lebens gewesen ist?« Fanny spürte, wie das Gift, das dieser Satz enthielt, in ihren Körper drang und ihr das Herz lähmte.

»Was glaubst du eigentlich, wieviel Zeit du hast?« fuhr ihre Mutter fort.

»Zum Heiraten und Kinderkriegen oder was?« schrie Fanny wütend.

»Nein«, sagte ihre Mutter, und ihre Stimme wurde ganz dünn wie ein Faden kurz vorm Zerreißen, »zum Glücklichsein.«

»Ich bin glücklich«, sagte Fanny trotzig. Ihre Mutter stand auf, ging zum Fenster und putzte sich die Nase. Ich weiß, was sie meint, dachte Fanny verzweifelt, ich weiß genau, was sie meint. Dann sag mir, wie ich leben soll, bettelte sie stumm, bitte, sag es mir doch.

»Dein Vater hatte vier Jahre lang eine Freundin«, sagte ihre Mutter und sah dabei in den Garten hinaus, in dem ihre Tulpen blühten wie jedes Jahr. »Charlotte hat das immer gewußt. Ich hab sie gebeten, dir nichts davon zu erzählen. Du hast ihn immer so bewundert. Seine Freundin hat sich vor drei Wochen von ihm getrennt. Das macht die Dinge seltsamerweise nicht leichter für mich. Im Gegenteil. Jetzt fühlt er sich alt. Und Altwerden ist...« sie stockte einen Moment, dann spuckte sie das Wort aus wie einen versalzenen Bissen, »beschissen. Genau das ist es, beschissen.«

Beide schweigen. Fanny starrte auf den Rücken ihrer Mutter. Sie sah den scharfen Strich, den der BH in ihr Fleisch schnitt. Sie wußte, welche Farbe er hatte. Fleischfarben, weil's praktischer ist. Als sich ihre Mutter umwandte, war ihr Gesicht trocken, die Augen nur leicht gerötet. Sie überprüfte mit schnellen Griffen ihre Frisur und lächelte leicht.

»Entschuldige«, sagte sie zu ihrer Tochter. »Es ist alles so albern.« Sie drückte Fanny flüchtig und ging aus dem Zimmer. Fanny setzte sich aufs Bett und versuchte, sich ihren Vater mit einer Geliebten vorzustellen. Es gelang ihr nicht. Statt dessen bekam sie Angst vor dem Tag, an dem alles verschwunden sein würde, ihr Kinderzimmer, das Haus, ihre Eltern. Sie erinnerte sich, wie sie als kleines Mädchen zum ersten Mal begriffen hatte, daß ihre Eltern irgendwann sterben würden und wie diese Erkenntnis sie getroffen hatte wie ein Stein.

»Alles wird wieder gut«, dieser Satz stimmte also nicht. Es gab etwas, das nicht wieder gut werden konnte, es war eine Lüge, die die Erwachsenen einem ständig beruhigend ins Ohr flüsterten: »Alles wird wieder gut.« Meine Güte, dachte Fanny erschrocken, eigentlich glaube ich das immer noch. Daß alles irgendwann gut wird. Aber was wäre denn gut? Gut für mich? Sie stand auf, trat an das Fenster und zählte die Tulpen im Garten, sieben rote, acht gelbe und fünf rosafarbene. Sie sahen kümmerlich und angefressen aus. Und wenn ihre Mutter recht hätte? Wenn die glücklichste Zeit ihres Lebens bereits hinter ihr lag? Sie wirft diese Sätze aus wie Angelhaken, dachte Fanny wütend, sie bohren sich ins Gehirn, und man wird sie nicht mehr los. Sie drehte sich um und ging schnell aus dem Zimmer. Als sie in den Flur hinaustrat, war sie überzeugt, Klaus und die hübsche Kellnerin in inniger Umarmung in einer der dunklen Ecken vorzufinden. Als sie sie nirgends sah, öffnete sie mit einem entschlossenen Ruck die Badezimmertür.

Ihre Kusine Lilli stand auf dem Klodeckel und versuchte im Spiegel, ihre rosa Schleife auf dem Po neu zu binden.

»Hey«, sagte sie zu Fanny, »du siehst heute so altmodisch aus.«

»Wie meinst du das?« fragte Fanny.

»Na ja, irgendwie so wie die andern«, sagte Lilli, sprang vom Klo und lief hinaus. Fanny ging langsam hinter ihr her. Sie stand auf dem Treppenabsatz und sah auf die Hochzeitsgesellschaft hinunter. Klaus stand allein in einer Ecke, die Hände in den Hosentaschen. Ihr Vater tanzte mit ihrer Mutter. Von oben konnte sie einen schmalen grauen Streifen an seinem Haaransatz sehen. Seine Freundin verläßt ihn, und schon hört er auf, sich die Haare zu färben, dachte Fanny. Lange stand sie so da und sah dem Muster der Tanzschritte zu, mit dem ihre Eltern den Boden bedeckten.

Tuba Teppich-Kur

Jessica geht in meinem Haus herum wie eine Katze. Vorsichtig beäugt sie alles, streicht schüchtern über ein paar Möbelstücke, geht langsam von Zimmer zu Zimmer, bis sie in unser Schlafzimmer gelangt. Dort bleibt sie vor dem schweren, eichenen Doppelbett stehen, das Eva und ich von meinen Schwiegereltern zu unserer Hochzeit bekamen und das wir aus einem seltsamen Aberglauben heraus nie durch ein moderneres, bequemeres Bett ersetzt haben. Der Aberglaube hat uns wenig genützt. Jessica dreht sich nach mir um.

»Hier?« fragt sie. Ich nicke. Wo sonst? Auf dem Biedermeiersofa im Wohnzimmer vielleicht? Oder auf dem Teppich? Dazu bin ich zu alt. Jessica setzt sich im Schneidersitz auf das Bett, läßt die langen, glatten Haare ins Gesicht hängen, und fährt mit dem Finger das Muster der mexikanischen Decke nach, die Eva und ich 1972 aus Ixtapanejo mitgebracht haben. Wie sie so dasitzt, erinnert sie mich an meine Töchter. Bei denen weiß ich auch nie, was sie denken. Jessica ist ein Jahr jünger als Fanny und zwei Jahre älter als Charlotte. Daran denke ich nicht gern.

»Gibt es heute nichts zu trinken?« fragt Jessica ohne mich anzusehen, und es klingt aggressiv. Ich frage nicht nach, warum, sondern gehe zurück ins Wohnzimmer und schenke uns beiden einen Whisky ein. Für Jessica ohne Eis und ohne Wasser. Sie braucht vorher immer einen Whisky. Zum Entspannen, sagt sie. Ich überlege, wie viele Whiskys ich uns schon eingeschenkt habe und daß man an der Zahl der Whiskys ablesen könnte, wie oft wir zusammen gewesen sind. Jede Woche ein-, zweimal, das ergibt rund eine Flasche im Monat, zwölf in einem Jahr, wir kennen uns vier Jahre, macht rund fünfzig Flaschen Whisky. Ich stelle sie mir aufgereiht nebeneinander vor als Summe von Jessica und mir. Als Summe meiner Affäre mit ihr. Ich häufe ein paar Salzstangen und Kartoffelchips in eine Schale und trage sie zusammen mit den Whiskys nach oben. Ich darf nicht vergessen, nachher die Gläser abzuwaschen, bevor Eva nach Hause kommt.

Die Eiswürfel in meinem Glas klingeln leise. Mir fällt ein alter Film ein, in dem Cary Grant ein Glas Milch die Treppe hinaufträgt. Cary Grant ist Evas Lieblingsschauspieler. Ich denke sonst nie an Eva, wenn ich bei Jessica bin. Die beiden Frauen sind wie zwei völlig verschiedene Parfüms, von denen das eine jeweils das andere überdeckt.

Es war eine idiotische Idee, Jessica hierherzubringen, in mein Haus, und ich weiß jetzt beim besten Willen nicht mehr, warum ich das getan habe. Vielleicht will ich einfach nur angeben vor ihr, ihr stolz wie ein Kind seine Schatzkiste mein wunderbares Haus zeigen.

Als ich ins Schlafzimmer komme, sitzt Jessica immer noch auf dem Bett und blättert in einem Buch. Ich erkenne schon von der Tür aus, daß es »Die unerträgliche Leichtigkeit des Seins« ist, das Eva gerade liest und von dem sie mir bereits so viel erzählt hat, daß ich überhaupt keine Lust mehr habe, es selbst zu lesen. So hat sie mir schon viele Bücher versaut.

»Ist das gut?« fragt Jessica und hält das Buch hoch.

»Weiß ich nicht«, antworte ich und gebe ihr den Whisky.

»Sowas liest du?« fragt Jessica, wirft die Haare zurück und sieht mich mit ihren schönen, braunen Kuhaugen spöttisch an. Sie weiß genau, daß Eva das Buch liest, nicht ich, sie will nur, daß ich sie sage, diese zwei Wörter. Und wenn ich sie nicht sage, sagt sie sie irgendwann, und zwar dann, wenn ich sie am wenigsten hören will. Ein Mann in meinem Alter ist leicht aus dem Takt zu bringen.

»Nein«, sage ich ruhig, »meine Frau.«

»Deine Frau«, echot sie prompt.

»Ja«, wiederhole ich, »meine Frau.« Wir sehen uns an, und ich spüre, daß alles falsch läuft, daß ich jetzt sagen müßte, hör zu, Jessie, das war eine Schnapsidee, dich hierherzubringen, es tut mir leid, sei ein gutes Mädchen und geh nach Hause, wir treffen uns nächste Woche wie gehabt, ja? Statt dessen gehe ich zum Fenster und schließe es. Ich sehe unsere Nachbarn, das Ehepaar Lohner, im Garten sitzen und Kaffee trinken. Ich ziehe die Vorhänge zu. Wenn das die Lohners jetzt sehen sollten, werden sie denken, aha, Samstag nachmittag, wenigstens die Ehe der Fincks funktioniert noch. Das denken, glaube ich, alle. Auch unsere Töchter. Ich hoffe inständig, daß sie das denken. Es ist jetzt totenstill im Schlafzimmer. Jessica macht keine Anstalten, sich auszuziehen. Also setze ich mich aufs Bett, streife mir die Schuhe ab, ziehe erst das

Hemd, dann die Socken aus. Du Idiot, beschimpfe ich mich, was willst du dir beweisen? Ich könnte jetzt mit Jessica in ihrem kleinen schmucken Apartment in Haidhausen sein, in dem die Töne, die von draußen hereindringen und denen wir lauschen, wenn wir uns voneinander lösen und stumm noch ein Weilchen daliegen, mich so sehr an ein anderes, jüngeres Leben erinnern. Da klappern die Teller aus dem Restaurant unten drunter, kreischen die Bremsen der Straßenbahn in der Kurve der Wörthstraße, kichern und schreien Schulkinder, donnern Motorräder vorbei. Hier ist es still, so still.

»Warum hast du mich hergebracht?« fragt Jessica.

»Ich weiß es nicht«, sage ich und ziehe mir die Hose aus. Jessica rührt sich nicht. Ich fasse übers Bett und nehme ihre Hand.

»Was ist los?« frage ich sie.

»Ach, nichts«, sagt sie und entzieht mir ihre Hand.

»Es ist nur so armselig, findest du nicht?«

»Was ist armselig?« frage ich vorsichtig. Sie macht eine Handbewegung, die mich und sie und das ganze Haus einschließt.

»Ach, weißt du«, sage ich kühl, »so gesehen ist eigentlich alles ziemlich armselig.«

»Das ist es ja eben«, sagt sie und lacht plötzlich, »genau das ist es ja eben.« Sie läßt sich auf dem Bett nach hinten fallen und legt den Arm übers Gesicht. Ich werde ungeduldig. Ich habe keine Lust, mit ihr über Sinn und Unsinn des Lebens zu diskutieren. Ich ziehe mich komplett aus und lege mich neben sie.

»Jessie«, sage ich so sanft ich kann, »Jessie, komm«, und will sie streicheln. Aber kaum berühre ich sie, setzt sie sich wieder auf.

»Weißt du«, sagt sie, »manchmal träume ich vielleicht auch von so einem Haus und einer Familie und Tulpen im Garten und dem ganzen Mist. Aber dann sehe ich dich an und denke: Das ist der Preis, den man dafür bezahlen muß. Daß dein Kerl irgendwann loszieht und sich was anderes sucht.«

»O je«, lache ich, »hältst du mir jetzt eine Moralpredigt?«

»Ja, vielleicht«, sagt sie. Ich lege ihr die Hand auf die Schulter.

»Jessie«, sage ich, »was hast du denn bloß?«

»Ach, Scheiße«, sagt sie leise und springt auf. »Das Badezimmer ist dahinten, nicht?« fragt sie. Ich nicke.

»Keine Angst«, sagt sie über die Schulter, während sie in Richtung Bad marschiert, »ich werde keine Flecken auf den Handtüchern deiner Frau hinterlassen, und von ihrem Lippenstift werde ich auch die Finger lassen.« Sie zieht die Badezimmertür hinter sich zu, schließt aber nicht ab. Ich werte das als gutes Zeichen. Wenn sie aus dem Bad zurückkommt, wird sie meine alte Jessica sein, eine junge, emanzipierte Frau, die sich normalerweise nicht mehr von den Männern erhofft, als sie zu bieten haben. Sie erwartet nichts von mir. Sie ist der einzige Mensch, der nichts von mir erwartet. Sie erfrischt mich allein dadurch, daß sie nichts von mir erwartet. Ich könnte mit Eva nie die Dinge tun, die ich mit Jessica tue. Der Mann, mit dem meine Frau glaubt, seit über dreißig Jahren verheiratet zu sein, deprimiert mich. Er ist so großartig, so fehlerlos, so ganz ohne Schwächen. Heute noch leuchten ihre Augen auf, wenn sie anderen gegenüber von diesem Mann spricht! »Mein Mann«, sagt sie stolz, »mein Mann findet… mein Mann denkt… mein Mann sagt…« Ich stehe dann daneben, sehe auf meine Schuhspitzen und mag diesen Mann nicht, von dem sie spricht. Er hat mich über die Jahre immer mehr eingeschüchtert. Er ist schuld daran, daß ich mich ihr gegenüber immer weniger getraut habe, daß ich so schüchtern geworden bin.

Ich bin sicher, Jessica in ihrer jugendlichen Einfalt glaubt, daß meine Ehe wie so viele über die Jahre einfach langweilig geworden ist. Nein, ich bin bei Jessica, weil nach neunundzwanzig Jahren Ehe meine Frau und ich zaghafter miteinander umgehen als vollkommen Fremde. Manchmal sitze ich nackt mit Jessica auf dem Schoß in ihrer winzigen Küche auf einem dieser unbequemen Plastikstühle und trinke einen Espresso, rauche eine Zigarette und überlege, warum es mich mehr Mut kosten würde, so mit Eva in unserer Küche zuhause zu sitzen, als in einem Faß die Niagarafälle hinunterzuschwimmen.

Vielleicht habe ich Jessica deshalb mit hierhergebracht, in unser Haus, weil ich mir erhoffte, daß etwas von meinem Mut, meiner Freiheit mit diesem jungen Ding hier zurückbleiben würde, wie eine lässige Jacke, in die ich dann auch mit Eva schlüpfen kann.

Kennengelernt habe ich Jessica auf einem Flug von Peking nach Frankfurt. Ich kam von einer Geschäftsreise zurück, sie war zwei Monate allein durch China gereist. Sie schlich, als der Film gezeigt wurde und das Flugzeug dunkel war, von der proppenvollen Touristenklasse in die angenehm leere Businessklasse und setzte sich mit trotzigem Gesichtsausdruck neben mich.

Als wir in Frankfurt ankamen, rief ich Eva an und sagte ihr, ich würde wegen einer Besprechung erst mit der übernächsten Maschine nach München kommen. Als ich auflegte und neben dem Telefon auf Jessica wartete, die galanterweise auf die Toilette gegangen war, um nicht neben mir stehen und sich anhören zu müssen, wie ich meine Frau belog, kam ein Geschäftsmann im ähnlichen Alter wie ich zum Telefon, und ich hörte, wie er sagte: »Hasi, warte nicht auf mich, es wird heute wieder spät, ich nehme die letzte Maschine.« Als er sich vom Telefon abwandte und mit festen Schritten dem Ausgang zustrebte, kam eine junge Frau in einem gelben Kleid auf ihn zugelaufen und fiel ihm um den Hals. Plötzlich fühlte ich mich völlig irreal. Eine kleine Figur in einem dunkelblauen Anzug und mit einem Koffer in der Hand in einem Heer von absolut identischen Männchen, die wie von einem monströsen Kind auf einem Spielzeugflughafen herumgeschoben wurden, an einem Spielzeugtelefon ihren Frauen stereotype Sätze erzählten und dann mit Spielzeugmädchen in bunten Sommerkleidern in ein Spielzeughotel gebracht wurden. Seltsamerweise tröstete mich dieser Gedanke. Ich war nicht allein. Ich war wie alle andern.

Jessica wurde mir zur Gewohnheit wie das Büro, Eva, die Kinder, der Saunabesuch einmal in der Woche, wie in Ruhe Zeitung lesen am Samstag vormittag. Von Jessicas restlichem Leben weiß ich wenig. Ich will auch nichts davon wissen. Je weniger ich weiß, um so freier kann ich mit ihr sein. Manchmal frage ich mich insgeheim, warum eine junge Frau wie sie ihre Zeit mit einem alten Knacker wie mir verschwendet, und wäre sie meine Tochter, würde ich ihr gehörig die Leviten lesen, obwohl ich aus eigener, bitterer Erfahrung sehr gut weiß, daß das überhaupt keinen Zweck hat. Dennoch würde ich zu ihr sagen: Mädchen, an diese Zeit wirst du einmal zurückdenken als an deine schönsten Jahre, in denen weder Alter, Tod noch Krankheit dich in eine Richtung gezwungen haben, in die du vielleicht nicht gehen wolltest, eine Zeit, in der du wirklich frei warst zu entscheiden, wohin dich dein Leben führen soll, und was machst du damit? Du verschwendest sie an einen alten Mann, der an dir saugt wie ein Vampir, weil er all das, was du noch hast, nicht mehr hat.

Aber all das sage ich ihr natürlich nicht. Ich halte den Mund und erfreue mich an ihr wie an einem guten Essen, nach dem man sich satt und zufrieden fühlt.

Ich habe das Gefühl für Zeit verloren, ich weiß nicht, wie lange sie jetzt schon im Bad ist. Ich höre kein Wasserrauschen mehr, es ist still, ganz still, und ich denke entsetzt, vielleicht schminkt sie sich doch mit Evas Kosmetika, wie soll ich Eva den verstreuten Puder, den abgenutzten Lippenstift erklären? Ich gehe vollkommen nackt die Treppe hinunter ins Wohnzimmer und hole mir einen weiteren Whisky. Ich kann mich nicht erinnern, jemals nackt durchs Haus gelaufen zu sein. Als wir einzogen, waren beide Kinder schon geboren. Das Telefon klingelt, und ich zucke zusammen, als hätte mich jemand ertappt. Ich stelle das Telefon leiser und lasse es weiterklingeln.

Als ich zurück ins Schlafzimmer komme, ist Jessica immer noch nicht aus dem Bad heraus. Ich klopfe vorsichtig an die Tür.

»Jessie? He, Jessie?« Sie antwortet nicht, nicht das geringste Geräusch dringt aus dem Badezimmer, also drücke ich die Türklinke herunter, mache ganz vorsichtig die Tür auf, ganz langsam, um sie zu überraschen, buh! zu rufen, und mit ihr darüber zu lachen, wie sehr sie sich erschrokken hat. Zuerst sehe ich nur den rosagefärbten Schaum auf dem Badewasser. Seltsam, denke ich, wie kann der Schaum rosa sein? Wie lange man manchmal braucht, etwas zu verstehen, wenn man es nicht verstehen will. Sie hat die Augen geschlossen und liegt bis zur Nase im Wasser. Ich packe sie unter den Achseln und zerre sie heraus. Das Wasser schwappt über, der rosa Schaum quillt über den Rand und tropft auf den gelben Badezimmerteppich. Als ich Jessica schließlich aus der Wanne gewuchtet habe und sie mit einem dumpfen Plopp auf dem Boden landet, färbt das Blut, das ihr in dünnen Rinnsalen die Arme entlangrinnt, den Teppich im Handumdrehen dunkelrot. Ich lehne Jessica gegen die Wand, aber vom Schaum ist sie ganz glitschig, sie rutscht ab und droht umzufallen. Dabei hinterläßt sie rosa Schaumschlieren auf den weißen Kacheln.

Ich reiße sie an den Armen hoch, stopfe ihr zwei dicke Handtücher in den Rücken und untersuche ihre Handgelenke. Wütend stelle ich fest, daß sie es auch noch richtig gemacht hat, längs, nicht quer. Die Rasierklinge liegt noch auf dem Badewannenrand. Ich bin Trockenrasierer. Sie muß sie sich extra mitgebracht haben. Während ich in der Hausapotheke nach Verbandszeug wühle, läuft das Blut weiter über den Boden, die weißen Handtücher, die Fliesen, alles färbt sich rot, und je mehr ich mich beeile, um so schneller scheint das Blut zu fließen. Endlich habe ich Pflaster und Mullbinden gefunden, ich presse die Wunden zusammen und klebe meterweise Pflaster um ihre Gelenke, aber bald tröpfelt das Blut unter dem Pflaster wieder hervor und läuft an ihren Handgelenken herunter, tropft auf mein Bein. Ich sehe mich im Spiegel. Meine Brust, meine Arme, mein ganzer Körper ist blutverschmiert. Ich habe den dringenden Wunsch, sofort zu duschen. Jessica hat ihre Augen geöffnet und sieht mich ausdruckslos an. Fast gelangweilt ist ihr Blick. Ich könnte sie ohrfeigen. In drei Stunden kommt Eva zurück. In meiner Panik tue ich das Dümmste, was ich tun kann, ich wuchte Jessica auf meinen Rücken und trage sie ins Schlafzimmer, lege sie dort aufs Bett, und versuche mit zitternden Händen, sie anzuziehen. Langsam breitet sie die Arme aus und wischt mit ihren blutverschmierten Handgelenken in einem großen Halbkreis über die zurückgeschlagene mexikanische Decke, die Laken, die Kissen. Sie sieht mich dabei ruhig an. Und dann dreht sie sich langsam zur Seite und streicht noch einmal über die weiße Wäsche. Ich ohrfeige sie. Sie gibt keinen Ton von sich. Sie läßt sich vom Bett auf den Boden fallen. Einen hellgrauen Teppichboden. Sie robbt auf ihren Handgelenken über den Teppich und hinterläßt dabei Spuren wie von einem seltsamen Tier mit dicken Tatzen. Ich renne zurück ins Bad, hole die schon blutverschmierten Handtücher, werfe sie auf den

Boden im Schlafzimmer, drehe Jessica auf den Rücken, pinne sie mit dem Knie fest auf den Boden und ziehe ihr ihr T-Shirt über den Kopf. Sie ist zu schwach, um sich gegen mich zu wehren, aber sie macht es mir so schwer sie nur kann. Ich erinnere mich plötzlich an früher, wie es war, wenn ich versucht habe, unseren Kindern einen Anorak anzuziehen oder einen Pullover, und wie sie ihre Ärmchen so steif gemacht haben, daß es unmöglich war, sie in die Ärmel zu bringen. Ich zwänge Jessicas Arme mit Gewalt in das Hemd, ihre Beine in die Jeans. Ich schreie sie an. Sie sieht mich mit stumpfen, vorwurfsvollen Augen an, dann fällt sie schlapp in sich zusammen, als hätte man die Luft aus ihr herausgelassen. O Gott, denke ich, alles, was ich wollte, war eine kleine, klare Affäre, so klar und einfach wie ein Schluck Wasser, und genau das hat sie mir doch all die Jahre auch versprochen. Ich hasse sie plötzlich für den Betrug, den sie an mir begangen hat. Während ich mich in Windeseile anziehe, streicht sie schon wieder mit ihren blutverschmierten Händen über unseren Teppich. Ich hasse sie, sie haßt mich. Seit wann? Ich stopfe ihre Unterhose und ihren BH in die Jeanstaschen, werfe sie über die Schulter wie einen alten Sack und trage sie schwankend die Treppe hinunter zur Haustür. Als ich auf der untersten Stufe angekommen bin, wende ich kurz den Kopf und sehe, daß sie den ganzen Weg mit ihrem blutenden Hand-gelenk an der weißen Wand entlanggefahren ist. Ich sehe den ekligen, schmierigbraunen Streifen und möchte in Tränen ausbrechen. Ich möchte Jessica vor die Tür werfen wie einen alten Lumpen, die Tür zuschlagen und alles vergessen.

Statt dessen schleppe ich sie in die Garage, setze sie in mein Auto, schnalle sie sogar noch an und fahre mit ihr in die Unfallklinik. Natürlich blutet sie die Sitze voll. Um meine Wut ein wenig zu besänftigen, schiebe ich eine Vivaldikassette in den Recorder. Jessica, die sich die ganze Zeit nicht gerührt hat, streckt plötzlich die Hand aus und drückt auf EJECT. Der Kassettenrecorder spuckt den Vivaldi wieder aus. Jessica sieht mich nicht an. Sie sitzt mit hängenden Armen da, die Handflächen nach oben gedreht, damit ich nur ja nicht die Schnitte an ihren Pulsadern unter dem Pflaster vergessen kann.

Ich setze sie im Warteraum der Unfallklinik auf einen Stuhl wie eine Puppe.

»Jessica«, sage ich. Sie hebt noch nicht einmal den Kopf. Ich gehe. Klack, klack, klack machen meine Schritte auf dem blankgebohnerten Linoleum. Ich fange an zu laufen, renne durch die grünen Krankenhausflure, biege so schnell um die Ecke, daß ich fast mit einer Krankenschwester zusammenstoße, die eine Nierenschale vor sich herträgt. Selbst jetzt, in meiner Panik und Verzweiflung, bemerke ich, daß sie ausnehmend hübsch ist. Was ist nur los mit mir? denke ich, während ich weiterlaufe. Klackklackklackklackklack. Meine Schuhe klingen wie ein Maschinengewehr.

Es bleiben mir noch nicht einmal eineinhalb Stunden, bis Eva zurückkommt. Ich reiße die Laken vom Bett, hole die Handtücher aus dem Badezimmer, werfe alles auf einen großen Berg, wie ich es Eva hundertfach habe tun sehen. Ich stopfe die Wäsche in die Waschmaschine im Keller, schütte in irgendein Fach Waschpulver, drücke wie besessen an den Knöpfen herum, bis endlich Wasser in die Maschine läuft, ich rase wieder nach oben, suche die ganze Küche nach irgendeinem Mittel für den Teppich ab, verfluche Eva, wo versteckt sie die Reinigungsmittel? Schließlich finde ich eine Packung »Tuba Teppich-Kur« in der Besenkammer, natürlich, genau da, wo sie auch hingehört, ich hetze die Treppe hinauf, vorbei an den Schlieren an der Wand, die ich bestimmt nicht einfach abwaschen kann, im Schlafzimmer streue ich wahllos Pulver aus der Packung auf den Teppich, reibe auf den Knien wie rasend mit einem Schwamm auf ihm herum. Die Flecken werden keine Spur kleiner. Im Gegenteil. Sie scheinen sich, je mehr ich scheuere, noch zu vergrößern. Ich produziere dabei immer mehr Schaum, einen ganzen Berg von Schaum. Er wächst und wächst unter meinen Händen, quillt über meine Knie, breitet sich nach allen Seiten aus. Ich schaufle ihn zur Seite, um die Flecken wiederzufinden, wühle in ihm wie in Schnee. Verzweiflung droht mich zu übermannen. Ich nehme die Packung zur Hand, versuche, die Gebrauchsanleitung zu lesen, und während ich so dahocke, hält mein Leben plötzlich an. Es wird langsamer und langsamer wie ein auslaufendes Rad. Ich sehe Eva vor mir, wie sie von ihrem Einkaufsbummel mit schlenkernden Tüten in der Hand auf ihr Auto zugeht, und plötzlich wird auch sie langsamer, immer langsamer, wie alles um sie herum, die Passanten, die Autos, die Fahrradfahrer. Ein Kind hebt wie in Zeitlupe den Kopf, ein Hund wedelt noch einmal mit dem Schwanz, dann bewegt auch er sich nicht mehr, die Töne werden immer tiefer und fangen an zu eiern wie auf einer Schallplatte, die zu langsam läuft, dann wird es still. Es wird so still um mich herum, daß ich nur noch das Blut in meinem Kopf puckern höre. Ich halte die Packung mit der »Tuba Teppich-Kur« in der Hand und starre auf den Text auf der Rückseite. Solange ich mich nicht bewege, denke ich, bin ich in Sicherheit. Ich hocke auf dem Boden meines Schlafzimmers und lese wieder und wieder: TUBA TEPPICH-KUR

* schont die Fasern Ihres Teppichs auch bei häufiger Anwendung
* hinterläßt keine Rückstände
* verhindert ein schnelles Wiederanschmutzen des Teppichs
* für die Entfernung alter, hartnäckiger Flecken
* als Soforthilfe bei frischen Flecken.

Kaufrausch

Ich denke oft an meine Töchter Fanny und Charlotte, wenn ich allein in meinem Apartment am Fenster sitze, in dem blauen Nerz und den roten Stöckelschuhen von Ferragamo. Ich überlege, wie ich ihnen erklären könnte, warum ich hier sitze und einen sündhaft teuren Pelz trage und nichts darunter, warum ich überhaupt hier bin, in diesem kahlen Apartment mit den weißen Wänden, und nicht zuhause. Daß ich das Opfer eines Klischees geworden bin, würde ich es ihnen so erklären? Daß es damit anfing, daß ihr Vater plötzlich, nach achtundzwanzig Jahren Ehe, mit einem anderen Geruch in den Kleidern nach Hause kam? Daß er auf sein Gewicht zu achten begann, sich heimlich die Haare färbte, sich bunte Hemden kaufte und Jeans? Daß er nur versucht, seine Angst vor dem Tod mit jungem Frauenfleisch zu betäuben, wie Millionen anderer Männer auch? Und daß ich, obwohl ich das verstehen kann, wie Millionen andere betrogene Ehefrauen auch verzweifelt, verbittert, einsam, häßlich, fett und alt in meinem Kummer bin? Aber ich muß meinen Töchtern nichts erklären, weil sie mich nichts fragen. In den Einbauschränken dieses Apartments hängen zwei Nerze, einer in Schwarz, der andere in Himmelblau, zwei Chanel-kostüme, vier Yves-Saint-Laurent-Kleider, eine Jacke von

Miyake, eine von Kenzo, eine von Lezard, drei Kleider von Versace, zwei von Armani, siebzehn Paar Schuhe von Ferragamo, vier Tücher und drei Pullover von Ralph Lauren, zwei Mäntel von Jil Sander, ein Regenmantel von Azzedine Alaia, Bodysuits von Giorgio di Sant'Angelo, Seidencrêpeshorts von Hermès, Seidenunterwäsche in Rot und Schwarz, fünf Taschen von Vuitton, drei von MCM, einundzwanzig verschiedene Parfüms. Ich habe gekauft, was mir in die Finger kam. Stand ein gutklingender Name auf dem Etikett und hat mir die Verkäuferin Komplimente gemacht, habe ich es gekauft. Es war mir egal, was es war und wie teuer. Ich wollte nur unter Leuten sein, das Gefühl haben, daß ich auch jemand bin, daß man nicht auf mir herumtrampeln kann, daß auch ich ein bißchen Höflichkeit und Respekt verdient habe.

Mit billigen Kaufhäusern hat es angefangen. Es ging mir immer sofort besser unter den vielen Menschen, in dem hellen Licht inmitten all der bunten Dinge. Wenn ich durch die heiße Luftschleuse am Eingang trat, fiel der Kummer von mir ab wie lästige Kopfschmerzen. Anfangs kaufte ich Baumwollschlüpfer, Socken, T-Shirts, Nachthemden für Charlotte und Fanny, Geschirrhandtücher und Bettlaken, vernünftige Dinge, die keiner haben wollte.

Als meine Wäscheschränke überquollen und ich nicht mehr wußte, wohin mit dem Zeug, fing ich an, durch Boutiquen zu streifen, kaufte zuerst nur billigen Klimbim, Modeschmuck und Tücher, herabgesetzte Ware. Aber Verkäuferinnen riechen den Sonderangebotskäufer zehn

Meilen gegen den Wind. Sie wenden sich ab, setzen eine ablehnende Miene auf und antworten nur widerwillig, als hätte man eine ansteckende Krankheit. Dennoch ging ich jeden Tag zu ihnen und ließ mich von ihnen erniedrigen, weil es immer noch besser war, als zuhause zu sitzen und durch jeden alten Flecken auf dem Teppich, jede angeschlagene Tasse an unsere Vergangenheit erinnert zu werden, die bestimmt nicht immer glücklich war, aber die wenigstens immer noch unsere gemeinsame war. Von der Gegenwart fühlte ich mich ausgeschlossen wie ein unartiges Kind. Herbert war ohne mich in ein anderes Zimmer gegangen und hatte die Tür vor mir geschlossen. Ohne Erklärungen, ohne Streit, einfach so.

Dann starb Tante Bärbel und hinterließ mir hundertvierzigtausend Mark. Ich habe nie teure Kleider besessen, ich hielt das für unnötig, unvernünftig und auch ein bißchen albern. Ich habe mich nie danach gesehnt, einen Pelz zu besitzen, im Gegenteil, ich kann mich erinnern, daß Herbert mir einmal einen Nerz zu Weihnachten schenken wollte und ich lieber einen praktischen, schick geschnittenen Trenchcoat mit herausknöpfbarem Webpelzfutter haben wollte. Nein, was mich in die teuren Geschäfte in der Innenstadt trieb, waren nicht die Kleider, sondern die Art, wie ich dort behandelt wurde. Mit Respekt. Allerdings nicht sofort. Anfangs rümpften die Verkäuferinnen die Nase über meine verlatschten Mokassins. Sie sahen meine billige, vernünftige Baumwollunterwäsche, wenn sie in die Umkleidekabine kamen, und lächelten mitleidig, und mit hochgezogenen Augenbrauen nahmen sie meine Nylontasche und mein praktisches Plastikportemonnaie zur Kenntnis.

Erst als ich die teuren Ferragamoschuhe trug, ein Chanelkettchen, die Handtasche von Vuitton, den ziemlich häßlichen, weißen Plastikregenmantel von Alaia für zweitausendsiebenhundert Mark, der mich immer recht unangenehm an ein Kondom erinnert, erst dann kamen die Verkäuferinnen auf mich zugeeilt, wenn ich den Laden betrat, boten mir Kaffee an, strahlten ihr falsches Lächeln, machten mir verlogene Komplimente.

Es war mir gleichgültig, daß sie logen, daß sie mir nur das Geld aus der Tasche ziehen wollten. Ich sehnte mich nach ihren Komplimenten wie ein Verdurstender nach Wasser. Ich wollte sie hören, immer wieder und wieder. Ich wollte ihnen so gern Glauben schenken. Ich brachte den ganzen teuren Plunder in dieses Apartment, in dem nichts weiter steht als ein Stuhl am Fenster und die Campingliege. Es kostet eintausendzweihundert Mark im Monat, und anfangs benutzte ich es nur als großen Schrank. Zuhause hätten Charlotte und Fanny meine neuen Kleider irgendwann entdeckt, sie stöbern auf ihren seltenen Besuchen durch meine Schränke wie die Trüffelschweine, und wühlen sie durch unsere gemeinsame Familiengeschichte wie durch eine Altkleidersammlung. Ein altes Cocktailkleid aus den sechziger Jahren erscheint Fanny plötzlich todschick, Charlotte fällt mit einem Mal ein ganz bestimmtes Taschentuch ein mit kleinen Pudeln drauf, das sie als Kind so mochte, und prompt durchwühlt sie alle Schränke auf der Suche nach ihm. Sie nehmen Herberts grünen Parallelo mit und meine alten

Goldpumps, ohne zu fragen, sie fallen ein wie die Heuschrecken.

Nein, meine Töchter hätten nur über mich gelacht, oho, hätten sie gesagt, Mutti entdeckt die Designerwelt, und dann hätten sie mir in den Ohren gelegen, ob sie nicht den Blazer von Armani (Charlotte) oder eben diesen Regenmantel von Alaia (Fanny) ausleihen dürften, ganz kurz, nur einen Tag, bitte, bitte, ich höre sie betteln, in den süßesten Tönen mich bezirpen, sie hätten mir alles bereits aus den Fingern gerissen, bevor ich noch mein dummes, kleines Spiel damit hätte beginnen können.

Herbert fährt jeden Morgen ins Büro oder sonstwohin, ich will es gar nicht wissen, und ich gehe hierher, in mein Apartment. Ich bade, schminke, frisiere mich und ziehe mir etwas Schönes an, dann setze ich mich ans Fenster und starre hinaus in den Verkehr wie in ein Kaleidoskop. Stunde um Stunde sitze ich so da. Ich starre aus dem Fenster und versuche, an nichts zu denken. Das ist schwieriger, als man denkt. Ich fange damit an, daß ich mir eine Frau vorstelle, Mitte Fünfzig, mit schönen Beinen und zu dicken Hüften, einem klassisch geschnittenen, aparten Gesicht, mit grauen, schweren Haaren, die sie, weiß der Himmel warum, nicht färben mag, ich sehe diese Frau, wie sie nackt vorm Spiegel steht und jedem ihrer offensichtlichen Mängel kühl ins Auge sieht, wie sie sich dann anzieht, ein schwarzes Chanelkostüm, ein meergrünes Leinenkleid oder manchmal auch nur einen blauen Nerz und sonst gar nichts. Wie elegant und selbstbewußt sie dann plötzlich aussieht, wie sexy und feminin. Diese Frau fühlt sich der

Welt gewachsen, sie findet die Welt in Ordnung so, und die Welt findet sie in Ordnung. Und weil das so ist, setzt sie sich ans Fenster, entspannt sich zufrieden, und kein Lüftchen kräuselt ihre spiegelglatte Seele. Ich sehe eine Frau, die all das ist, was ich nicht bin. Es ist, als sähe ich mein Spiegelbild, aber ich erkenne mich nicht darin, und so werde ich jeden Tags aufs neue zu jemandem, der mich und meinen Kummer ebenfalls nicht kennt. Es beruhigt mich auf eine seltsame Weise, so als schaute ich in einen tiefen Brunnen.

Inzwischen bedaure ich fast, daß ich an den Wochenenden nicht herkommen kann, und wenn ich dann am Sonntagnachmittag mit Herbert in unserem Wohnzimmer sitze und er seine Fachzeitschriften liest und an seine Geliebte denkt, dann denke ich an die Frau am Fenster.

Frauen allein in Hotelzimmern

Fanny war einfach unfähig zu Affären, sie verliebte sich, und wenn es nur für eine Nacht war. Vielleicht nicht unbedingt in den ganzen Mann, manchmal reichte ihr auch schon die Art, wie er lachte, wie kraftvoll seine Hände auf dem Lenkrad aussahen, oder wie rührend er nackt wirkte. Jedesmal wieder wälzte sie sich begeistert in ihren Liebesgefühlen wie ein Pferd auf einer Frühlingswiese, sie stand am nächsten Tag bei dem Geliebten vor der Tür, ihre gesamte Habe in ein paar Plastiktüten gestopft, und bot romantische Liebe an wie andere Zeitschriftenabonnements. Bisher hatten alle Männer Fanny geschmeichelt die Tür geöffnet und sie in ihr Leben hereingelassen. Alle. Fanny war so hingebungsvoll, so begeisterungsfähig, so rückhaltlos. Aber sie forderte auch rückhaltlose Gefühle. Und wenn sie sie nicht bekam, wurde sie anstrengend. Dann zerrte sie wütend an der Seele ihres Geliebten wie ein Hund an seiner Beute, nie mochte sie glauben, daß dort vielleicht gar nicht so viel verborgen war, wie sie angenommen hatte. Sie gab erst auf, wenn sie vollkommen erschöpft war, wenn nichts mehr da war, in das sie ihre Zähne schlagen konnte, nur noch matte, pappige Wiederholung. Dann verliebte sie sich in den nächsten, packte ihre Plastiktüten und verschwand.

Klaus begriff erst Tage später, daß sie wirklich fort war, denn sie war mit ihren Tüten aus der Tür gegangen, als wolle sie nur schnell den Abfall hinunterbringen.

Als die Tür ins Schloß fiel, atmete er auf. Er war es leid, ständig lieben zu sollen. Er wollte in Ruhe dasitzen, aus dem Fenster schauen, ein Buch lesen, schweigen.

Paul war das vollkommene Gegenstück zu Klaus. Während Klaus Fanny immer vorgekommen war wie ein Stier (nicht nur wegen seines Sternzeichens), erinnerte Paul sie an eine Giraffe. Er war blond, zart und bleich, heimlicher Dichter und Volvofahrer.

Zum Broterwerb arbeitete Paul für die Hörfunkreihe »Kultur«, Fanny war Tontechnikerin bei demselben Sender. Durch die Glasscheibe im Studio hatten sie sich monatelang beäugt wie Fische in zwei angrenzenden Aquarien. Ihre Stimmen drangen durch die Mikrophone, als gehörten sie nicht zu ihnen, das machte sie mutig. Bald flüsterten sie sich ihre Arbeitsanweisungen zu wie Liebkosungen, Sätze wie »Könnte ich von Ihnen bitte eine Sprechprobe haben?« und »Können Sie den Versprecher vielleicht rausschneiden?« klangen in ihren Ohren wie ein Versprechen wilder Leidenschaft.

Als sie dies dann das erste Mal einzulösen versuchten, erschrak Fanny über Pauls zerbrechlichen Kinderkörper und er über ihre Masse. Während Klaus Häuser im Landhausstil in den Münchner Vororten verkaufte, lagen Paul und Fanny in seinem Bett, in seiner Wohnung. Es fiel Fanny schwer, sich nach Klaus an Pauls dünnen Körper zu gewöhnen, ihre Bewegungen fielen immer etwas zu groß und weiträumig aus, sie war erstaunt, wie weit sie ihre Arme um seinen knochigen Rücken schlingen konnte. Sie flüsterten etwas von Liebe, aber ohne Mikrophone klangen ihre Stimmen seltsam flach. Als sie sich wieder anzogen und Paul nackt vor ihr stand, fand sie ihn plötzlich erschreckend häßlich. Er sah aus wie ein halb verhungerter Vogel, das T-Shirt, das er sich überstreifte, hätte einem Sechsjährigen gepaßt, er grinste sie schüchtern an, hielt seine Unterhose in der Hand und schlenkerte sie hin und her. Fanny erschrak über seinen Anblick so sehr, daß ihre ganze Liebe zu ihm aus ihr entwich wie die Luft aus einem Luftballon. Sie hörte förmlich, wie es pffffffffft machte. Aber da sie Paul zu ihrem Befreier von Klaus auserkoren hatte und sie jetzt nicht plötzlich das Stück umschreiben und sich eine neue Besetzung für die Rolle des edlen Ritters suchen konnte, sprang sie auf Paul zu und überschüttete ihn mit Liebesschwüren, schmiegte sich an ihn, schnurrte und ließ sich liebkosen, bis sie endlich wieder etwas für ihn empfand.

Eine Woche später verließ Fanny Klaus' Wohnung, stieg samt ihrer Plastiktüten in Pauls Volvo, und er fuhr mit ihr davon. Nicht besonders weit allerdings. Fanny hätte Pauls Automarke vielleicht ein bißchen mehr Beachtung schenken sollen. Klaus fuhr BMW. Das paßte zu ihm. Sportlich, eine Spur angeberisch, potent. Und Paul einen alten Volvo. Er war eben ein vorsichtiger Mensch. Während Fanny noch seine schlanken, weißen Hände auf dem Steuerrad bewunderte (wie drei Jahre zuvor Klaus' kräftige Pranken auf einem anderen Steuerrad), da hielt Paul vor einer Pension.

»Ich kann mir vorstellen, daß ich vielleicht irgendwann auch mit dir zusammenleben möchte«, sagte Paul, »aber nicht jetzt.«

Das war neu für Fanny. Sie verstand nicht, wie man denn nicht Tag und Nacht zusammensein wollte, wenn man schon ineinander verliebt war.

»Verstehe«, sagte sie schwach.

Das Zimmer in der Pension war groß und hübsch, eine rosa Nelke stand auf dem Tisch, auf einem riesigen Bild über dem Bett tummelten sich nackte, mit Blumenkränzen behängte Kinder um einen Weiher. Zum ersten Mal seit ihrem Auszug aus dem Elternhaus mit neunzehn Jahren war Fanny Finck allein. Sie kaufte sich sofort einen tragbaren Fernseher, um der Einsamkeit zuvorzukommen, und sagte mehrmals laut in den Raum, als sie abends, die Fernbedienung in der Hand, auf dem Bett lag und von einem Kanal zum nächsten schaltete: »Endlich allein.«

Es überfiel sie sogar eine gewisse Euphorie. Jahrelang hatte sie all die tapferen Frauen in den Büchern von Doris Lessing, Jean Rhys, Ingeborg Bachmann und Marguerite Duras bewundert und beneidet, jetzt war sie eine von ihnen. So etwa bis zehn, elf Uhr abends. Dann war ihre Kraft erschöpft, und sie rief Paul an.

»Ich wollte nur hören, wie's dir geht.«

»Geht so. Was machst du?« fragte er zurück.

»Warum interessiert dich das?« sagte Fanny und seufzte ein bißchen.

»Was ist los?«

»Nichts ist los.«

»Ich höre doch, daß du was hast«, sagte Paul.

»Nein«, sagte sie, »es geht mir gut.«

»Warum sagst du mir nicht die Wahrheit?«

»Ach«, stöhnte Fanny, und ihre Stimme zitterte ein bißchen, »es macht mich traurig, daß alles immer so schön anfängt und so häßlich endet.«

»Es ist seltsam«, sagte Paul, »ich lerne Frauen immer dann kennen, wenn es ihnen schlecht geht. Und wenn es ihnen wieder besser geht, verlassen sie mich.«

»Ich nicht«, sagte Fanny.

Stumm schlenderten sie durch die nassen Straßen, die Sommerblätter an den Bäumen glänzten fettig im Neonlicht, Paul trug dünne Lederstiefeletten, die ihm etwas Verschrobenes gaben. Als er in seine Straße einbog, anstatt Fanny zuerst bei ihrer Pension abzuladen, dachte sie schon, sie habe gewonnen.

»Willst du heute nacht bei mir bleiben?« fragte Paul und sah sie dabei nicht an.

»Wie du willst«, sagte Fanny, um nicht zu bedürftig zu erscheinen, und lächelte ihn sanft an.

»Nein, wie du willst.« Er lächelte zurück. O Gott, dachte Fanny, warum nimmt er mich nicht einfach mit, warum zwingt er mich, mich zum Narren zu machen?

»Du mußt mir schon sagen, was du willst«, sagte Paul.

Fanny sah auf ihren roten Seidenrock, den Klaus ihr geschenkt hatte, als sie zusammen in Verona waren. Warum nur habe ich Klaus verlassen, dachte sie und konnte sich im Moment nicht mehr dran erinnern.

»Ich glaube«, sagte sie schließlich, »daß du eigentlich lieber allein wärst.«

»Woher willst du das wissen?«

»Doch, doch«, sagte Fanny und versuchte, klug und gelassen auszusehen, »du möchtest eigentlich viel lieber allein sein.«

»Na ja«, sagte Paul, »ich könnte dann noch mein Feature über den russischen Film fertig schreiben.«

»Siehst du«, sagte sie.

»Ich liebe dich«, sagte er.

Als Paul in seinem Haus verschwunden war, setzte sie sich auf einen Mauervorsprung und heulte vor Wut. War es denn so unmöglich, einfach und gemütlich geliebt zu werden? Fanny bot sich doch dafür an wie ein großes, weiches Sofakissen.

»Du Idiot! Du verdammter Idiot!« schrie sie zu Pauls erleuchtetem Fenster hinauf. Eine kleine, alte Frau mit Hund kam vorbei, die sie nicht weiter beachtete. Der Hund schnüffelte gleichgültig an Fannys Schuhen, als ein nachtblauer BMW-Cabrio um die Ecke bog und ganz langsam die Straße entlangfuhr. Ein blauer BMW, wie Klaus ihn hat, dachte Fanny und sehnte sich nach Klaus wie nach einem alten, löchrigen, aber bequemen Pullover. Erst als das Auto schon fast an ihr vorbeigefahren war, erkannte sie ihn. Er sah nicht zu Fanny, sondern zur gegenüberliegenden Straßenseite, er preßte sich dicht an die Scheibe, um zu Pauls Wohnung hochzusehen. Fanny wagte kaum zu atmen vor Anspannung. Sie drückte sich in einen Hauseingang und wartete. Dreimal noch fuhr Klaus um den Block und wieder die Straße entlang, ganz langsam an Pauls Wohnung vorbei, in der er sicherlich auch Fanny vermutete. Fanny konnte Klaus' Gesicht nicht erkennen, nur sein eckiges Profil, seine breiten Schultern. Sie stellte sich vor, wie Klaus mit einem Beil in der Hand in Pauls Wohnung einbrechen würde, um beide, Paul und Fanny, zu erschlagen. Nein, nicht sie, nur Paul. Natürlich nur Paul. Sie gehörten doch zusammen, Klaus und Fanny, Fanny und Klaus. O Gott, stöhnte Fanny, warum besteht das Gehirn so lange auf dem gewohnten Zeug? Wie ein kleines, nervtötendes Kind. Warum? Warum ist es nicht mehr so, wie es mal war? Warum, warum?

Oben in seiner Wohnung setzte Paul sich gerade an seinen Schreibtisch. Seine blonden Haare leuchteten im Schein der Schreibtischlampe. Er beugte sich über seine Schreibmaschine.

Lange stand Fanny noch da. Sie hoffte und fürchtete gleichzeitig, Klaus möge noch einmal vorbeikommen. Sie wäre dann zu ihm ins Auto gestiegen, als wäre nie etwas geschehen.

In einer Kneipe betrank sie sich innerhalb einer halben Stunde mit Wodka-Tonic.

Zurück in ihrer Pension kam sie sich vor wie die Hauptdarstellerin in einem tschechischen Film, Verzweiflung in Schwarzweiß.

Zum ersten Mal in ihrem Leben ließ der Schlaf sie im Stich. Schon ganz früh, als Schulkind, hatte sie ein Stillhalteabkommen mit der Welt geschlossen, indem sie einfach so viel wie möglich von ihr verschlief.

»Du verschläfst ja dein halbes Leben!« hatte ihre Mutter immer gerufen und energisch die Vorhänge aufgerissen.

»Ich muß«, hätte Fanny ihr gern erklärt, »nur so kann ich diese beschissene Welt ertragen.« Im Schlaf fühlte sie sich nie allein. Im Schlaf war ihr Leben angenehm, bunt und interessant. Und ausgerechnet jetzt ließ der Schlaf, ihr alter Verbündeter, sie im Stich. Er kam nur noch als dünner Schleier, der sie nicht von sich selbst erlöste wie sonst, sondern ihr ihre schlimmsten Kindheitsfantasien immer wieder vorspielte. Alle Menschen um sie herum starben, zuerst ihre Eltern, dann ihre Geschwister, ihre Tanten und Onkel, Klaus, immer wieder Klaus, die Leute in dem Haus, in dem sie mit Klaus gewohnt hatte, die Gemüsefrau an der Ecke, ihre beste Freundin, die Bauarbeiter von gegenüber, ihre alte Lehrerin Frau Miel, ihre verflossenen Liebhaber, Paul, alle, die sie kannte, und schließlich die ganze Stadt, die ganze Menschheit. Sie ließen Fanny kaltlächelnd zurück, sie war die einzige, die übrigblieb. Allein auf der Welt. Von ihrem eigenen Weinen wachte sie meist auf und hörte sich verwundert zu, wie sie so heftig schluchzte, daß ihr davon schon die Kehle rauh und das Kopfkissen naß war.

Paul erkannte in ihrem Alptraum ihren Trennungsschmerz von Klaus. Wie ungemein klug, dachte Fanny und sah ihm zu, wie er redete und redete, wie er sich die Haare mit seinen langen, dünnen Fingern aus dem Gesicht strich, sie beobachtete seinen Mund, sie konzentrierte sich darauf, wie sich seine Lippen öffneten und schlossen, wie die Zunge zwischen sie fuhr, sie befeuchtete und wieder verschwand in der dunklen Mundhöhle. Schließlich stand sie auf, legte ihre Arme um seinen Hals, küßte ihn leicht, knöpfte sein Hemd auf, fuhr ihm durch die spärlichen Brusthaare, strich ihm spielerisch über die Schenkel. Sie knabberte an seinem Ohr und legte seine Hände auf ihre Brust. Er sah sie nachsichtig an wie ein Kind, das zum hundertsten Mal das gleiche Spiel spielen will.

»Warum liest du nicht lieber ein gutes Buch?« fragte er und nahm ihre Arme von sich, als nehme er einen Schal ab. Sie las eine Menge guter Bücher in dieser Zeit. Manchmal konnten sie sie davon überzeugen, daß sie doch genau das Leben führte, von dem sie immer geträumt hatte: allein in einem Hotelzimmer, unabhängig, frei, ein gutes Buch, das Nachmittagskonzert im Radio, ein Stück Erdbeerkuchen mit Sahne, Schnee und dunkle Kälte vorm Fenster. Genau dahin, wo sie jetzt war, hatte sie sich doch immer hingeträumt, wenn sie sich von all ihren Männern zu wenig – oder falsch – geliebt fühlte. Aber jetzt empfand sie die so oft ersehnte Insel nur als einsam und öd. Sie kam nicht dahinter, warum in den Romanen Frauen allein in Hotelzimmern immer so romantisch wirkten, so beneidenswert selbstbewußt und edel. Fanny fühlte sich allein nur unattraktiv und irgendwie nicht ganz existent. Wie eine Seifenblase, die jeden Moment zerplatzen konnte.

Das alles war nur Pauls Schuld.

»Du liebst mich nicht«, schrie sie ihn an.

»Doch«, antwortete er ruhig, »bloß nicht so, wie du es gewohnt bist. Du glaubst nur demjenigen, der dir Gewalt antut. Du willst das große Drama mit Blut und Tränen.«

»Blödsinn. Nur ein bißchen mehr Leidenschaft.«

»Die Leiden schafft«, sagte er. Wenn sie seine Teller an die Wand warf, addierte er nur leise lächelnd den Preis. Sie hätte ihn gern geschlagen, einen Funken Leidenschaft aus ihm herausgeprügelt, einen Hauch Wahnsinn nur, eine Spur von Gefahr. Aber er, da war sie sicher, würde nicht zurückschlagen. Vor Klaus hatte sie sich gefürchtet und ihn gleichzeitig immer wieder so lange gereizt, bis er zuschlug. Sie prügelten sich in regelmäßigen Abständen, und wenn sie sich dann versöhnten, weinte Fanny zum Steinerweichen und fühlte sich hinterher wie neugeboren. Über die Jahre brauchte es dazu allerdings immer härtere Kämpfe und immer mehr Tränen, und manchmal dachte Fanny gelangweilt, während sie noch schluchzte und sich die blauen Flecken rieb, wie lange muß ich jetzt noch heulen, bis endlich alles wieder gut ist.

»Was willst du bloß von mir?« fragte Klaus.

»Daß du mich liebst«, antwortete sie.

»Mit Liebe hat das alles nichts zu tun«, sagte Paul und fegte die Krümel auf dem Tisch zu einem kleinen Häufchen zusammen, nahm ein Stück Papier, schob es sorgfältig unter die Krümel und trug es zum Abfalleimer.

In ihren schlaflosen Nächten beobachtete sie Paul von der gegenüberliegenden Straßenseite aus, wie er an seinem Schreibtisch saß, die blonden Haare im Schein der Lampe fast weiß, tief vornüber gebeugt, in seine Arbeit versunken, völlig geborgen in seiner Einsamkeit. Beneidenswert, romantisch allein, so wie die Romanfiguren. Sie begann ihn dafür zu hassen, daß sie darunter litt, allein zu sein.

Wenn er seine Artikel und Kritiken im Funk vorlas, schaltete sie das Studiomikrophon aus und überschüttete ihn mit Verwünschungen. Dabei lächelte sie ihm durch die Glasscheibe zu, und er lächelte arglos zurück. Sie zwang ihn, indem sie technische Schwierigkeiten vortäuschte, seinen Artikel, drei-, vier-, fünfmal zu lesen. Wenn er sich verhedderte und wieder von vorne anfangen mußte, wies sie ihn darauf hin, daß die gebuchte Studiozeit bald ablief und er seinen Beitrag leider nicht pünktlich würde abliefern können. Sie hoffte, betete, flehte, er möge einmal wütend werden, einmal die Kontrolle verlieren, einmal leidenschaftlich werden, aber es geschah nichts. Er räusperte sich nur, mahnte sie freundlich, doch nicht nervös zu werden, kratzte sich mit dem Stift am Kopf, daß es durchs Mikrophon donnerte wie ein Gewitter, und fing von vorne an. In der Rundfunkkantine eröffnete er ihr, während er ein Viertel Schnitzel und ein Salatblatt zu Mittag aß (mir sind Menschen, die nie hungrig sind, unsympathisch, dachte Fanny), daß er übers Wochenende nach London fliege, um über eine Ausstellung der deutschen Expressionisten zu berichten.

»Du könntest mitkommen«, sagte er. Sie schwieg verstockt. Sie wollte keine Angebote im Konditional.

»Aber vielleicht hast du ja schon anderweitige Pläne«, fuhr er fort. Du Idiot, dachte sie, schnapp mich doch einfach und nimm mich mit, nimm mich doch einfach mit! Sie schwiegen beide. Dann stand er auf und nahm sein Tablett. »Ich schätze, ich sehe dich dann am Montag«, sagte er.

»Ja«, stotterte sie, »wenn du mir früher etwas von der

Reise gesagt hättest ... aber ich habe schon so viele Verab-
redungen ...«

»Na ja, dann vielleicht ein andermal«, sagte er.

»Ißt du dein Schnitzel nicht mehr?« fragte sie. Erstaunt
sah er auf sein Tablett.

»Du hast recht, wäre jammerschade drum«, sagte er, gab
ihr den Teller, winkte noch einmal und verschwand. Ich
hasse ihn, dachte Fanny.

Später rief sie ihn an und erbot sich, ihn zum Flughafen
zu fahren.

Auf dem Weg dorthin erzählte er ihr den jüdischen Witz
von dem Mann, der eine Geliebte hat und, als seine Frau
dahinterkommt, sich damit entschuldigt, daß schließlich
jeder Mann im Ort eine Geliebte habe und er sehe sie ja
auch nur zweimal im Jahr, denn sie sei – wie die Geliebten
der anderen Männer auch – Tänzerin in der Ballettgruppe,
die zweimal im Jahr am Ort zu gastieren pflegte. Seine
Frau besteht darauf, das nächste Mal mit ihrem Mann ins
Ballett zu gehen. Sie mustert alle Tänzerinnen eingehend,
dann fragt sie ihren Mann: »Wer ist die zweite von links?«

»Das ist die Geliebte vom Bäcker.«

»Und die dritte von rechts?«

»Die vom Arzt.«

»Und die in der Mitte?«

»Die Geliebte vom Lehrer.«

»Und wer ist die ganz außen?«

»Das ... das ... na ja ... das ist meine.«

Seine Frau schweigt einen Moment, dann sagt sie auf-
atmend: »Unsere ist die schönste.«

Warum, dachte Fanny, während sie lachte, erzählt er mir ausgerechnet diesen Witz?

Bis zum letzten Augenblick, bis Paul schließlich durch die Paßkontrolle verschwand, glaubte sie, er würde irgendwann ein zweites Ticket aus der Tasche ziehen, und sie sah sich bereits lächeln und ihm um den Hals fallen. Verloren stand sie in der Abflughalle herum, dann rief sie Klaus an.

»Ja?« sagte er knapp. Bei dem Klang seiner Stimme, bei diesem winzigen Wort »ja?« fiel ihr mit einer solchen Macht ihr ganzes Unglück mit ihm wieder ein, wie sonst nur ein Geruch Erinnerungen zurückbringen kann. Sie legte so schnell auf, als hätte sie sich am Telefonhörer die Hand verbrannt.

Sie setzte sich an die Flughafenbar »Take Off« und trank drei Cognac. Neben ihr saß ein stämmiger, dunkelhaariger Mann Mitte Dreißig, der sie stark an Klaus erinnerte, aber eben nicht Klaus war.

Er hieß Xaver, war Modedesigner und wartete auf einen Geschäftspartner aus Mailand. Als der Flug aus Mailand wegen Nebel nach Frankfurt umgeleitet wurde, fuhr Fanny mit ihm zurück in die Stadt und ging mit ihm ins Bett.

Als Paul am Montag aus London zurückkehrte, war sie verliebt und hatte bereits ihre Sachen aus der Pension in Xavers Wohnung gebracht.

Als sie abends neben Xaver im Bett lag, schloß sie die Augen und sah eine Frau in einem Hotelzimmer allein auf dem Bett liegen, eine Frau mit rostroten Haaren in einem hellblauen Bademantel, sie las ein Buch, im Radio gab es das Klassikkonzert am Nachmittag, neben ihr auf dem Nachttisch stand ein Teller mit Erdbeerkuchen.

»Beneidenswert«, dachte Fanny. Dann schlief sie ein.

Sonntag nachmittag

Vielleicht hätte ich sie einfach schnappen und mit ihr ins Grüne fahren sollen. Der Himmel war seit fast zwei Wochen so blau wie auf einer Weißbierreklame. An solchen Tagen fährt ein wahrer Mann mit seiner Freundin ins Grüne, wäscht sein Auto, heiratet, zeugt ein Kind, grillt Schweinswürstl, schwimmt in langen Zügen einmal quer durch den Starnberger See. All das hätte ich Fanny vorschlagen können, aber ich fürchtete ihre Unentschlossenheit, ihren großen weichen Mund, der sich dann verzog und mich stumm aufforderte, ein Mann zu sein, mich für sie zu entscheiden, und sie mit meinem Leben mitzureißen wie ein breiter Strom. Sie stand auf und öffnete die Tür zum Balkon. Sie sah hübsch aus in ihrem geblümten Sommerkleid vor der gelben Hauswand. Unten im Hof schrie das Kind. Seine spitzen hohen Schreie drangen zu uns in den vierten Stock hinauf wie Pfeile. Unkontrollierte Schreie wie von einem Baby, spitz und laut, dann schlugen sie unvermittelt um in kleine Kiekser, wurden zu lautem Lallen wie von einem alten, betrunkenen Mann, um sich gleich darauf wieder in helle Jauchzer zu verwandeln. Wegen dieser Schreie halte ich die Balkontür sonst immer geschlossen. Fanny beugte sich jetzt so weit über das Balkongeländer, daß ich ihre weißen Schenkel sehen konnte. Ich versuchte, mich auf diesen Anblick zu konzentrieren und dabei diesen halb menschlichen, halb tierischen Lauten ganz ruhig zuzuhören, aber sie verursachten mir körperliches Unbehagen, wie ein vom Teller abrutschendes Messer oder Fingernägel auf einer Schiefertafel. Fanny drehte sich fragend zu mir um.

»Mongoloide Kinder sind, glaube ich, glücklich«, sagte ich, »sie wissen nichts von ihrer Behinderung.«

»Ach, red nicht immer so einen Scheiß«, sagte sie und beugte sich wieder über das Balkongeländer, um in den Hof zu sehen, wo der Vater sein Kind herumführte. Ich wußte gar nicht genau, an welcher Behinderung es litt, aber es hatte so einen großen Kopf, wie ihn mongoloide Kinder haben. Sein Alter war schwer zu schätzen, es mußte so um die vierzehn, fünfzehn sein, wirkte aber von Statur und Körperbau her mindestens fünf Jahre jünger. Es trug Jogginganzüge in Rosa, Hellgrün und Hellblau, ganz gleich zu welcher Jahreszeit. Die Mutter sah ich nur selten. Sie war eine kleine, immer fröhlich aussehende Person mit auberginerot gefärbten Haaren. Ihr Mann dagegen hatte eine ungesunde, aschgraue Gesichtsfarbe, die ihm etwas Müdes, Trauriges verlieh. Er war hager und hielt sich gerade wie ein Stock. Ich sah ihn manchmal morgens, wenn ich meine Semmeln holte, in einer schwarzen Nappalederjacke mit passendem Hut und schwarzer Aktentasche an der Bushaltestelle stehen. Meist taten wir beide so, als hätten wir uns nicht gesehen, oder wir nickten uns knapp zu. Jeden Nachmittag, wenn er von der Arbeit kam und es nicht gerade in Strömen regnete, führte er sein Kind auf dem Hof herum. Ohne fremde Hilfe konnte es anscheinend keinen Schritt tun. Es hatte lange, dünne Beine, die es nach vorn warf wie ein Storch. Dazu stieß es diese seltsamen Töne aus, die mir selbst durch die geschlossene Balkontür noch Gänsehaut verursachten. Jetzt juchzte es laut. Fanny lachte in den Hof und winkte. Sie sah in diesem Moment so frei und glücklich aus, daß Neid in mir hochschoß.

»Warum kommst du nicht raus auf den Balkon?« fragte sie. Ich schüttelte den Kopf und goß mir eine Tasse Kaffee ein. Fanny kochte den Kaffee zu stark. Er schmeckte bitter. Ich stellte mich so vor den Wasserhahn, daß sie es vom Balkon aus nicht sehen konnte, und ließ heißes Wasser in meine Kaffeetasse laufen. Das Kind schrie gequält auf, um gleich darauf in heiteres Gegacker auszubrechen. Ich hielt es nicht länger aus und ging aus der Küche. Es dauerte nicht lange, da kam Fanny hinterher. Sie ließ sich auf das ungemachte Bett fallen und seufzte. Ich fragte sie nicht, warum. Sie zog sich das Kleid aus und fragte mich, ob mir nicht heiß sei. Ich stand auf und öffnete das Fenster. Sie lag einfach so da und starrte vor sich hin. Ich setzte mich in den blauen Sessel und betrachtete sie. Man hätte uns so, wie wir waren, in Aspik gießen können. Minuten vergingen. Einfach so. Ich versuchte, mir klarzumachen, daß dies Minuten meines Lebens waren. Schließlich stand ich auf und ging zu ihr. Meine Hände wanderten routiniert über ihren Körper. Sie wußten, was zu tun war. Ich wünschte mir plötzlich, ich sei woanders und das Leben fände statt.

»Warum bist du nur immer so?« flüsterte sie in mein Ohr.

»So wie?«

»So als wärst du immer gern woanders als da, wo du gerade bist.« Das ist das Erstaunliche an Frauen, daß sie manchmal unverhofft ins Schwarze treffen.

»Wie kommst du darauf?« fragte ich. Sie sah mich ausdruckslos an. Plötzlich biß sie mich in den Arm. Einen kurzen Moment war ich im Zweifel, ob sie wußte, wie weh sie mir tat. Ich wollte aufheulen, noch halb im Spaß, aber sie ließ nicht los, verbiß sich in mich wie ein tollwütiges Tier, und ich begriff, daß sie durchhalten, sich an den Kern durchbeißen wollte, bis sie von mir bekommen würde, was sie wollte, Blut und Tränen. Ich konzentrierte mich auf meine Gesichtszüge, verbot ihnen, sich zu verzerren, ich preßte meine Lippen zusammen, keinen Laut wollte ich von mir geben, und diese Anstrengung ließ mich die Schmerzen in meinem Arm vergessen. Ich entfernte mich von meinem Arm und damit von Fanny, die an ihm dranhing wie ein Blutegel, von diesem Zimmer, das Fanny umgab, ich ging die Straße hinunter, ich ging aus der Stadt, dem Land, bis an den Rand der Welt, ich war schon weit, weit weg, als sich Fanny schließlich mit hochrotem Kopf zurückfallen ließ. Der runde Abdruck ihrer Zähne war in meine Haut eingegraben wie mit einem Brenneisen. Das machen sie alle, sie versuchen, dir ihren Stempel aufzudrücken. Warum? Was haben sie davon? Ich verstehe diese Gewalttätigkeit nicht, diese Lust am Drama. Fanny keuchte, befühlte ihren Kiefer. Dann grinste sie, und als ich zurücklächelte, küßte sie mich. Sie reagiert wie ein Pawlowscher Hund. Sie wird immer jemanden finden, der sie so anlächelt, daß sie meint, ihn küssen zu dürfen. Und wen sie küssen darf, den meint sie zu lieben. Sie küßte sich von meinem Mund über Kinn und Hals langsam abwärts und verrenkte ihren Körper dabei. Sie gab sich solche Mühe. Ich strich ihr über den Kopf, weil sie mich plötzlich rührte, und ich bedauerte meine Kleinmütigkeit, ihr nicht das bißchen an Ekstase zu schenken, das sie sich offensichtlich so wünschte. Fast hatte ich mich schon entschlossen, mir ebenfalls ein bißchen Mühe zu geben, als es klingelte. Ich stand auf, knöpfte mir die Hose zu und vermied dabei, sie anzusehen.

Er stellte sich mit seinem Namen vor, Borowski, den las ich seit über drei Jahren auf dem Briefkasten unter meinem. Er stotterte ein bißchen, es täte ihm wahnsinnig leid, zu stören, aber ob ich zwei Stunden auf seinen Sohn aufpassen könne? Ich starrte ihn an, als sei er von Sinnen. Er sah noch grauer als als sonst, selbst seine Lippen waren farblos. Er drehte seinen Nappahut in den Händen und fing wieder von vorne an. Es täte ihm so leid, mich zu stören. Hinter mir sagte Fanny: »Aber natürlich passen wir auf Ihren Sohn auf. Ich habe Sie heute beide auf dem Hof gesehen.« Sie hatte es noch nicht einmal für nötig gehalten, ihr Kleid ordentlich zuzuknöpfen. Sie drückte sich an mir vorbei und streckte Herrn Borowski lächelnd die Hand entgegen. Zusammen gingen sie die Treppe hinunter, ich stolperte hinter ihnen her. Frau Borowski empfing uns an der Tür. Sie trug ein zeltartiges lila Kleid und rosa Lippenstift auf ihrem immer freundlichen, lächelnden Mund. Höflich bedankte sie sich bei Fanny und mir und führte uns ins Wohnzimmer. Sie habe ja gleich gewußt, daß man mich, sie verbesserte sich, uns fragen könne, ihr Mann habe sich nicht getraut, eine Stunde habe sie an ihn hinreden müssen, und Peter sei ja auch schon im Bett, er würde ganz bestimmt nicht aufwachen. Ihr Mann unterbrach sie: »Die Schwiegereltern stehen bei Rosenheim im Stau.«

»Aha«, sagte ich verständnislos.

»Und man muß doch bis spätestens halb acht die Karten abholen«, sagte Frau Borowski.

»Rigoletto«, sagte er und sah traurig aus.

»Ja«, strahlte sie, »Rigoletto.« Ich sah jetzt, daß Herr Borowski einen Anzug unter seiner Nappalederjacke trug. Er starrte auf seine blankpolierten Schuhe.

»Rigoletto, wie schön«, sagte Fanny. Frau Borowski stellte zwei Flaschen Bier und zwei Gläser auf den Tisch und eine Schale, die geformt war wie ein Schwan, mit Salzstangen.

»Einmal im Jahr gehen wir in die Oper«, erzählte Frau Borowski Fanny, »nur einmal im Jahr. Und dann bleiben sie im Stau stecken.«

»Ist ja gut, Mäuschen«, sagte Herr Borowski und Fanny sah ihn erstaunt an. Frau Borowski lächelte verlegen. Sie standen schüchtern nebeneinander in der Tür und rührten sich nicht.

»Ja, dann«, sagte Frau Borowski.

»Viel Spaß«, sagte Fanny.

»Ja, viel Spaß«, echote ich.

»Es ist meine Lieblingsoper«, sagte Frau Borowski.

»Peter wacht bestimmt nicht auf.«

»Tut er nie«, murmelte Herr Borowski.

»Und vielen Dank«, sagte sie, »wir haben ja sonst nur die Schwiegereltern zum Aufpassen.«

»Aber die stehen bei Rosenheim im Stau«, sagte er.

»Wissen sie doch schon«, sagte sie streng, aber lächelnd, »und nochmals vielen Dank.«

Als sie weg waren, kam ich mir plötzlich zu groß vor für die Wohnung der Borowskis. Die Decken erschienen mir viel niedriger als in meiner Wohnung, das Wohnzimmer kleiner. Rings an der Wand war eine Art Ballettstange angebracht. Sie lief an der Bücherwand entlang, in der kein einziges Buch stand, hinter der schweren Sitzgruppe in Orange vorbei bis zur Tür. Im Türrahmen waren Haltegriffe angebracht. Fanny imitierte ein paar Ballettschritte an der Stange, dann schämte sie sich und setzte sich auf die Couch. Ich machte das Bier auf und nahm ihr gegenüber in einem riesigen Sessel Platz.

»Sahen die beiden nicht süß aus?« fragte Fanny und ihre Stimme klang ganz dumpf, gedämpft von den dicken Teppichen und den Wolldecken, die überall herumlagen. Ich antwortete nicht. Sie schaltete den Fernseher ein. Quizkandidaten steckten in idiotischen Raumanzügen und klopften sich wie verrückt auf Kopf, Hintern und Arme. Ich verstand nicht, warum, und wollte es auch nicht erklärt bekommen. Die Sendung paßte zum Wohnzimmer der Borowskis, als sei sie eigens dafür erfunden worden. Über dem Fernseher hing ein Familienfoto. Alle drei Borowskis trugen T-Shirts mit Namensaufdrucken, Herr Borowski hieß also Udo, seine Frau Petra und der Sohn Peter, was ich ja schon wußte. Peter schielte in die Kamera, sein Mund war zu einem abwesenden Lächeln verzogen. Ich drehte mich zu Fanny um, die wie hypnotisiert in den

Fernseher starrte und die Quizkandidaten anfeuerte. Sie lag auf der Couch, als lebte sie hier bereits. Ich stand in der äußersten Ecke des Raums und stellte mir vor, wie Fanny sich über die Jahre auf immer anderen Sofas in immer anderen Räumen räkeln würde und mit ihr die Showmaster und Ansagerinnen des deutschen Fernsehens alterten, sie selbst aber in ihrem Innersten völlig unverändert blieb, und ich beneidete sie zum zweiten Mal an diesem Tag.

»Komm«, sagte sie, »steh nicht so blöd rum. Setz dich her.« Sie klopfte neben sich auf die Couch. Ich setzte mich hin, sie schlang ihre Arme um mich und redete plötzlich wie in einer Fernsehserie.

»Morgen ruf ich die Schwiegermama an, sie kann aufs Kind aufpassen, und wir beide gehen in die Oper, ja, mein Schatz?«

»Hör auf mit dem Quatsch.« Sie lachte böse.

»Och, komm, nur ein einziges Mal im Jahr wünsche ich mir was. Nur einmal. Kannst du nicht einmal im Jahr über deinen Schatten springen? Für mich?«

»Fanny, bitte! Was soll das?« Sie sah mich noch lächelnd an, aber in ihren Augen flackerte es bereits bedrohlich.

»Du könntest ja glatt deine Identität verlieren, wenn du einmal etwas für jemand anders tun würdest«, sagte sie scharf.

»Ich weiß nicht, wovon du redest.«

»Das denke ich mir.«

»Was willst du denn von mir? Was vermißt du?« fragte ich lahm.

»Siehst du«, maulte sie.

»Was?«

»Du setzt mir die Pistole auf die Brust.«

»Ich dir?«

»Ja.«

»Aha«, sagte ich. Ich hörte den ironischen Ton in meiner Stimme wie eine Regieanweisung: *Paul (ironisch): Aha.*

»Du brauchst nicht ironisch zu werden«, sagte sie. »Du bestimmst doch von morgens bis abends, was mit uns beiden geschieht. Und wenn ich ein einziges Mal einen Wunsch äußere, schlägst du ihn mir ab.«

»Ich bestimme nicht, was mit uns beiden geschieht. Ich sage nur klar und deutlich, was ich will. Vielleicht solltest du das auch mal tun.«

»O Gott«, sagte sie und schlug mit der Faust auf die Couch. »Ich glaube, du merkst gar nicht, wie brutal du bist.« Sie warf den Kopf auf ihre Knie. Ich aß eine Salzstange. Sie schmeckte pappig. Fanny sah auf, ihr Gesicht patschnaß, als hätte sie geduscht.

»Beantworte mir eine Frage«, fing sie an und schneuzte sich in einen Zipfel ihres Kleides, »hast du jemals in deinem Leben ein Opfer gebracht?« Sie sah mich bettelnd an. Ich faßte sie am Arm und fühlte, wie ihr Körper weich wurde. Sie lehnte sich an mich und legte ihren Kopf an meine Brust. Ich strich ihr über den Kopf, wie ich ihr wenige Stunden zuvor über den Kopf gestrichen hatte, als sie noch die Verführerin gespielt hatte, und dachte, daß das Repertoire menschlicher Gefühlsäußerungen doch ziemlich begrenzt ist. Sie weinte mein Hemd naß. Ich mochte sie in diesem Moment sehr.

»Was für eine Oper führst du hier denn auf!?« sagte ich leise. Da warf sie den Kopf zurück, stieß mich von sich, holte aus und schlug mir ins Gesicht. Ich schlug zurück. Sie schlug, ich schlug. Immer wieder und wieder. Stumm. Nur die Schläge waren zu hören. Sie klangen dumpf, so wie wenn man ein Kotelett klopft, lang nicht so laut, wie man es aus dem Kino gewöhnt ist. Das enttäuschte mich ein bißchen. Ich hätte sie gern mit einer Geraden hingestreckt, sie bewußtlos geschlagen, aber meine Schläge waren stümperhaft und trafen nicht recht ins Schwarze. Es war anstrengend, wir keuchten beide, als würden wir ein schweres Möbelstück transportieren. Und dann hörte ich dieses Gurgeln, als wäre jemand am Ertrinken. Er war auf allen vieren ins Zimmer gekrabbelt und schielte uns an. In seinem hellblauen Frotteepyjama sah er völlig idiotisch aus. Wie ein kleines Tier krabbelte er auf uns zu, sah zu uns auf und klopfte mit den Händen auf den Teppich. Dazu machte er diese seltsam gurgelnden Geräusche. Fanny hatte noch immer ihre Hände in mich verkrallt, jetzt löste sie sich von mir und stürzte wie in Zeitlupe auf Peter zu. Sie warf seine Arme um ihren Hals und hievte ihn hoch. Seine dünnen Beinchen knickten ein wie bei einer Marionette. Fanny nahm seine Hände und legte sie um die Stange an der Wand. Sie hielt ihn fest, bis seine Beine ihn endlich trugen. Immer wieder strich sie ihm über den Kopf, der unkontrolliert hin und her fiel, als hinge er nur an einem dünnen Faden. Plötzlich warf er ihn in einer blitzschnellen Bewegung herum und sah mich mit einem Blick an, der so alt war wie die Welt. Dicke Tränen liefen über seine Bakken. Er starrte mich an, gurgelte, und jetzt erkannte ich, daß es ein Schluchzen war, das ganz tief aus seinem Körper kam, es schüttelte ihn wie eine heftige Windböe, und als es nachließ, fiel sein Kopf ihm schwer auf die Brust. Er baumelte lange hin und her, bis er die Kraft hatte, ihn abermals zu heben und Fanny anzusehen. Er grunzte, als wolle er etwas sagen.

»Was möchtest du denn?« fragte Fanny ihn und wollte ihn wieder in den Arm nehmen, aber er stieß sie von sich, wobei er fast den Halt verlor. Sie sah mich fragend an, ich zuckte die Achseln. Er hob das Kinn und deutete in meine Richtung.

»Er will etwas von dir«, sagte Fanny. Mir sank das Herz. Ich fürchtete mich vor diesem Kind, ekelte mich vor ihm, wollte nichts mit ihm zu tun haben. Ich bewegte mich nicht von der Stelle. Da nahm er mit großer Mühe die eine Hand von der Stange und fuchtelte damit in der Gegend herum, von mir zu Fanny und zurück. Dazu heulte er auf wie ein Wolf.

»Was willst du denn?« fragte Fanny ihn mit Verzweiflung in der Stimme. Peter gurgelte und wedelte mit dem Arm.

»Was will er denn bloß?« wandte sich Fanny an mich und kam zwei Schritte auf mich zu. Da warf Peter den Kopf in den Nacken und grunzte sanft. Fanny stellte sich neben mich. Wieder warf er den Kopf in den Nacken. Sie legte ihren Arm um meine Schultern. Peter gurrte auf einmal und gestikulierte von einem zum andern.

»Er will, daß wir uns umarmen«, flüsterte Fanny.

»Woher willst du das denn wissen?« fragte ich. Sie nahm meinen Arm und legte ihn sich um die Taille. Peter betrachtete uns skeptisch mit wackelndem Kopf. Fanny küßte mich auf die Wange.

»Jetzt küß du mich«, sagte sie leise. Ich küßte sie gehorsam zurück. Peter sah uns befriedigt an, dann machte er plötzlich mit seinen Storchenbeinen einen Riesenschritt auf uns zu und ließ sich mit seinem ganzen Gewicht gegen uns fallen. Ich mußte meinen freien Arm um ihn legen, sonst wäre er gestürzt. Er lehnte sich an uns, sein Gesicht in uns vergraben, und jetzt hörte ich ihn gackern, erst ganz leise, halb erstickt von unseren Kleidern, dann lauter und lauter, immer höher hüpften die Töne, bis sie zu jenen seltsamen Jauchzern wurden, die ich kannte, die aus dem Hof zu mir in die Wohnung drangen und vor denen ich erschreckt meine Balkontür schloß. Er kicherte, juchzte und gackerte, daß es seinen Körper schüttelte, dann wurde er langsam ruhiger, er schmiegte sich an uns, und wir drei standen einfach nur so da, und aus dem Fernseher sah uns eine sehr blonde Dame in einem grünen Angorapullover dabei zu.

Die Handtasche

Ich überlege, welche Details meines Hotelzimmers mir verraten, daß ich mich in den USA befinde. Die Türknöpfe vielleicht mit dem Druckknopf in der Mitte zum Abschließen? Die Nachttischlampen mit ihren Zweistufenschaltern an den Glühbirnen? Das Klo mit einer Spülung wie die Niagarafälle? Die Speisekarte mit den weltweit gleich langweiligen Sandwiches und fettigen Salaten? Selbst das Fernsehprogramm sagt mir nicht mehr, wo ich bin, seit man in Peking, Moskau und Abu Dhabi dieselben dämlichen Geschichten über fröhliche Krankenhäuser, sprechende Autos und degenerierte Winzer sieht. Es fehlt nur noch das Fernsehquiz, in dem die verschiedenen Kandidaten in absolut identischen Hotelzimmern sitzen und raten müssen, wo auf der Welt sie sich befinden.

»Wo bin ich?« frage ich den immer traurig aussehenden Zimmerkellner ironisch, der mir seit vier Tagen mittags und abends einen pappigen Clubsandwich bringt.

»In der Hölle«, antwortet er gelassen, »wo sonst?« Einen Moment lang starrt er sehnsüchtig aus dem Fenster auf die Palme vor der Betonwand, und ich glaube plötzlich, in ihm einen Kollegen gefunden zu haben, weil ich fühle, daß sein Herz unter dem weißen Nyltesthemd desillusioniert und müde ist wie meines.

»Mann«, sagt er und wendet sich vom Fenster ab, »wo sollen Sie schon groß sein. In einem miesen Motel in der beschissensten Stadt der ganzen gottverdammten Welt. Los Angeles – ›die Engel‹ –, daß ich nicht lache. Kein gottverdammter Engel hat diese Stadt je gesehen, dazu ist der beschissene Smog viel zu dick.« Er sammelt die Reste des vorigen Sandwichs ein und verläßt das Zimmer, ohne mich noch einmal anzusehen.

Seit meiner Ankunft vor drei Tagen liege ich im Bett und sehe fern. Nichts erinnert mich hier an Fanny. Ich erhole mich zusehends. Nachmittags gibt es im Fernsehen eine Show mit frisch verheirateten Paaren, die auf ihre eheliche Harmonie getestet werden. Nach spätestens zwanzig Minuten – so lange dauert die Sendung – ist ihre Ehe meist zum Teufel. Man kann sie »live« zerbrechen sehen. Sie verraten sie im Handumdrehen an den Erfolg, den sie damit haben, ihre miese, kleine Rache am anderen vor einem Millionenpublikum ausbreiten zu dürfen.

Es sind übrigens immer die Frauen, die ihrer Ehe öffentlich den Dolchstoß versetzen. Der Showmaster, ein widerlich glatter, für Frauenaugen wahrscheinlich »gutaussehender« Typ, macht ihnen dazu Mut. Er lobt sie, wenn sie indiskret werden, schmeichelt ihnen, redet ihnen gut zu, bis sie ausholen zum Vernichtungsschlag.

»Was war die peinlichste Situation, in der Sie Ihren Mann bisher erwischt haben?« fragt er eine kleine Frau mit sanftem Engelsgesicht. Sie überlegt, er lächelt ihr aufmunternd zu, dann holt sie tief Luft und sagt:

»Als mein Mann Hund spielen wollte und nackt unterm

Tisch herumgekrochen ist. Er hat sich sogar ein Halsband umgebunden und mir die Füße geleckt.« Das Publikum kreischt vor Vergnügen und klatscht. Der kleine Engel freut sich über den Applaus, mit ziemlicher Sicherheit der erste in ihrem ganzen Leben. Das tut so gut, das will sie gleich noch einmal haben.

»Ich habe ihm eine Scheibe Wurst unter den Tisch geworfen«, sagt sie. Die Leute johlen. Der kleine Engel strahlt.

Nun wird der ahnungslose Ehemann des Engels ins Studio gebeten, und der Showmaster fragt ihn ganz harmlos, was denn wohl die peinlichste Situation gewesen sei, in der ihn seine Frau in ihrer jungen Ehe bisher erwischt habe. Der Ehemann, lang, dünn, blaß und freundlich, denkt angestrengt nach, dann sagt er zögernd: »Als ich ohne Socken ins Büro gefahren bin.« Das Publikum kichert verhalten, um dann in wieherndes Gelächter, Pfeifen und Kreischen auszubrechen, als der Showmaster eine Tafel hochreißt, auf der in großen Lettern steht: ALS ER NACKT UNTERM TISCH SASS UND HUND SPIELEN WOLLTE. Die Leute trampeln vor Vergnügen. Der kleine Engel lächelt bescheiden. Der Ehemann bemüht sich nach Kräften, Haltung zu bewahren, er krallt sich in die Armstützen seines Sessels, als säße er auf einem Schleudersitz, und grinst dümmlich, aber in der Großaufnahme sieht man seine Unterlippe zittern und ein seltsames Flackern in seinen Augen. Die Leute klatschen und trampeln, der kleine Engel winkt jetzt wie ein Star ins Publikum, der Showmaster bedankt sich bei dem Ehepaar für die prima Show. Ich sehe Fanny dort auf der Bühne sitzen. Sie rollt voller Genugtuung ihren Strumpf herunter und zeigt der Kamera einen großen, blauen Fleck auf ihrem Schenkel.

Vorwurfsvoll sagt sie zu dem Showmaster: »Und am nächsten Tag kann er sich nicht mal mehr dran erinnern. Dann tut er so, als hätte ich mir das alles ausgedacht. Und woher kommt dann bitteschön der blaue Fleck, die aufgeplatzte Lippe, das Veilchen?«

Wie sehr ich darunter gelitten habe, daß ich mich nicht erinnern konnte, hat sie nie begriffen. Der Showmaster hält die Tafel hoch: BESOFFENES SCHWEIN steht darauf. Ich werde rot, allein in meinem Bett in einem Hotelzimmer irgendwo in Los Angeles.

Damals habe ich ihr in dieser Stadt ein Kleid gekauft, ein silbernes Kleid wie aus einem alten Film, züchtig und obszön zugleich. Davon gibt es noch ein Foto: Fanny tanzt in diesem Kleid über einen Parkplatz. Sie trägt Turnschuhe dazu und sieht aus wie zwölf. Sie konnte manchmal ausgelassen und albern sein wie ein Kind.

»Was für ein schönes Paar Sie sind«, hat der Verkäufer des silbernen Kleides zu Fanny und mir damals gesagt, das weiß ich noch genau. Ja, im Spiegel, rein optisch, haben wir immer gut zusammengepaßt: ein blondes, dünnes großes Mädchen mit eisblauen Augen und ein dunkler, untersetzter, etwas düster aussehender Mann mit buschigen Augenbrauen.

An der Strandpromenade von Venice ließen wir uns in alten Kostümen fotografieren, Fanny in einem langen Kleid, ich im schwarzen Anzug mit Vatermörder, die amerikanische Verfassung in der Hand. Das Foto sah sehr echt aus, vergilbt und unscharf an den Rändern. Ein hübsches Paar, zu allen Zeiten, kein Zweifel.

Am Strand von Venice haben wir zusammen auf einer Decke gelegen, stumm und doch ziemlich glücklich. War es nicht so? Ich traue selbst meinen Erinnerungen nicht mehr.

Vielleicht hätte ich Fanny damals in Las Vegas heiraten sollen. (Darüber würde sie sich ausschütten vor Lachen.)

Ich habe großen Hunger, aber ich will den traurigen Kellner nicht wiedersehen. Die Werbespots für Makkaroni, Schokoladenpudding und Hamburger quälen mich. Ich schalte den Fernseher aus. Nur die Klimaanlage surrt wie eine große Wespe vor sich hin. In der plötzlichen Stille höre ich ein Gewirr von verletzten Stimmen, unterdrückten Schluchzern, dramatischen Schreien von all den Paaren, die in diesem Bett gelegen und sich gestritten haben. Ich höre Fanny und mich in unzähligen Hotelzimmern schreien und weinen, ich sehe sie am Fenster stehen mit zuckenden Schultern, und dann höre ich nur noch diese unselige Stille zwischen uns, die so bedrohlich werden konnte, daß mir davon die Ohren dröhnten.

Ich rufe die Autovermietung an, und eine Stunde später sitze ich in einem häßlichen, silberblauen Pontiac, der ganz neu riecht, und ich sehe mir zu, wie ich den Interstate 15 nach Las Vegas entlangfahre, obwohl ich mir doch geschworen hatte, keinesfalls dorthin zu fahren, wo ich mit ihr war.

Als ich endlich Los Angeles hinter mir lasse, öffnet sich die Wüste vor mir wie ein großes, gelbes Tuch, überall gleich, in allen Himmelsrichtungen dasselbe, die große Langeweile. Ich fühle mich mit einem Mal wie erlöst, die Wüste kann mich an nichts erinnern, an keiner Stelle kann ich sagen, hier, genau hier ist es gewesen, ich fahre durch ein großes Nichts, und bald kommt es mir so vor, als sei mein schon gelebtes Leben genauso vage und verschwommen wie das, was ich noch vor mir habe. Eine Anhäufung von Zufälligkeiten. Fanny hätte auch Anna oder Alexandra sein können, Berta, Beate, Barbara, Cecilie, Charlotte, Dagmar oder Elisabeth. Es ist eine Illusion zu glauben, man könne sein Leben in die Hand nehmen. Der eine Zufall bedingt nur den nächsten. Dieser Gedanke macht mich plötzlich ganz leicht und optimistisch, das Leben hat für mich wieder einen Sinn, weil es keinen hat. Befreit atme ich tief durch, aber im nächsten Moment schnürt mir derselbe Gedanke die Gurgel zu, und ich glaube, an ihm zu ersticken.

Man kann doch die paar Jahre, die man hat, nicht dem Zufall überlassen! Ich habe immer versucht, mein Leben zu planen und zu gestalten. Fanny nicht. Nein, die lag am liebsten im Bett und ließ andere für sich entscheiden. Wie sehr ich sie dafür gehaßt habe. Wie sehr ich sie darum beneidet habe.

Die letzte Möglichkeit, noch auf den Interstate 40 abzubiegen und Las Vegas zu entgehen, habe ich verpaßt. Die Wüste zu meiner Rechten heißt laut Karte »Devil's Playground«. Ich halte an. Es ist ganz still. Ich höre mich atmen. Kein Auto kommt vorbei. Ich bin allein. So allein, wie man in Europa gar nicht allein sein kann. Ich gehe ein paar Schritte in die Wüste hinein. Das trockene Gestrüpp zerfällt unter meinen Schuhen zu Pulver. Die Hitze legt sich auf meinen Kopf wie ein Stein. Ich setze mich hin. Würde jemand anhalten, um nach mir zu sehen? Es könnte ja sein, daß ich krank bin, plötzlich einen Herzanfall habe. Zwei LKWs donnern vorbei. Wie lange dauert es, bis man verdurstet? Kann man beschließen zu verdursten, so wie man beschließen kann zu verhungern? Ich würde gern hier sitzenbleiben und einfach aufhören zu existieren. Einfach so, ohne Anstrengung, ohne Vorbereitung, ohne Abschiedsbriefe. Mir fällt ein, daß ich vergessen habe, meinem Steuerberater die Zahlen für die Umsatzsteuervoranmeldung für diesen Monat zu hinterlassen. Als ich wieder aufstehen will, sehe ich unter einem Busch direkt neben mir eine beige Damenhandtasche, von dem rötlichen Wüstensand wie mit Puderzucker bedeckt. Ich ziehe sie zu mir heran und öffne sie. Ich finde einen orangeroten, stark benutzten Lippenstift, Wimperntusche und eine Puderdose mit zersprungenem Spiegel, Zigaretten der Marke »More«, ein kleines Kinderbuch mit dem Titel »Mike and the Bear«, einen Zettel mit einer Straßenskizze, ein Anleitungsbuch für die Ausbildung von Gehörgeschädigten, eine kleine Flasche Parfüm, die ausgelaufen ist, Benzinquittungen, ein Bewerbungsformular für eine Wohnung in Tucson, Arizona, eine Visitenkarte von einem Bewährungshelfer in Los Angeles und einem Anwalt in Phoenix. Am Boden der Tasche liegt ein kleiner, zerknüllter Zettel, den ich fast übersehen hätte. Ich streiche ihn glatt und lese in einer sehr gleichmäßigen Handschrift: DU KANNST EIN WAHRES INDIVIDUUM SEIN, WENN DU AUFHÖRST, VOR ET-

WAS DAVONZULAUFEN, WAS VIELLEICHT AUSSIEHT WIE EINE BEDROHUNG, WAS ABER IN WIRKLICHKEIT GENAU DAS IST, WAS DU MEHR WILLST ALS ALLES ANDERE IN DEINEM LEBEN. Darunter steht: DIE KOSMISCHE MACHT. FÜR LINDA. ANGST: SEITE 95. Ob die Besitzerin der Tasche Linda hieß? Ich denke automatisch von ihr in der Vergangenheit. Und was ist mit ihr geschehen? Vergewaltigt? Ermordet? Was bedeutet dieses Buch für Gehörlose? War sie taub oder taubstumm? Konnte sie nicht um Hilfe schreien? Kam sie aus dem Knast? Eine Drogengeschichte? Auf jeden Fall eine böse Geschichte. Keine Frau wirft einfach so ihre Handtasche weg. Ich hasse Geschichten. Besonders die von Frauen. Ihre Geschichten sind wie Blutegel, die sie einem auf die Haut setzen und die man nicht mehr los wird. Mit ihren Geschichten wollen sie einem beweisen, daß man in ihrer Biografie einen logischen Platz einnimmt, sie wollen einem den Zufall ausreden. Linda mit ihrer herzzerreißenden, beschissenen, kleinen Geschichte. Ich schleudere ihre Handtasche zurück in die Wüste. Sie fliegt von mir fort und scheint immer weiter nach oben steigen zu wollen wie ein vorsintflutlicher, ungelenker Vogel, bis plötzlich die Kurve abrupt abbricht und sie abstürzt wie abgeschossen. Den Zettel mit dem blöden Ratschlag der »Kosmischen Macht« stecke ich ein. Ich habe Durst. Ich fahre weiter und versuche, alle Frauen zu vergessen. Und erinnere mich an Felicitas. Sehr blond. Und an Gabi mit den kleinen Füßen. Und Susanne aus Lüchow-Dannen-berg. Angelika mit ihrer Hausmilbenallergie. Britta, die mich jahrelang mit einem anderen Mann betrogen hat. Und den mit mir. Peggy, die Pan-Am-Stewardeß, die mir jedesmal Rasierwasser aus dem Duty Free mitbrachte, bis ich einen ganzen Schrank voll davon hatte. Und natürlich Fanny, immer wieder Fanny. Wer hat gesagt, die gnädigste Einrichtung des menschlichen Gehirns sei, vergessen zu können? Ich bin plötzlich umgeben von meinen alten Geschichten wie von einem Schwarm Insekten. Ich sehne mich nach einem Bier. Der Sonnenuntergang in der Wüste ist so lang wie sonst nur über den Wolken. Kurz bevor der Himmel dunkelblau wird, färbt sich der Horizont sma-ragdgrün. Dann kommt die Dunkelheit. Schwärzer als schwarz. Wie ein großes Loch. Ich drehe das Radio lauter. Fahre schneller. Bekomme Herzklopfen. Als hätte ich Angst. Lange Zeit begegnet mir kein Auto. Dann endlich fängt der Horizont an zu flackern. So wie Tausende von Glühbirnen kurz vorm Durchbrennen. Ich erkenne es wieder. Las Vegas. Eine halbe Stunde später fahre ich den Strip runter. Es ist so hell, daß mir die Augen weh tun. »Diese Stromverschwendung«, hat Fanny gesagt. Manch-mal konnte sie erstaunlich humorlos sein. Im Hotel Cae-sar's Palace zwinkerte uns damals der Portier zu und gab uns ein Zimmer mit einem Spiegel an der Decke über dem herzförmigen Bett. Ich wende und fahre den Strip wieder zurück, flüchte in eine Bar und bestelle einen »Southern Comfort« wegen des Namens. Er tröstet mich natürlich nicht. Die Bar ist fast leer bis auf ein paar Poolspieler, die um den Billardtisch herumlungern, und ein Mädchen mit zerzausten braunen Haaren, das Geld in die Musikbox wirft. Frank Sinatra singt »I did it my way«. Das Mädchen legt den Kopf auf die Musikbox. Sie ist zu dünn. Ihre Schulterblätter ragen unter dem dünnen Sommerkleid hervor wie kleine Flügel. Sie lächelt vor sich hin, ohne den Kopf von der Musikbox zu heben. Als der Song zu Ende ist, geht sie ganz dicht an mir vorbei zur Theke. Ich kann sie riechen, sie riecht nach Sonne und warmer Haut. Sie sieht mich mit schwarzen Augen flüchtig an. Der Wirt gibt ihr seufzend aber wortlos etwas Kleingeld. Ich warte darauf, daß sie wieder an mir vorbeikommt, aber sie schlängelt sich durch die Theke hindurch zurück zur Musikbox. Ihre Beine sind lang, schlank und braungebrannt. Sie trägt weiße, schäbige Sandalen, die von rotem Staub bedeckt sind. Wüstenstaub, denke ich. Sie drückt die Tasten der Musikbox und wieder singt Frank Sinatra »I did it my way«. Der Wirt verzieht das Gesicht. Ich bitte ihn, dem Mädchen einen Drink zu bringen. Als er das Glas vor sie auf die Musikbox stellt, deutet er mit ausgestrecktem Arm auf mich, aber sie dreht sich nicht nach mir um. Wieder legt sie ihren Kopf auf die vibrierende Musikbox, breitet die Arme aus, legt sie auf die Plexiglashaube, und bewegt dazu leicht die Hüften. Plötzlich will ich sie mehr als alles andere in der Welt. Idiotisch. Ich bestelle mir noch einen »Southern Comfort«. Als Frankie-Boy fertig ist und sie sich wie in Trance langsam aufrichtet, gehe ich schnell auf sie zu. Ich krame Kleingeld aus der Hosentasche und frage sie:

»Noch mal dasselbe?« Sie sieht mich ausdruckslos an. Ich werfe das Geld in die Musikbox und drücke fünfmal hintereinander »I did it my way«. Als ich mich umdrehe, erwische ich gerade noch den letzten Rest eines Lächelns in ihrem Gesicht. Sie nimmt eine Schachtel Zigaretten der Marke »More« vom Tisch und zündet sich eine an. Ich sehe die Schachtel und denke noch, seltsam, dieselbe Marke wie in der Handtasche, da zupft sie mich am Ärmel. Sie sieht mir direkt ins Gesicht, bohrt ihre schwarzen Augen in meine, atmet zweimal tief durch, dann sagt sie in einem seltsam monotonen Singsang:

»Entschuldigen Sie, Mister, hätten Sie vielleicht etwas Geld für ein Mädchen, das alles weggeworfen hat, was ihm etwas wert war?« Am Ende des Satzes rutscht ihre Stimme aus, und sie wiederholt monoton wie eine Schallplatte mit Kratzer: »...was ihm etwas wert war?« Erschrocken wühle ich in meinem Portemonnaie, und da ich die Dollarscheine nie recht auseinanderhalten kann, gebe ich ihr aus Versehen statt einen Zehn- einen Fünfzigdollarschein. Meinen Irrtum bemerke ich erst, als sie das Geld schon in der Hand hat. Sie starrt auf den Schein, nickt mir knapp zu, dann dreht sie sich um und geht auf den Ausgang zu. Seltsam, denke ich, sie hat nichts dabei, noch nicht einmal eine Handtasche. Keine Handtasche.

»Linda!« rufe ich plötzlich, »Linda!« Sie dreht sich nicht um. Ich stürze hinter ihr her.

Als ich aus der Bar komme, sehe ich, wie sie auf die gegenüberliegende Straßenseite läuft, ihr dünnes Sommerkleid weht wie ein Segel, sie hält den Daumen raus, und schon hält ein Auto neben ihr. Ein Mann allein am Steuer. Natürlich, denke ich. Was sonst? Sie steigt ein. Mit quietschenden Reifen schießt der Wagen davon und verschwindet wie ein Komet in der Dunkelheit. Ich habe sie verloren. Ich wundere mich über meine tiefe Enttäuschung. Ich gehe zurück in die Bar. Ungefragt stellt der Wirt einen weiteren »Southern Comfort« vor mir auf die Theke. Immer noch singt Frank Sinatra »I did it my way«.

»Kannten Sie die?« fragt der Wirt.

»Nein, wieso?« sage ich.

»Haben Sie nicht 'n Namen gerufen?«

»Ich hab sie mit jemandem verwechselt.«

»Ach so«, sagt er, »ich hab gedacht, wenn er sie kennt, warum ruft er dann hinter ihr her? Sie kann doch gar nichts hören, das arme Ding. Sprechen ja, aber nichts hören. Taub. Total taub. Aber diese Schnulze, die hat sie gemocht. Die Schwingungen oder so was. Seit einer Woche jeden Abend nichts als ›I did it my way‹. Und keinen Pfennig in der Tasche. Die Musik habe ich ihr spendiert. Mädchen wie die sind wie Treibsand. Man weiß nicht, woher sie kommen, und morgen sind sie woanders und schnorren den nächsten an.« Ich ziehe den Zettel aus der Tasche, glätte ihn und lege ihn auf die Theke. Der Wirt nimmt ihn und liest laut und mit einer Betonung wie ein Schulanfänger vor: DU KANNST EIN WAHRES INDIVIDUUM SEIN, WENN DU AUFHÖRST, VOR ETWAS DAVONZULAUFEN, WAS VIELLEICHT AUSSIEHT WIE EINE BE-DROHUNG, ABER IN WIRKLICHKEIT GENAU DAS IST, WAS DU MEHR WILLST ALS ALLES ANDERE IN DEINEM LEBEN. DIE KOSMISCHE MACHT. FÜR LINDA. Er gibt mir den Zettel zurück und sieht mich mißtrauisch an.

»Hat das was mit dem Mädchen zu tun?« fragt er. Ich zucke die Achseln. »Hippiescheiße«, sagt er, »wenn Sie mich fragen, ist das Hippiescheiße.« Frank Sinatra fängt schon wieder von vorne an. Der Wirt kriecht hinter der Theke vor, geht zur Musikbox und zieht den Stecker aus der Wand. Ich trinke weiter, bis die Bar schließt.

Ich setze mich ins Auto und warte, bis ich wieder halbwegs nüchtern bin. Dann fahre ich zurück in die Wüste. Im Rückspiegel beobachte ich, wie die Lichter von Las Vegas hinter mir immer schwächer blinken wie müde werdende Glühwürmchen, bis sie schließlich ganz verlöschen. Vor mir liegt wieder das große, schwarze Loch. Es nimmt mich freundlich auf wie einen guten, alten Bekannten.

Geheimnisse

Ich wünschte, ich hätte meine Handtasche nicht in die Wüste gepfeffert. So sieht jeder gleich, was mit mir los ist. Mit meiner Handtasche, die immerhin mal fast dreißig Dollar gekostet hat, sähe ich einfach seriöser aus. Aber es hat sich gut angefühlt, sie einfach aus dem fahrenden Auto zu schleudern. Jetzt weiß ich nicht mehr, wie der Idiot von Bewährungshelfer heißt, der mir seine Visitenkarte mit feuchten Fingern in die Hand gedrückt hat und bei dem ich mich in Los Angeles melden sollte. Und der Rechtsanwalt in Phoenix, der mir unbedingt helfen wollte, »wieder auf die Beine zu kommen«. Am liebsten wäre ich selbst meine Handtasche gewesen. Dann würde ich jetzt da draußen in der gelben Hitze unter irgendeinem Busch liegen und hätte meine Ruhe. Manchmal denkt man, man wird sich selbst los, wenn man etwas wegwirft, und einen Moment lang stimmt das auch, aber dann macht man kehrt, um einen neuen Weg zu gehen, und wer steht wieder da und versperrt einem den Weg? Dieselbe alte, dumme Linda Grymes.

Wie viele Dinge ich in meinem Leben bereits weggeworfen habe, wie viele Zahnpastatuben, Zahnbürsten, Zigarettenschachteln, Feuerzeuge, Lippenstifte, Tampons, Briefe,

Gerichtsvorladungen, Telefonnummern, Kleider und kaputte Strümpfe. Oft stelle ich mir vor, wie neben jedem Menschen sein eigener Müllberg wächst, und wie wir alle am Ende von unserem eigenen Müll begraben werden. Mir ist es lieber, alles wegzuwerfen und hinter mir zu lassen, als wenn sich die Dinge an meine Fersen heften und mich dauernd an all den Mist erinnern, in dem ich stecke. Im Gefängnis hatte ich auch nur mein kleines Regal mit meinen Schminksachen, den drei alten Vogue-Heften und dem Radio. Und nicht wie all die anderen Frauen Fotos von ihren Familien und ihren Kerlen, die einen Tag und Nacht anglotzen und einem Löcher in den Bauch fragen, warum man ihnen das angetan hat. Was denn schon? Daß man erwischt worden ist? Mich haben sie erst nach fast einem Jahr geschnappt. Da hatte ich schon über achttausend Dollar rausgeholt. Fast ein ganzes Jahr lang hat niemand was gemerkt. Und das in einem so streng kontrollierten Kaufhaus! Ich wundere mich nur, daß vor mir nie jemand drauf gekommen ist, zu verkaufen ohne einzutippen. Mit einem einzigen Lippenstift von Paloma Picasso macht man so schon 24 Dollar Gewinn. Man muß der Kundin nur schnell und routiniert irgendeinen alten Bon unterjubeln, da sieht sowieso nie jemand drauf. Und wo das Wechselgeld herkommt, ist doch denen egal. Aber daß keine meiner Kolleginnen das jemals spitz gekriegt hat, wundert mich heute noch. Darauf bin ich auch ein bißchen stolz. Das soll mir mal eine nachmachen. Ein Mann in einer Bar in Vegas hat mir 50 Dollar gegeben. Einfach so. Ich mußte noch nicht einmal weinen, nur ein bißchen lallen, wie die Gehörlosen halt lallen, wenn sie versuchen, zu sprechen. Er sah ganz nett aus, ein Ausländer. Sein Blick war hungrig genug, daß er mir auch noch eine Nacht in einem Motel ausgegeben hätte, aber ich hatte keine Lust, meine Taubstummennummer bis zum Frühstück durchzuziehen. Sie ist nur gut für ein paar Drinks, ein bißchen Musik und manchmal einen Sandwich, sonst wird sie schnell anstrengend. Im Grunde genommen wollte ich ja mit den fünfzig Dollar direkt ins Holiday Inn gegenüber, aber kaum war ich aus der Bar raus, bekam ich Angst vor dem leeren Hotelzimmer, und ehe ich mich versah, hab ich den Daumen rausgestreckt, und es hielt auch sofort einer dieser großen Schlitten, die beim Fahren summen wie dicke Hummeln. Man kann sich dran gewöhnen, jede Nacht mit einem anderen Mann zu verbringen. Später im Dunkeln, wenn sie schlafen, kommen sie mir manchmal vor wie ein und derselbe. Zu wem ich heute nacht ins Auto gestiegen bin, weiß ich noch nicht. Er sieht gut aus und ist höchstens dreißig, er trägt eine teure Armbanduhr, und das Auto riecht nach seinem After Shave. Er hat wortlos die Tür aufgehalten, ich habe ihn mir in der Kürze der Zeit so genau wie möglich angesehen und mich, wie immer, auf meine innere Warnanlage verlassen. Nach wenigen Sekunden gab sie grünes Licht. Nicht nur, weil er ein sehr sympathisches Grinsen hat, sondern weil seine Zähne von vorne bis hinten mit Gold gefüllt sind, ein gutes Zeichen, Männer mit Gold in den Zähnen haben wirklich Geld, geben nicht nur an und können nachher noch nicht mal die Drinks bezahlen. Er hat mich nichts gefragt, nur gesagt, daß er nach Salt Lake City fährt und Bob heißt. Es ist mir gleich, ob er die ganze Nacht durchfahren will oder

mit mir in ein Motel geht, Hauptsache, ich bringe die
Stunden, bis es wieder hell wird, in der Gesellschaft eines
halbwegs normalen Menschen zu. Früher, da habe ich
immer gehofft, daß jeder neue Mann, den ich kennengelernt habe, endlich all das erfüllt, wonach ich mich immer
gesehnt habe. Was das genau sein soll, könnte ich gar nicht
sagen, aber vielleicht kennen Sie das Gefühl, wenn man
allein im Auto nachts durch die Gegend fährt und im
Radio kommt ein Song von Van Morrison vielleicht oder
von irgend jemand anders, den Sie besonders mögen, und
mit einem Mal zerreißt es einen fast vor Sehnsucht. Vor
Sehnsucht wonach zum Teufel? Das ist es ja eben, das weiß
man nicht so genau, vor Sehnsucht nach allem auf einmal,
nach einem Zuhause und einem Zigeunerleben, nach Familie und Einsamkeit, nach Leidenschaft und ruhiger
Liebe, nach einem Mann, der Cowboy und Dichter in
einer Person ist, nach Erdbeereis und scharfem Chili. Das
ist ein Gefühl, das einen fast zum Platzen bringt. Blöder-
weise habe ich lange Zeit angenommen, daß ich nur den
Richtigen finden müßte, aber jeder Mann ist am Ende ein
neuer Kompromiß. Dieser hier hat so dicht behaarte
Arme, als wüchse Gras auf ihnen. Er trägt ein schneewei-
ßes Hemd, das in der Dunkelheit, die uns umgibt, leuchtet
wie eine schwache Lampe. Sein Gesicht kann ich nicht
recht sehen, aber es wirkt ruhig und entschlossen. Er
riecht nicht wie ein Spinner, und ich kann es riechen, wenn
jemand komische Ideen im Kopf hat. Larry, der Dünge-
mittelvertreter, der mich von Los Angeles nach Las Vegas
mitgenommen hat, hat so gerochen. Er wollte dann, daß
ich ihm mit seinem eigenen Gürtel den nackten Hintern

versohlte. Meine innere Warnanlage hat's genau gewußt, aber nachdem ich vier Stunden lang in glühender Hitze an der Straße gestanden hatte, war ich zu ziemlich vielen Dingen bereit. Danach hat er geweint wie ein kleines Kind, und ich kann mir vorstellen, daß er was Ähnliches wollte wie ich, als ich meine Handtasche weggeworfen habe, einfach raus aus seiner Haut, wenigstens für einen Moment. Aber daß ich eine Dreißig-Dollar-Handtasche einfach so in die Wüste werfe, darüber hat er sich dann fürchterlich aufgeregt. Er wollte unbedingt anhalten, um sie zu suchen.

»Man wirft doch nicht etwas weg, wofür man hart gearbeitet hat«, hat er kopfschüttelnd gesagt und mich dabei angesehen, als sei ich irre. Während ich mit dem Gürtel auf seinen Hintern einschlug, beobachtete ich, wie die Sonne im Badezimmerspiegel des Comfort Inn langsam unterging. Es war ein ähnliches Gefühl, wie in der Kosmetikabteilung hinterm Tresen zu stehen und Lidschattenfarben zu sortieren und gleichzeitig den langen, langen Gang entlangzustarren auf das helle Viereck ganz hinten am Ausgang und zuzusehen, wie das Viereck unendlich langsam dunkler wurde, bis es endlich kohlrabenschwarz war und die Feierabendsirene durchs Kaufhaus schrillte.

»Ich mag unabhängige Frauen«, sagt Bob mit seinem Lächeln aus Gold plötzlich, und ich schrecke zusammen, als hätte er mich auf die Schulter gehauen.

»Die meisten trauen sich keinen Schritt aus dem Haus ohne mindestens vier Koffer, tonnenweise Make-up und möglichst noch das Telefon.«

»Jetzt gibt's ja Autotelefon«, sage ich.

»Lasse ich mir mit Absicht nicht einbauen«, sagt er, »wenigstens im Auto möchte ich meine Ruhe haben. Ich verstehe diese Sucht nicht, überall erreichbar sein zu wollen.«

»Schlimm finde ich nur, wenn man ein Telefon hat, und es ruft dann keiner an«, sage ich. Er lacht. Ein komisches, glucksendes Lachen. Ich beuge mich vor und tue so, als müßte ich meine Sandalen zubinden, dabei drehe ich mich um und sehe ihm ins Gesicht. Die bunten Lämpchen der Armaturen glitzern in seinen Augen wie kleine Weihnachtsbäume. Er sieht wirklich gut aus, ein bißchen wie Clint Eastwood, und sofort fange ich an, vor mich hinzuspinnen, ich bin anscheinend unheilbar: es könnte doch immerhin sein, daß ausgerechnet er ausgerechnet mich an diesem Abend aufpicken mußte, weil wir füreinander bestimmt sind und es nur diese eine Möglichkeit unter Millionen Möglichkeiten gab, uns beide zusammenzubringen. Inzwischen habe ich gelernt, mich selbst ganz schnell auszulachen, wenn mir mal wieder diese fixe Idee, daß irgendwo die große kosmische Liebe auf mich wartet, durchs Gehirn rast. Ich weiß inzwischen aus Erfahrung, daß alles so, aber auch ganz anders sein kann, daß es keine Rolle spielt, ob Linda Grymes heute nacht in diesem Auto sitzt oder eine andere. Und wäre ich nicht hier, wäre ich bei einem anderen Mann. Manchmal wünsche ich mir eine Pause, eine kleine Unterbrechung nur, aber das kann ich mir normalerweise nicht leisten. Außer heute nacht. Mit den fünfzig Dollar von dem Mann aus der Bar hätte ich allein ins Holiday Inn gehen können. Dann hätte ich erst einmal ganz lange geduscht, mich dann noch naß aufs Bett gelegt und zugesehen, wie die Tropfen auf meiner Haut trocknen. Ich wäre dann ganz friedlich und allein ins Bett gegangen und hätte mir im Radio einen guten Sender gesucht. Aber ich weiß, daß dann doch irgendwann mein Herz angefangen hätte, wie wild zu klopfen, daß ich wieder dieses schreckliche Gefühl bekommen hätte, platzen zu müssen, daß ich deshalb aufgestanden wäre, um auf und ab zu laufen wie ein Tier im Käfig, und mitten in der Nacht wäre ich dann auf die Straße gelaufen und hätte den Daumen rausgehalten. Aber dieser Mann hier wäre dann schon weit, weit weg gewesen, irgendwo auf der düsteren Strecke zwischen Salt Lake City und Las Vegas, und ich hätte vielleicht mein großes Glück verpaßt, wer weiß? Zum Glück kann er den Schwachsinn, den ich denke, nicht hören. Er dreht am Radio, und einen kurzen Moment lang habe ich Angst, er könne die Wellenlänge erwischen, auf der Linda Grymes ihren sentimentalen Plunder zum besten gibt. Ich höre mich mit weicher Radiostimme sagen: »Und wenn ich nicht an diesem Abend in Las Vegas auf der Straße gestanden hätte, hätte ich mein großes Glück verpaßt.« Es klingt furchtbar endgültig und macht mich ganz traurig. Wenn wir jetzt nach Süden statt nach Norden führen, würde ich ihn bitten, kurz vor der Abzweigung des Interstate 40 nach Flagstaff zu halten, und ich würde versuchen, meine Handtasche wiederzufinden. Ich komme mir plötzlich so unangenehm schwerelos vor ohne sie, so als würde ich nur noch an einem dünnen Faden hängen, den jeder Spinner einfach durchschneiden kann, wenn's ihm paßt.

»Ich würde zu gern eine Weile wie Sie herumziehen,

ohne Ziel, ohne Verantwortung«, sagt Bob, »aber es ist schwer, aus dem Geflecht von Verpflichtungen und Beziehungen herauszukommen, in dem man irgendwann zappelt wie eine Fliege im Spinnennetz.« Die Wörter ZIEL, VERANTWORTUNG, VERPFLICHTUNGEN, BEZIEHUNGEN leuchten vor mir auf wie große Reklametafeln. Alle benutzen diese Wörter immerzu, nur ich weiß nicht recht, was sie bedeuten sollen. Sie klingen für mich wie Produktnamen, er hätte genausogut sagen können:

»Ich würde zu gern eine Weile wie Sie herumziehen, ohne MARLBORO, ohne CHIVAS REGAL. Aber es ist schwer, aus dem Geflecht von CRUNCHY NUTS und CAMEL FILTER herauszukommen, in dem man irgendwann zappelt wie eine Fliege im Spinnennetz.« Er weiß offensichtlich nicht, daß man nur ein paar Dollar am Tag unterschlagen muß, um aus dem »Spinnennetz«, wie er sagt, von selbst herauszufallen. Er weiß nicht, wie beschissen es ist, allein über diesen Planeten zu laufen. Aber davon erzähle ich ihm natürlich nichts.

»Es hat mich auch sehr viel Mut gekostet, alles zurückzulassen«, erwidere ich statt dessen, »aber ich glaube, daß man das einmal im Leben gemacht haben muß, um zu wissen, wie es sich anfühlt, wenn man nur noch sich selbst die Schuld geben kann, wenn etwas schiefgeht.«

»Toll«, sagt Bob, »das finde ich einfach toll, was Sie da sagen.« Ich bin selbst ganz beeindruckt von meinen Worten. Er dreht sich zu mir um, und ich lächle geheimnisvoll. Männer mögen Frauen mit Geheimnissen. Sie reagieren auf eine Frau mit Geheimnis wie ein Hund auf einen Hasen. Sie müssen dir dein Geheimnis unbedingt abjagen, aber dann macht es sie unglücklich, wenn sie es kennen, weil sie dann aufstehen und auf die Jagd nach neuen Frauen mit neuen Geheimnissen gehen müssen. Und unsere Freunde wollen sie nicht sein, weil man unter Freunden keine Geheimnisse hat. Ich habe lange gebraucht, um das zu kapieren. Also lächle ich jetzt geheimnisvoll und Bob sagt: »Ich bin froh, daß ich Sie mitgenommen habe. Einen winzigen Moment lang habe ich gezögert, wollte eigentlich lieber allein sein, aber Sie sahen so verletzlich aus in Ihrem dünnen Kleid. Haben Sie gar keine Angst?« Ich zucke die Schultern und sehe aus dem Fenster. Draußen ist die Nacht so schwarz, als hätte jemand einen Vorhang vor die Landschaft gezogen. Der Vorhang macht aus dem Fenster einen Spiegel. Ich sehe meine Augen glänzen. Ich habe schöne Augen, das haben mir schon viele Männer gesagt, Augen so schwarz wie diese Nacht da draußen. Angst habe ich keine, weil Bob bei mir ist. So wie immer jemand bei mir sein sollte. Er ist Tiefbauingenieur in Salt Lake City. Er lebt allein. Mehr erzählt er mir nicht, und ich frage ihn auch nicht weiter. Es ist mir lieber, wenn wir schweigen. In der Stille kann ich so tun, als würden wir uns schon lange kennen. Ich stelle mir vor, ich sei seit Jahren mit ihm verheiratet. Wir würden genauso nebeneinandersitzen wie jetzt und glauben, wir kennten uns. Daß man das immer nur glaubt, weiß ich auch inzwischen.

Als meine Mutter vor vier Jahren starb, erzählte mir mein Vater lauter Dinge über sie, die ich nie gewußt habe, bis es mir vorkam, als rede er über jemand ganz anderen. Er behauptete zum Beispiel, Gerbera seien ihre Lieblingsblumen gewesen, dabei könnte ich schwören, daß es Pfingstrosen gewesen sind. Trotzdem habe ich ihr dann immer Gerbera aufs Grab gelegt, und irgendwie habe ich jedesmal erwartet, daß sie mir ein Zeichen gibt und mich wissen läßt, daß mein Vater sich geirrt hat und ich recht hatte mit den Pfingstrosen. Aber es kam kein Zeichen. Also habe ich meine Mutter nicht wirklich gekannt. Diese Dinge muß man akzeptieren.

Still fahren Bob und ich durch die Nacht, und je weiter wir fahren, um so mehr möchte ich in sein Leben hinein. Ich weiß, daß man sein eigenes Unglück am besten vergißt, wenn man in ein anderes Leben hineinkriecht wie in ein großes Schneckenhaus. Nur trifft man so selten jemanden, bei dem man das auch wirklich möchte. Ich weiß nicht, warum ich es bei Bob möchte. Vielleicht liegt es an seinem Lächeln oder an seinem weißen Hemd oder dem Glitzern in seinen Augen, wer weiß das schon? Ich habe mich schon in Männer wegen weit weniger verliebt.

Er hat Hunger, und wir halten vor »Dollie's Restaurant«. Er geht mir voraus der grünen Neonreklame entgegen, und ich sollte mich jetzt einfach umdrehen, in die Dunkelheit hineinlaufen und verschwinden, bevor ich mir noch mehr dummes Zeug ausdenke. Ich weiß in diesem Moment ganz genau, daß das viel klüger wäre, aber um so eiliger laufe ich ihm dann doch hinterher.

Die Klimaanlage in dem grüngestrichenen Laden läuft auf Hochtouren. Ich friere in meinem dünnen Kleid, mir klappern die Zähne, aber ich weiß, daß ich rührend aussehe, wenn ich friere, das haben mir auch schon viele gesagt, also sehe ich Bob direkt in sein großflächiges, leicht gebräuntes Gesicht, zittere und lächle ein bißchen. Ohne mich zu fragen, bestellt er bei der mexikanischen Kellnerin einen Tee für mich. Sie trägt ihre pechschwarzen Haare offen, und auf ihren Augendeckeln klebt dicker, türkisfarbener Lidschatten bis unter die Brauen. Auf ihrem lila Schürzenkittel ist kurz über dem Busen ein rosa D. eingestickt, was sie wohl als Dollie, die Besitzerin, ausweist. Sie lächelt Bob breit an und empfiehlt ihm einen Hamburger de Luxe. Er bestellt zwei, wieder ohne mich zu fragen. Ich bin auf eine idiotische Weise glücklich darüber, daß er mich versorgt wie ein kleines Kind. Aufgeregt rutsche ich auf den blauen Plastiksitzen hin und her und warte darauf, daß er etwas zu mir sagt.

»Sie sind älter, als ich dachte«, sagt er schließlich und sieht mir gleichgültig ins Gesicht, als lese er in einer Zeitung.

»Sie auch«, sage ich und hoffe, daß er lächelt. Aber er reagiert überhaupt nicht. Er hat graue Augen, die leicht kalt wirken könnten, wenn sein großer, weicher Mund nicht wäre. Er starrt mich an, bis ich wegsehen muß. An der Wand hängt ein Schild, auf dem mit großen runden Buchstaben geschrieben steht, daß nur zweimal pro Tasse Kaffee kostenlos nachgeschenkt wird. Unterschrieben von Dollie. Auf dem Serviettenhalter klebt ein fotokopierter Zettel, auf dem Dollie in derselben Kinderschrift ihre selbstgebackenen Kuchen anpreist. Ich bewundere ihren Fleiß und ihre Hingabe, ich beneide sie um ihr ordentliches Leben mit einem vollen Stundenplan und um ihre rechtschaffene Müdigkeit und geschwollenen Füße am Abend.

Ich weiß, daß ich genau dieses Leben hätte haben können, aber nach wenigen Monaten in der Kosmetikabteilung hat mich eine Angst gewürgt, die ich keinem erklären konnte und die nur dadurch erträglich wurde, daß ich mit dem Geld aus der Kasse auf ein anderes Leben sparen konnte.

»Wie hätte das denn aussehen sollen, dieses andere Leben?« hat mich der Staatsanwalt gefragt.

»Grün mit roten Tupfen«, habe ich ihm geantwortet, und er hat mich daraufhin angesehen, als wollte er mir am liebsten den Hintern versohlen. Dabei war das wirklich ernst gemeint. Mehr weiß ich bis heute nicht über mein anderes Leben.

Dollie kommt mit unseren Hamburgern aus der Küche und stellt Bob lächelnd seinen Teller ganz behutsam hin. Meinen knallt sie auf den Tisch, ohne hinzusehen. Ich verstehe sie und bin ihr nicht böse. Bob ist die Sorte Mann, die man am liebsten allein sieht. Er klappt seinen Hamburger vorsichtig mit dem Messer auf, legt eine Scheibe Tomate und eine Scheibe Zwiebel auf beide Seiten, dann streicht er fast zärtlich etwas Senf drüber, klappt ihn wieder zu, nimmt ihn in beide Hände und betrachtet ihn.

»Als ich klein war«, sagt er leise mehr zu seinem Hamburger als zu mir, »hat mir jemand erzählt, daß man all die Tiere, die man ißt, nach seinem Tod wiedersieht. Ich habe mir daraufhin vorgestellt, daß man, wenn man gestorben ist, in ein großes Zimmer geführt wird, und da stehen dann all die Rinder, Schweine, Kälber, die man in seinem Leben gegessen hat, und sehen einen vorwurfsvoll an.« Ich weiß nicht, ob er weiß, welchen Effekt solche Geschichten auf

Frauen wie mich haben. Damit hat er sich gerade die große Eintrittskarte in mein Herz gekauft. Nicht, weil ich Vegetarierin bin oder so was, sondern weil er mir, einer völlig Fremden, für einen winzigen Moment seine Seele gezeigt hat. Das führt bei mir sofort dazu, daß ich sie immer wieder sehen will.

»Was ist mit den Hühnern und den Fischen?« frage ich. »Ich glaube, die waren nicht in dem Zimmer. Wahrscheinlich, weil sie nicht vorwurfsvoll gucken können.« Er grinst jetzt spöttisch. Typisch. Er hat den Vorhang wieder zugezogen, die Vorstellung ist vorbei. Wie in einer Peepshow lassen Männer einen in der Regel dafür zahlen, wenn man sie kurz mal sehen darf, wie sie wirklich sind. Seinen Hamburger hält er immer noch in der Hand, ohne abgebissen zu haben. Dollie, die hinter uns die Tische abgewischt hat, ruft plötzlich gellend laut durch das ganze Lokal: »Was nicht in Ordnung mit den Hamburgern?« Er dreht sich langsam zu ihr um und sagt seltsam lasziv: »Wollen Sie mich warnen?« Dollie blickt erstaunt von ihren Plastiktischtüchern auf und antwortet dann in genau demselben Tonfall: »Ich muß Sie nur vor mir warnen, nicht vor meinen Hamburgern. Da entscheiden Sie schließlich selbst, wie scharf Sie sie haben wollen.« Bob lacht für sie sein sympathisches glucksendes Lachen, das mich zu ihm ins Auto hat einsteigen lassen. Er flirtet jetzt mit Dollie, weil er bereut, daß er mir einen winzigen Zipfel seiner Seele gezeigt hat. Es ist immer dasselbe. Und Dollie wittert ihre Chance. Sie schwenkt ihre Titten und wirft Bob lange Blicke zu. Ich komme mir ausgeschlossen vor, dämlich und unattraktiv. Zur Rache knabbere ich nur ein bißchen an Dollies Hamburger, nehme ihn dann komplett auseinander, übergieße ihn mit Ketchup und lasse ihn stehen. Sie reißt mir den Teller schließlich weg mit den Worten: »Ich nehme an, Sie sind fertig?« und präsentiert Bob mit einem zuckersüßen, leicht bedauernden Lächeln die Rechnung. Der türkisfarbene Lidschatten auf ihren Augendeckeln ist verklebt und schon längst aus der Mode. Sie streift leicht Bobs Hand, als sie ihm das Wechselgeld zurückgibt, und ich weiß, daß die beiden, wenn ich nicht da wäre, sich jetzt in der Küche oder auf der Toilette, in seinem Auto oder in der Garage schnell und effizient lieben würden, so wie Dollie wahrscheinlich ihre Kuchen backt, routiniert, gut, ohne unnötige Gefühle, aber zur beiderseitigen Zufriedenheit. Ich möchte das auch können. Ich verachte die Männer entweder, bemitleide sie oder verliebe mich in sie.

Wir fahren stumm weiter, und die Stille, die uns zuvor verbunden hat, trennt uns jetzt voneinander.

»Denkst du oft an das Zimmer mit den Tieren?« frage ich ihn.

»Was?« sagt er, als könne er sich nicht erinnern.

»Die toten Tiere...«

»Ach so«, sagt er, »nein, sonst würde ich ja verrückt werden.« Die nächsten hundert Meilen schweigt er. Ich habe das dumme Gefühl, irgend etwas falsch gemacht zu haben, aber ich weiß nicht, was. Er macht mich nervös, und ich wünsche mir ungeduldig, schnell nach Salt Lake City zu kommen und allein auf meinem Weg weiterzustolpern. Er hält mich jetzt nur noch auf. Ich mag seine Hände

nicht mehr, sie sehen brutal aus, sein Gesicht ist ein Aller-
weltsgesicht wie aus einem Modemagazin, sein Hemd zu
teuer, ein Schnösel, nichts weiter. Er gähnt.

»Dieser verfluchte Hamburger hat mich müde gemacht«, sagt er. Ich antworte nicht.

»Wenn es Ihnen recht ist, halten wir in einem Motel und
fahren morgen weiter«, sagt er. Betont gleichgültig sage
ich: »Ich habe keinen Pfennig Geld.«

»Ich lade Sie ein«, sagt er. Aber ich will jetzt nicht mehr.
Ich überlege, ob ich ihm vorschlagen soll, daß ich das
Steuer übernehme. Aber wenn ich in eine Verkehrskon-
trolle hineingerate, wie sie auf diesen langen, öden Strek-
ken beliebt sind, wäre ich im Handumdrehen bei meinem
Bewährungshelfer in Los Angeles, dessen Name auf der
Visitenkarte steht, die in meiner Handtasche steckt, die
etwa vierhundert Meilen südlich von hier in der Wüste
liegt. Also halte ich den Mund und spiele das Spiel, das ich
immer spiele, wenn ich mit einem Mann mitgehe für ein
Bett, eine Dusche und einen Kaffee am Morgen. Ich tue so,
als säße ich hinter einem Schalter auf einem großen Amt,
auf der Brust trage ich ein Namensschild – Linda Grymes.
Also, frage ich den Mann vor meinem Schalter kühl, aber
nicht unfreundlich, wie hätten Sie's denn gern? Von oben,
unten, hinten, seitlich? Oral, anal? Nackt? In Unterwäsche? Wenn ja, welche Farbe? Welches Fernsehprogramm
hätten Sie gern als Untermalung? Oder lieber Musik?
Seine Antworten kreuze ich in Formularen an. Ich bleibe
sachlich, distanziert. Die letzte Frage bringe ich in demselben unbeteiligten Tonfall vor wie die übrigen: »Und
warum haben Sie sich gerade mich, Linda Grymes, ausge-

sucht?« Die möglichen Antworten lese ich monoton und gelangweilt herunter:

a) Weil sie einen hübschen Körper hat, b) jünger ist als Ihre Frau, c) Sie sonst nicht wüßten, wie Sie die Zeit totschlagen sollen, d) Sex immer noch die beste Entspannung ist, e) es heute nichts im Fernsehen gibt, f) weil Sie das Licht ausmachen und dabei an diejenige denken wollen, die Sie viel lieber gehabt hätten. Für Bob kreuze ich die letzte Antwort an.

Wir halten vorm Sunset Siesta Motel. Ein Neonkaktus flackert vor der Rezeption grün und bösartig vor sich hin. Bob holt den Schlüssel, parkt den Wagen vor Zimmer 48, geht wieder voraus, ohne sich nach mir umzusehen, wie bei Dollies Restaurant. Ich bemühe mich, gelangweilt auszusehen. Er braucht nicht zu glauben, daß er etwas Besonders ist. Er bleibt vor dem Zimmer stehen und wartet, bis ich ihn erreicht habe.

»Hier«, sagt er und drückt mir einen zweiten Schlüssel in die Hand. »Schlafen Sie gut. Ist Ihnen Abfahrt um acht Uhr recht?« Ich nicke verwirrt. Er hebt kurz die Hand und verschwindet in der nächsten Tür. Ich merke noch, wie ich erstaunt dastehe, und erst Minuten später fällt mir auf, daß ich bewegungslos auf dem Bett in meinem Zimmer sitze wie eine Puppe. Meine Glieder sind kalt und steif. Ich weiß aus Erfahrung, daß das der Anfang meiner Angst ist. Sie wird mich bald schütteln wie eine Marionette, mir die Luft aus den Lungen quetschen, mein Herz wild schlagen lassen, daß ich nicht mehr weiß, wohin mit mir. Wie eine große Krake streckt sie bereits ihre Arme nach mir aus. Ich werfe ein Qualende ein, das mir ein Typ aus Colorado Springs vor einer Woche geschenkt hat und das ich für Notfälle die ganze Zeit im BH herumgetragen habe. Ungeduldig warte ich darauf, daß es seine Wirkung zeigt und mir das Gefühl gibt, daß mein Blut langsam und friedlich dahinfließt wie ein breiter, ruhiger Strom. Statt dessen sehe ich meine Innereien vor mir, mein aufgeregt schäumendes Blut, dicke, blaue gewundene Adern, rotes, faseriges Fleisch, graue Knochen. Ich springe auf und mache den Fernseher an, aber alle Menschen, die über die Mattscheibe hüpfen, sehe ich plötzlich ohne Haut, wie abgezogene Kaninchen. Ich hole ein Handtuch aus dem Bad, hänge es über den Fernseher und drehe den Ton auf, damit wenigstens jemand zu mir spricht. Aber zu den Gesprächsfetzen und Werbeslogans stelle ich mir die Münder vor, aus denen sie kommen, große, gefräßige Mäuler mit riesigen Zähnen und gierigen, obszönen Zungen. Ich gebe auf. Als ich bei ihm klopfe, vergehen mindestens zwei Minuten, bevor er öffnet. Er ist nackt bis auf die Unterhose und wirkt kleiner, als ich ihn in Erinnerung hatte. Wortlos führt er mich zu einem Sessel, zieht mich auf seinen Schoß und hält mich einfach nur fest. Ich lege meinen Kopf an seine Brust und weine und weine, und ich weiß, wenn ich aufhöre zu weinen, muß ich ihm erklären, warum ich weine. Soll ich ihm etwa sagen, weil ich Angst habe, im Dunkeln allein zu sein? Wie lächerlich. Und dumm. Also weine ich, bis keine einzige Träne mehr in mir ist und ich mich fühle wie eine ausgequetschte Zahnpastatube, und dann öffnet sich mein Mund, und Wörter und Sätze fallen einfach heraus, ohne daß ich etwas dafür kann.

Ich höre mich von einer schrecklichen Krankheit erzählen, an der ich leide, einer Krankheit, die zum Tode führt, nein, nicht Krebs, auch nicht Aids, meine Krankheit ist nicht ansteckend, aber ebenso schrecklich, die Details möchte ich ihm ersparen, aus dem Krankenhaus sei ich gestern davongelaufen, erzähle ich mit tränenerstickter Stimme, ich könne es nicht ertragen, einfach so dazuliegen und auf meinen Tod zu warten.

»Solange ich mich noch bewegen kann, will ich unterwegs sein«, sagt mein Mund, »aber manchmal bekomme ich Angst, so schreckliche Angst.« Er hält mich und schaukelt mich sanft wie ein Baby.

»Ich will nicht sterben«, sage ich leise. Es entsteht eine Pause, und als ich den Kopf in den Nacken lege, um ihm ins Gesicht zu sehen, glänzen Tränen in seinen Augen. Darüber bin ich so gerührt, daß ich von neuem anfange zu weinen.

»Schscht«, macht er und streichelt mir übers Haar.

»Es gibt so vieles, was ich nie haben werde«, schluchze ich, »ich werde nie wissen, wie das ist, wenn man schwanger ist und auf einer Wiese unter einem Baum liegt und auf sein Baby wartet, oder wie es sich anfühlt, wenn man neben seinem Mann aufwacht und zusammen frühstückt und die Sonne ins Zimmer scheint.« Was ich da sage, stürzt mich in einen Abgrund echter Verzweiflung über mein verpfuschtes Leben. Meine Schluchzer hören sich an wie ein Schluckauf, den ich nicht mehr stoppen kann. Ich hänge an Bob wie ein kleiner Affe, und in meinem Brustkorb japst und heult es in regelmäßigen Abständen. Er massiert mir sanft den Rücken, bis nach langer Zeit die

Schluchzer endlich leiser werden und schließlich ganz verstummen. Er trägt mich ins Badezimmer, zieht mich aus und setzt mich in die Duschkabine. Vom Weinen fühlt sich mein Kopf dick und flauschig an. Ich versuche mir Gedanken über meinen für einen Krankenhausaufenthalt sehr gesund aussehenden Körper zu machen, aber sie rutschen mir weg wie auf Glatteis. Gut, denke ich noch, das Licht ist schwach hier im Badezimmer, das ist gut, da kann er mich nicht so genau sehen, dann umhüllt mich der heiße Wasserdampf wie eine große, milchige Wolke, und ich denke gar nichts mehr. Bob kommt in die Duschkabine, setzt sich neben mich und nimmt mich in den Arm. Ich merke, wie sich in dem warmen Wasser meine Muskeln entspannen, wie ich schlaff und müde werde. Ich lehne mich an ihn. Wassertropfen hängen ihm an den Wimpern und im Haar. Er sieht aus wie ein Filmstar. Ich liebe ihn. Er lächelt mich an. Ich löse mich auf, fließe dahin, ich bin auf einmal so zufrieden, so glücklich. Ich möchte ewig hier sitzen bleiben.

Ich muß kurz eingenickt sein, denn als ich wieder aufwache, liege ich neben ihm im Bett, und er streichelt mich vorsichtig. Meine Hände sind ganz aufgeweicht, ich habe Waschfrauenfinger, die sich unangenehm anfühlen an der Luft.
»Tut dir das weh?« fragt er. Ich muß nachdenken, um die Frage zu verstehen. »Nein, nein«, sage ich schnell, »im Gegenteil.« Er gibt sich große Mühe, und das rührt mich, aber es ist nicht wirklich aufregend, sondern einfach nur nett wie eine Teeparty. Ich versuche ihn dazu zu ermun-

tern, mich nicht zu behandeln, als sei ich aus Zucker, aber er ist so vorsichtig mit mir, als habe er ein junges Reh im Bett. Ich komme mir schäbig vor. Am liebsten würde ich aufstehen und schreien: Hör zu, ich bin ein ganz mieses Miststück, hab dir einen Haufen Lügen erzählt, alles nicht wahr, aber ich kann doch nichts dafür. Hast du denn nie Angst, wenn du allein im Bett liegst und zuhörst, wie dein Leben abläuft wie auf einer großen Eieruhr? Du zwingst mich ja, eine Geschichte zu erfinden, weil es dir nicht reicht, wenn ein Mädchen Angst hat im Dunkeln. Nein, du mußt erst von tödlichen Krankheiten hören, bevor du dich dazu erweichen läßt, es in den Arm zu nehmen.

Ich überschütte ihn mit wilden Küssen, beiße und reize ihn, bis er endlich seine Vorsicht aufgibt und ich wie in Dollies Restaurant das Gefühl habe, daß ein Vorhang aufgeht und ich einen Moment lang seine Seele sehe. Mein ganzes Leben möchte ich bei ihm bleiben. Erschöpft und schweißüberströmt liegen wir schließlich da wie zwei große, an Land geworfene Fische. Ich halte seine Hand und verfluche mich dafür, daß ich ihm diese idiotische Geschichte erzählt habe. Ich will nur noch warten, bis er eingeschlafen ist, dann schleiche ich mich aus dem Zimmer und laufe vor bis zum Turnpike. Die LKW-Fahrer sind noch unterwegs und immer dankbar für ein bißchen Gesellschaft.

Als ich meine Augen wieder öffne, ist es taghell. Bob steht mit einer Tasse Kaffee neben dem Bett. Er setzt sich auf die Bettkante und sieht mir zu, wie ich aufwache. In kleinen Schlucken schlürfe ich mit gesenktem Kopf die bittere, schwarze Brühe.

»Ich habe telefoniert«, sagt er sanft. »Ich habe einen guten Freund in Salt Lake City, der ist Arzt. Er wird sich um dich kümmern. Du brauchst nicht in ein Krankenhaus, das verspreche ich dir.« Die Scham kommt über mich wie Schüttelfrost. Gleichzeitig genieße ich diesen Augenblick, in dem ein Mann und eine Frau in einem Motelzimmer, in das warm die Sonne scheint, Kaffee trinken. Gleich werden sie packen und in ihr Auto steigen und nach Hause fahren zu ihren wunderbaren Kindern in einem wunderbaren Haus in einer wunderbaren Stadt. Bob bringt mir mein Kleid und küßt mich sanft auf die Stirn. Ich sehe ihn nicht an, spreche kein Wort.

»Zieh dich an«, sagt er freundlich. Ich rühre mich nicht von der Stelle. Ich weiß, wie mein Körper bei Tageslicht aussieht. Zäh, muskulös, gesund und braungebrannt.

»Na, komm«, sagt er lächelnd und schlägt die Bettdecke zurück. Ich liege da, steif wie ein Stock, und drehe den Kopf zur Wand. Es dauert endlos, bis er sagt: »Du warst niemals im Krankenhaus.« Ich könnte jetzt natürlich eine neue Geschichte erfinden, aber ich ekle mich plötzlich vor mir selbst. Ich kotze mich an. Aus den Augenwinkeln sehe ich, wie er mit angespanntem Gesicht dasteht. Er sieht aus wie ein Tiger vorm Sprung. Ich krieche unter die Bettdecke, ziehe sie mir über den Kopf, bewege mich nicht mehr, stelle mich tot.

»Widerlich«, sagt er sehr ruhig, und dann noch einmal, »einfach widerlich.« Die Worte treffen mich wie Pfeile. Ich beiße in die Decke, um nicht vor Schmerz zu stöhnen.

Ich höre, wie er den Reißverschluß seiner Reisetasche schließt, dann geht er noch einmal ins Bad und schließt die Tür. Ich höre ihn pinkeln, und das gibt mir endgültig den Rest. Dieses Geräusch verkörpert plötzlich all das, was hätte sein können. Ich hätte auf dem Bett liegen können, meine Kaffeetasse in der Hand, der Fernseher wäre gelaufen mit irgendeiner blöden Show, und wir hätten unsere Witze darüber gemacht.

»Schatz, vergiß nicht, die Zahnpasta einzupacken«, hätte ich gesagt, und er hätte mich im Vorbeigehen in die Zehen gezwickt, dann wäre er ins Bad gegangen, um zu pinkeln, und ich hätte ihm grinsend dabei zugehört.

»Hey«, hätte ich gerufen, »erinnerst du dich noch an unser erstes Motelzimmer? An das Sunset Siesta Motel?«

»Natürlich«, hätte er aus dem Bad zurückgerufen, »davor stand ein grüner Neonkaktus, wir hatten die Zimmernummer 49, und du hast so hübsch ausgesehen in deinem weißen Kleid mit rosa Blumen drauf.«

Er kommt aus dem Bad und nimmt seine Tasche. Ich sehe seine Hosenbeine durch einen Spalt zwischen Decke und Laken. Unschlüssig steht er einen Moment da, die Tasche baumelt vor seinen Knien.

»Vielen Dank«, sagt er schließlich. Seine Stimme klingt scharf und bitter, »du hast mich an etwas erinnert, was ich zwar schon wußte, aber nicht recht glauben wollte: Ihr seid alle gleich.«

Ich höre, wie er den Motor anläßt und vom Parkplatz fährt. Ich weine ein bißchen vor mich hin ins Kissen, bis mir langweilig wird, dann richte ich mich auf und wische mir die Augen trocken.

Mein Kleid mit den rosa Blumen drauf liegt auf der Erde wie die tote, abgestreifte Haut einer Schlange. Ich lache. Dann ist es wieder still. Nur mein Herz pocht stur und dumm vor sich hin.

»Reality«

Drei Monate und sieben Tage, nachdem Fanny ihn verlassen hatte, fuhr Klaus durch Texas und sehnte sich nach Brot, nach dunklem Brot mit harter Kruste, nach richtigem Brot, das er nirgendwo fand. Immer wieder hielt er vor überdimensionalen Supermärkten, die den Highway säumten, verführt durch riesige Neonschriften, die Bäckereien ankündigten, diesmal sogar eine »Delicatessen Bakery«, die »real french bread« führen sollte. Wenn es nur eine Kruste hatte, das lange weiße Brot, vor dem Klaus dann schließlich mit leuchtenden Augen stand wie ein Kind vorm Weihnachtsbaum, wollte er sich auch mit einer Baguette zufriedengeben, aber als er mit dem Daumen draufdrückte, gab es nach wie ein Schwamm. Zutiefst enttäuscht stand er eine Weile da, ohne sich zu rühren, und seine Sehnsucht nach einem knusprigen Brot schwappte über ihn wie eine große Welle, unter der er kaum noch Luft bekam. Er kannte dieses Gefühl, mußte aber nachdenken, woher. Natürlich, es fühlte sich an wie die Lust auf eine Frau. Kopfschüttelnd ging er weiter und suchte unter den tausend verschiedenen Crackersorten die heraus, die ihn am meisten an normales Knäckebrot erinnerte. In der Wurstabteilung zog er eine Packung mit eingeschweißtem knallrosa Aufschnitt aus dem Regal, anständige Wurst gab's in diesem Land ja auch nicht. Wie konnte ein ganzer Kontinent die Kunst des Brotbackens und Wurstmachens so leichtfertig vergessen? Er starrte in die riesigen Fleischkühltruhen, die aussahen wie illuminierte Särge, und war mit einem Mal so wütend auf dieses Amerika, daß er mit dem Fuß aufstampfte wie ein Kind. Er wollte keinen Hamburger, kein Hot-dog, keine dick panierten Hühnerbeine von Kentucky Fried Chicken, keine verhunzten Tacos von Taco Bell, keine dicke, labbrige Pizza von Pizza-Hut, keinen Sandwich mit pfundweise rosa Wurst und Mayonnaise, den kein Mensch essen konnte, ohne sich von oben bis unten zu bekleckern, er wollte nur ein Stück anständiges Brot. Brot mit Kruste. Knuspriges Brot. Ein ganz normales Brot eben. In seiner Wut war ihm der Appetit vergangen. Er fror im eisigen Luftzug der Klimaanlagen. Er brachte die Cracker und die polnische Wurst durch das endlose Labyrinth der Gänge wieder dorthin zurück, wo er sie her hatte, und verließ schließlich schlotternd vor Kälte den Supermarkt mit nichts weiter als einem halben Liter Milch.

Über dem Parkplatz vibrierte die Luft vor Hitze. Klaus setzte sich in sein glühend heißes Auto und fühlte sich wie ein tiefgefrorenes Schnitzel in der Mikrowelle. Nach wenigen Sekunden stand ihm der Schweiß auf der Stirn. Dennoch rührte er sich nicht, schaltete weder die Klimaanlage an, noch machte er ein Fenster auf. Wie gelähmt saß er da und trank in kleinen Schlucken seine Milch. Um ihn herum luden Mütter ihre Kinder aus und ein und bewegten ihre Autos langsam und lautlos über den Parkplatz wie in einem großen, trägen Fischschwarm. Klaus fühlte sich plötzlich so einsam, so entsetzlich einsam, daß er am liebsten irgendeine Frau angesprochen und sie gebeten hätte, ihn mitzunehmen zu sich nach Hause. An ihren Küchentisch wollte er sich setzen und ihr dabei zusehen, wie sie den Kühlschrank einräumte, die Kinder fütterte, mit ihrer Freundin telefonierte. Weiter wollte er nichts von ihr, nein, wirklich nicht, außer teilhaben zu dürfen an ihrem ganz normalen Leben. (Welche Frau würde ihm das glauben?) Eine junge schwarze Frau mit einem schmalen Gesicht und eleganten Bewegungen kam mit einem vollbepackten Einkaufswagen und ihren drei kleinen Kindern zurück zu ihrem alten Straßenkreuzer, der direkt neben seinem funkelnagelneuen Leihwagen stand. Die Kinder trugen bunte Kittel und sahen aus wie Schmetterlinge. Klaus wünschte sich, sie würden in sein Auto steigen und ihn vor vollendete Tatsachen stellen. (Hatten Fanny und er je wirklich darüber geredet? Er konnte sich nicht daran erinnern. Fanny mit Kind? Unvorstellbar.) Die Schmetterlingskinder krabbelten ins Auto, ihre Mutter warf die Wagentür zu und sah dabei zu Klaus herüber. Sie war höchstens Anfang Zwanzig. Klaus lächelte ihr zu, aber sie reagierte nicht, mit leerem Blick starrte sie ihn an, stieg dann in ihr Auto und fuhr davon. Klaus blieb verletzt zurück, bis ihm einfiel, daß sie ihn durch die getönten Wagenfenster gar nicht hatte sehen können. Er war unsichtbar. Keiner sah ihn, keiner hörte ihn, keiner kümmerte sich um ihn, keiner war für, keiner gegen ihn. Keiner kam lächelnd auf ihn zu, um die Wagentür aufzureißen, ihm die Hand zu drücken und zu ihm zu sagen: »Ich danke Ihnen! Ohne Sie würde wirklich etwas fehlen auf dieser armen Welt.«

Er war vollkommen bedeutungslos.

Klaus fuhr weiter durch die Great Plains, das große Nichts, und abgesehen von einer leicht gelblichen Einfärbung des Horizonts war das Ende der Erde vom Anfang des Himmels nicht mehr zu unterscheiden. Einmal sah Klaus in der Entfernung inmitten der blaßgrünen Ebene eine gewaltige Anhäufung von dunklen Felsbrocken. Sie erinnerten ihn an prähistorische Grabmale, ein riesiges Stonehenge, aber als er näherkam, wurden die Steine lebendig. Eine Herde von Tausenden von schwarzen Rindern wartete dicht zusammengepfercht neben einer Eisenbahnlinie auf ihren Abtransport in die Schlachthöfe. Kein einziger Mensch war zu sehen. Die Rinder wandten in Zeitlupe ihre Köpfe nach Klaus, als er an ihnen vorbeifuhr, und er hatte das Gefühl, schon lange nicht mehr etwas derart Trauriges gesehen zu haben. In einer kleinen Bar in Jericho, Texas, trank er inmitten von großen Männern mit großen Hüten stumm drei Whiskey ohne Eis. Warum Fanny ihn verlassen hatte, konnte er nicht ergründen. Warum sie mit ihm fünf Jahre zusammengeblieben war, auch nicht.

Als die Sonne untergegangen war, machte er in einem Best Western Motel in Shawnee, Oklahoma, Station. Der Ort bestand aus einer einzigen Straßenkreuzung. Er legte sich aufs Bett und starrte auf die Mattscheibe. Auf dem verschneiten Fernsehbild huschten schemenhaft Menschen durchs Bild, gestikulierten, nickten mit den Köpfen, es waren Autos zu erkennen, Straßen, Skylines, Tiere, Soldaten, Telefone, Kopfschmerztabletten. Die Dinge wirkten wie Schatten ihrer selbst, wie eine schwach flimmernde Erinnerung an sie. Klaus legte im Kopf eine Liste an mit Dingen, die er über Fanny Finck wußte. Sie mochte keine Schlachtplatte, aber Wiener Schnitzel, am liebsten jeden Tag, sie sammelte Kosmetikpröbchen, die immer noch in seinem Badezimmer alle Regale füllten, sie aß gern im Bett und kleckerte dabei meist, sie schlief gern, war hochmütig und unsicher zugleich, sie hatte eine spitze Zunge und übertrieb gern, teure Kleider sahen an ihr nichtssagend aus und alte Fetzen oft erstaunlich elegant, sie rasierte sich ihre Beine und Achselhöhlen nicht, ob aus Faulheit oder aus Prinzip, wußte er nicht, sie war träge und ging nicht gern aus. Blau war ihre Lieblingsfarbe, aber sicher war er sich da nicht. Mit Sicherheit wußte er eigentlich wenig über Fanny Finck. Es konnte gut sein, daß sie kein Wiener Schnitzel mehr aß. Sogar behauptete, es nie gemocht zu haben. Und sich plötzlich die Achselhöhlen rasierte und für Designermode schwärmte. Sich Kinder wünschte. Klaus stellte sich ans Fenster und starrte auf die Tankstelle und den Coffeeshop an der Kreuzung gegenüber. In der Ferne sah er die Autoscheinwerfer auf dem Interstate Highway 40. Er konnte sich nicht erinnern, jemals so einsam gewesen zu sein. Er nahm seine Reisetasche und setzte sich wieder ins Auto. Zusammen mit den LKWs, die erleuchtet waren wie Christbäume, glitt er durch die Nacht. Er hätte immer so weiterfahren können, konzentriert auf die Straße, ohne

Ziel, ohne Sinn. Als in der Morgendämmerung der Himmel silbrig wurde, hatte er bereits ganz Arkansas durchquert. Hügel und Wälder lösten die Great Plains ab. Bald sah es aus wie zuhause. Grün und still, wie ein Sonntagmorgen in Deutschland. Früher hatte er das gemocht, diese ruhigen, ereignislosen Wochenenden, die Fanny bei schlechtem Wetter komplett verschlief, aber seit sie fort war, fürchtete er sich vor der Stille in der plötzlich so großen Wohnung.

In Vicksburg, Mississippi, frühstückte er in einem kleinen chinesischen Lokal. Selig über die Abwechslung nach all den Spiegeleiern mit Speck der vergangenen Wochen bestellte er Eggdrop-Suppe und geröstete Ente. Er war der einzige Gast. Zwei kleine Kinder spielten unter den Tischen Verstecken. Ihr Vater kam aus der Küche und ermahnte sie. Er brachte Klaus die Suppe. Die Kinder kamen hinter ihm hergedackelt und starrten Klaus an. Sie sahen aus wie Porzellanpuppen. Als Klaus seine Hand ausstreckte und dem Kleineren übers blauschwarze Haar streichen wollte, wich er aus und lief schreiend in die Küche. Klaus hörte eine Frau auf chinesisch auf das Kind einreden. Das andere Kind griff nach der Hand seines Vaters und guckte mißtrauisch. Klaus fühlte sich plötzlich abgelehnt, ausgeschlossen, unerwünscht. Die Hälfte der gerösteten Ente ließ er stehen und verlangte die Rechnung. Das Kind, das heulend vor ihm davongelaufen war, brachte sie ihm zusammen mit seinem Fortune Cookie. Neugierig sah es zu, wie Klaus sein Fortune Cookie aufbrach. Klaus las ihm vor: »Wer zuhause bleibt, erlebt oft mehr als der, der auf große Reisen geht.« Er rümpfte die Nase. Das Kind lachte. Wieder streckte Klaus die Hand aus, um ihm über die Haare zu fahren, und wieder brach das Kind in Gebrüll aus und rannte in die Küche. Klaus war so verletzt, daß er innerlich zitterte.

Ich bin ja fast schon so dünnhäutig wie Fanny, ein einziges Nervenbündel, dachte er verwirrt. Ausgerechnet sie, dieses konfuse Huhn, das nie wußte, was es wollte, ausgerechnet sie hat mich ruiniert. Als er das chinesische Lokal verließ, sah ihm die ganze Familie nach. Die Eltern standen nebeneinander hinter ihren Kindern und hatten ihnen die Hände auf die Schultern gelegt wie auf einem arrangierten Foto. Klaus kaufte sich eine Flasche Jack Daniels und machte einen Spaziergang zum Mississippi hinunter. Unter einem düsteren, feuchtheißen Himmel floß der Mississippi schlammig und träge dahin. Er setzte sich an den Betonpfeiler einer verrotteten Stahlbrücke und stellte die Flasche neben sich. Selbstmordwetter, dachte er, bevor er einnickte. Als er aufwachte, saß ein junger Schwarzer neben ihm und prostete ihm mit der fast leeren Flasche Jack Daniels freundlich zu. Er trank in einem langen Schluck die Flasche vollends aus, sagte: »Danke, Mann«, stand auf ohne zu schwanken und verschwand im Ufergebüsch.

Klaus durchquerte Mississippi, Alabama und Georgia wie in Trance. In Restaurants in kleinen Orten, die in der Mittagshitze erstarrt dalagen wie Käfer auf dem Rücken, aß er große Steaks mit gebackenen Kartoffeln. Er fuhr an endlosen Baumwollfeldern vorbei, an prächtigen Ante-

bellum-Häusern der Plantagenbesitzer, den Wohnwagen-
parks der Armen, an Fastfood-Ketten und Einkaufszen-
tren, er fuhr durch große Wälder und überquerte sumpfige
Flüsse. Im Radio sang immer wieder Roy Orbison, der
gerade gestorben war, »Baby, you got it. Everything you
want, you got it. Everything you need, you got it«, und
jedesmal wieder wurde Klaus bei dem Lied fast schlecht
vor Sehnsucht nach Fanny. Er hatte es jetzt eilig, ans Meer
zu kommen, an den Atlantik, der kam ihm mit einem Mal
vor wie Heimat. In demselben Meer hatte er schließlich
schon oft gebadet, auf der anderen Seite, in Frankreich, es
war ein alter Bekannter. Sein einziger in ganz Amerika.

Nach zweieinhalb Tagen erreichte er in der Abenddäm-
merung Neptune Beach, Florida. Er sprang aus dem Auto,
riß sich im Laufen die Schuhe von den Füßen und rannte
zum Wasser, als sei er kurz vorm Ertrinken. Kühl und
friedlich plätscherte der Atlantik über seine Zehen. Klaus
stellte sich vor, am fernen Horizont Frankreich sehen zu
können. Der rosa Himmel färbte das Meer purpur. Ein
leichter Wind kam auf und bewegte das Wasser. Klaus ging
das Herz auf wie ein Hefekuchen, und übermütig lief er
ein paar Meter ins Meer. Er schnitt sich an einer Muschel
den Fuß auf und humpelte fluchend zurück zum Auto. Ein
paar Surfer in schwarzen Neoprenanzügen kamen ihm mit
ihren Brettern unterm Arm entgegen. Sie waren jung und
selbstbewußt. Sie erinnerten ihn an sich selbst vor vielen
Jahren.

Das »Sea Horse Motel« lag direkt am Strand. Es wirkte
verlassen und ziemlich heruntergekommen. Als Klaus zögernd an der Rezeption klingelte, tauchte jedoch sofort ein

Mann um die Dreißig in Shorts und Ringelhemd aus dem Hinterzimmer auf, als hätte er Klaus erwartet. In der Hand hielt er einen Aluminiumteller mit einem Rest Nudelsalat, hinter ihm lief der Fernseher. Er sprach mit starkem Akzent, hatte eine Stirnglatze und eine große Nase und wirkte grundlos fröhlich. Klaus füllte die Anmeldung aus und legte seine Kreditkarte auf den Tisch.

»Woher aus Europa?« fragte der Mann. Klaus antwortete, darauf sang der Mann ein paar Takte.

»Wagner«, sagte er. »Der Größte.«

»Na ja«, sagte Klaus.

»Ich heiße Fred«, sagte der Mann, »eigentlich Alfredo. Und Sie heißen Klaus.« Er tippte auf die Kreditkarte. »Wie Santa Claus.« Er grinste Klaus an. Beide schwiegen einen Moment.

»Und woher kommen Sie ursprünglich?« fragte Klaus schließlich.

»Nicaragua.«

»Aha.«

»Nein, nicht wie Sie denken.« Klaus hatte eigentlich gar nichts gedacht. »Meine Familie ist vor Somoza in die USA geflohen. Aber das ist lange her«, sagte Fred. Er kam hinter der Theke vor, um Klaus sein Zimmer zu zeigen. Beim Gehen zog er das eine Bein nach. Als Klaus mit seinem Schnitt im Fuß neben ihm herhumpelte, fragte Fred fachmännisch:

»Hüftluxation?«

»Ich hab mich nur an einer Muschel geschnitten«, sagte Klaus. Fred sah enttäuscht aus. »Hätte ja sein können«, sagte er. Er wartete einen Moment, bevor er die Tür aufschloß, um, wie Klaus meinte, ihm nun seinerseits Gelegenheit zu geben, nach der Ursache seines Humpelns zu fragen. Als Klaus nichts sagte, schmetterte er schließlich drei Töne wie eine Trompetenfanfare und stieß die Tür auf. Das Zimmer war klein und ein bißchen schäbig, aber es lag direkt an einem kleinen Swimmingpool, und gleich dahinter war das Meer. Fred machte jede Lampe und den Fernseher an und breitete dann beide Arme aus, als präsentiere er die Präsidentensuite.

Er klopfte grinsend auf das breite Bett, dessen Matratze in der Mitte etwas durchhing. Im Badezimmer drehte er sogar die Dusche an, um Klaus vorzuführen, daß sie einwandfrei funktionierte. Klaus wünschte sich, er möge gehen.

»Eis gibt es bei mir zu kaufen«, sagte Fred, »ein Paket fünfzig Cent. Die Kühltruhe füllen wir nicht mehr, die Leute holen sich sonst das Eis kiloweise raus.« Er verschränkte die Arme und schien auf etwas zu warten. Klaus wollte ihm ein Trinkgeld in die Hand drücken, aber Fred wehrte grinsend ab.

»Wenn Sie wollen, bringe ich Ihnen auch das Eis.«

»Nein, nein«, sagte Klaus, »nicht nötig.«

»Doch, doch«, entgegnete Fred, »Sie mit ihrem kaputten Fuß sollten nicht so viel herumlaufen.« Und schon humpelte er aus der Tür, bevor Klaus ihm hätte erklären können, daß er überhaupt kein Eis wollte. Wenige Minuten später kam er mit einem riesigen Plastiksack mit Eiswürfeln zurück und legte ihn ins Waschbecken.

»So«, sagte Fred, »das hätten wir.« Wieder stand er herum, als warte er auf etwas. Klaus holte eine Dose Bier aus seinem Gepäck, verteilte sie auf zwei Plastikbecher, die auf dem Fernseher standen, ließ mehrere Eiswürfel hineinfallen und reichte Fred den einen Becher.

»Bier mit Eis«, sagte Fred amüsiert, »das habe ich auch noch nicht erlebt.«

»Deutsche Spezialität«, sagte Klaus.

»Ach so«, sagte Fred. Sie schwiegen einen Moment, dann sagte Fred: »Als ich klein war, in Nicaragua, da machte mir meine Großmutter manchmal Rotwein mit Ei und Zucker. Sie meinte, es sei gut fürs Blut.«

»Das ist ja seltsam«, sagte Klaus. »Das kenne ich auch. Die Eier werden geschlagen und dann mit dem Zucker und Rotwein verrührt.«

»Ja, genau«, sagte Fred, »es schmeckte irgendwie gut und eklig zugleich.«

»Ja«, sagte Klaus grinsend, »das stimmt. So ein bißchen labberig, aber schön süß.« Sie schwiegen wieder. Fred trank sein Bier aus und verabschiedete sich dann stumm mit einem langen, langsamen Lächeln. Klaus hörte ihn den Flur zurück zur Rezeption humpeln. Er setzte sich aufs Bett und hörte das Meer rauschen. Der Himmel wurde schwarz. Klaus saß unbeweglich da. Immer lauter rauschte das Meer, bis es ihm in den Ohren dröhnte. Er machte das Fenster zu und drehte den Fernseher lauter. Eine schwachsinnige Serienepisode mit blonden, großbusigen Krankenschwestern lenkte ihn eine Weile ab. Bereitwillig ließ er sich in ihre Welt hineinfallen und wünschte sich sehnlich, daß die Serie nie enden möge. Danach sah er zwei Stunden wie hypnotisiert Baseball, ohne die Regeln zu verstehen, und als auch das vorbei war, schaltete er um auf einen

Einkaufskanal, wo eine monotone Frauenstimme billigen Schmuck und Nippes zum Verkauf anbot. Nach einer Weile fühlte er eine enge Verbundenheit zu allen einsamen Menschen Amerikas, die mit ihm überlegten, ob sie »diese EINMALIGEN Glashirsche aus WUNDERSCHÖNEM Muranoglas für SENSATIONELLE 19 Dollar 95« bestellen sollten.

Um vier Uhr früh trat er auf seinen kleinen Balkon. Das Meer war jetzt ruhig und plätscherte kaum hörbar vor sich hin.

»Lieber Gott«, sagte Klaus leise, »was habe ich denn falsch gemacht? Wofür werde ich jetzt bestraft? Ich war doch zufrieden mit meinem Leben, so wie es war.«

Im ganzen Motel war nur ein einziges Zimmer außer seinem noch erleuchtet. Die Person, die sich als diffuser Schatten hinter dem Vorhang auf und ab bewegte, humpelte deutlich. Einen Moment lang war Klaus versucht, zu Fred hinüberzugehen. Statt dessen ging er zurück in sein Zimmer und schloß die Tür ab. Morgen, dachte Klaus, morgen reiße ich am Strand eine Frau auf.

Um sechs Uhr früh erwachte er von knatterndem Motorenlärm. Fred humpelte mit einer Art Staubsauger, den er auf den Rücken geschnallt trug, um den Swimmingpool herum und saugte herangewehte Blätter auf. Arme Sau, dachte Klaus und trat hinter die Gardine, weil er nicht von Fred gesehen werden wollte, was für ein beschissenes, kleines Leben. Er zog sich an, ging in einem Drugstore frühstücken, und um acht Uhr lag er bereits auf einem Handtuch am Strand. Allein. Nur ein paar vereinzelte Jogger zogen an ihm vorbei und nickten ihm knapp zu.

Klaus war von seinem Körper enttäuscht. Er hatte ihn attraktiver in Erinnerung. Er zog ein paar Minuten den Bauch ein und ließ es dann bleiben. Es sah ihn ja doch keiner. Außer Fred vielleicht, der in weiter Entfernung jetzt den Rasen um den Swimmingpool herum mähte. Einmal drehte er sich um und starrte aufs Meer, dann hob er die Hand über die Augen, als habe er Klaus erkannt. Bevor Fred winken konnte oder vielleicht sogar auf ihn zugelaufen kam, drehte Klaus sich auf den Bauch und ließ den Kopf in den warmen Sand sinken. Er sah sich selbst von oben auf seinem Handtuch liegen wie in einer Kinderzeichnung, ein Strichmännchen in einem Quadrat auf einem sonst leeren Blatt Papier. Etwas später ergoß sich plötzlich wie auf ein verabredetes Zeichen hin eine Menschenflut über den ganzen Strand. Im Handumdrehen war es so laut wie in einer Badeanstalt. Um ihn herum bauten Familienväter fluchend die Liegestühle auf, die Mütter fingen sofort an, belegte Brote und gegrillte Hühnerbeine aus den Kühlboxen zu holen und nach ihren Kindern zu schreien. Babys quietschten, Teenager drehten ihre Radios auf, Freundinnen lagen dicht an dicht auf Strandmatten und kicherten über die Jungens, die sich betont männlich gaben und mit wiegenden Schritten ins Wasser liefen. Klaus beobachtete einen Mann mit schütterem blondem Haar und durchtrainiertem, tiefbraun gebranntem Körper, der auf- und abschlenderte und Frauen ansprach, die offensichtlich ohne Anhang waren. Er zog Kreise um sie wie ein Raubvogel, bevor er dann entschlossen auf sie zumarschierte und sie anquatschte. Die meisten ließen ihn schnöde abblitzen, andere ließen widerstrebend zu, daß er sich nach ein paar Sätzen auf ihr Handtuch setzte und eine ihrer Zigaretten rauchte, um ihn dann zu verscheuchen wie einen bettelnden Hund. Keine lud ihn ein, länger als eine Zigarettenlänge zu bleiben. Kurz bevor er gehen mußte, schlug er jedesmal so die Beine übereinander, daß er durch die Beinausschnitte tiefen Einblick in seine Badehose gewährte. Aber auch das half ihm nichts. Als er zum wiederholten Mal an Klaus vorbeikam, um ein neues Opfer auszuspähen, sah er verbittert aus. Er war sehr viel älter, als Klaus angenommen hatte, Mitte oder Ende vierzig, seine tiefbraune Haut war knittrig wie zusammengeknüllte Alufolie. Ein künstliches Lächeln flackerte zweimal hintereinander über sein Gesicht, als würde er es üben. Und tatsächlich knipste er genau dieses Lächeln an, als er dann auf eine junge Frau zustrebte, die gerade erst an den Strand gekommen war und dabei war, sich auszuziehen. Klaus verließ sein Handtuch nur zweimal, um ins Wasser zu gehen. Es war zu warm, um erfrischend zu sein, und fühlte sich seifig an. Noch nicht einmal das Meer ist das, was es einmal war, dachte Klaus enttäuscht. Am Nachmittag schlief er ein und träumte von Fanny. Sie beugte sich über ihn, kitzelte ihn mit ihren Haaren, küßte ihn und sagte immer wieder: »Ich hab's doch gewußt.« Widerstrebend ließ er sich auf sie ein. Er ahnte, daß sie etwas im Schilde führte, aber er wußte nicht, was. Sie streichelte ihn und schmiegte sich eng an ihn, und je mehr Gefallen er daran fand, um so öfter sagte sie lächelnd »ich hab's doch gewußt« und sah ihn mit schmalen Katzenaugen an, bis er schließlich scherzhaft und inzwischen äußerst erregt fragte: »Was hast du gewußt?«

Da stand sie auf und sagte schnippisch: »Na, was wohl?«, nahm ihre Handtasche und verschwand. Noch im Traum ärgerte sich Klaus darüber, daß er von ihr geträumt hatte.

Als er aufwachte, war er am ganzen Körper krebsrot. Eine Frau mit einem Kleinkind auf dem Arm beugte sich über ihn und sagte: »Entschuldigen Sie, daß ich Sie geweckt habe, aber Sie müssen unbedingt in den Schatten.«

Sie und das Kind hatten Augen so blau wie Polarhunde. Auf ihrem Hemd stand in großen Buchstaben REALITY. Sie lächelte ihm noch einmal zu und ging dann mit leicht wiegenden Schritten, ihr Kind auf der Hüfte, davon. Halt, hätte Klaus gern gerufen, bleiben Sie! Den ganzen Tag habe ich auf Sie gewartet! Als er sich aufrichtete, wurde ihm schwarz vor Augen. Er schaffte es gerade noch zurück in sein Zimmer, dann mußte er sich übergeben. Seine Zähne klapperten vor Kälte, dabei brannte sein Körper wie Feuer. Er klammerte sich ans Waschbecken und sah im Spiegel einen Mann mit zugeschwollenen Augen wie ein Boxer nach dem Kampf. Das Licht über ihm fing an zu flackern, immer schneller und schneller wie in einer Diskothek, und das Gesicht im Spiegel entfernte sich von ihm in rasender Geschwindigkeit.

Als er wieder zu sich kam, war es dunkel im Zimmer. Er lag auf dem Bett, und das Meer rauschte. Jemand legte ihm kühle Tücher auf den Körper und strich mit einem Eiswürfel über seine Stirn. Es dauerte lange, bis er in der Dunkelheit Fred erkannte. Klaus wollte etwas sagen, aber seine Lippen waren so dick geschwollen, daß er sie nicht bewegen konnte. Fred humpelte ins Badezimmer und kam mit einem Glas Wasser zurück. Mühsam trank Klaus ein paar Schluck, und bevor er wieder einschlief, dachte er, das ist es also, deshalb mußte sich Fanny von mir trennen, damit es sie nicht so trifft, wenn ich sterbe. Plötzlich verstand er alles, und er staunte nur ein bißchen über das perfekte Timing seines bevorstehenden Todes. Er fühlte sich leicht, körperlos und seltsam fröhlich, fast glücklich versank er in seinem Fieber und wachte nur einige Male davon auf, daß Fred ihn von Kopf bis Fuß mit einem nach Zimt duftenden Öl einrieb und er verschwommen dachte, daß ihm das eigentlich peinlich sein müßte.

In der dritten Nacht nahm die Gluthitze in seinem Körper ein wenig ab, und die Erinnerung an seinen Liebeskummer kam zurück wie die Erinnerung an eine Wunde, wenn die Wirkung des Schmerzmittels verfliegt. Alles hätte so friedlich enden können, ohne Schmerzen, ohne Katzenjammer, ohne Selbstmitleid, so einfach wie man ein Buch zuklappt, und jetzt tat ihm alles weh, sein Kopf dröhnte, seine Muskeln schmerzten, er fühlte sich mutterseelenallein, und plötzlich stürzten ihm völlig unerwartet die Tränen übers Gesicht. Erstaunt tastete Klaus über seine Augen. Es stimmte. Er flennte wie ein Kind. Aus der Dunkelheit löste sich ein Schatten und kam auf ihn zu. Fred nahm seine Hand. Klaus wollte sie ihm entziehen, aber Fred hielt sie mit seiner trockenen, kühlen Hand fest und setzte sich zu ihm auf die Bettkante. Ganz ruhig saß er im Dunkeln da und hielt Klaus' Hand, während Klaus heulte, und das tat so gut, daß Klaus unwillkürlich etwas näher an Fred heranrutschte. Es erinnerte ihn an ganz, ganz früher, an Kinderkrankheiten, Halswickel und Vorlesen. Verdammt noch mal, Fanny, dachte er, mehr habe ich doch gar nicht von dir erwartet. Nur das. Ein klitzekleines bißchen Mitgefühl.

Und auch nur manchmal. Wäre das denn so schlimm gewesen? So unmöglich für dich? Das, was ein humpelnder Chicano kann, kannst du nicht? Er drückte sein Gesicht an Freds Oberschenkel und roch seine Haut, die wie seine eigene nach dem Zimtöl duftete. Als er seine verheulten Augen schloß, konnte er seinen eigenen Geruch nicht mehr so recht von Freds unterscheiden. Ganz leicht strich Fred ihm mit Eiswürfeln über den Rücken, gerade so, daß es nicht weh tat, wieder und wieder, stumm und mit zunehmender Zärtlichkeit, lange, lange, und schließlich war es Klaus, der Fred zu sich herunterzog. Und während er das tat, bemühte er sich, darüber schockiert zu sein, aber es gelang ihm nicht, und während er noch darüber schokkiert war, daß es ihm nicht gelang, hatten seine Hände schon von Fred Besitz ergriffen, eine erneute Fieberwelle ergriff seinen Körper und machte ihn mutig. Ich bin nicht dafür verantwortlich, dachte Klaus.

»Klaus«, flüsterte Fred, und so wie er den Namen aussprach, klang er fremd und schön und alles war ganz einfach.

Aber als Klaus neben Fred in der ersten Morgendämmerung erwachte, erschrak er. Sein nackter, rot verbrannter Körper, der noch schlaftrunken und träge dalag, widerte ihn an. Fred lächelte im Schlaf. Wie ein Dieb schlich Klaus

aus dem Zimmer. Im Leerlauf ließ er seinen Wagen leise vom Parkplatz des »Sea Horse Motel« rollen. Er konnte sich im Sitz nicht anlehnen, ohne vor Schmerzen aufzujaulen wie ein Hund. Seine verbrannte Haut fühlte sich an, als sei sie für seinen Körper mehrere Nummern zu klein. Er fuhr auf den Highway A1A, der die Küste Floridas hinunterführt bis zu den Keys, die immer kräftiger werdende Sonne färbte den Atlantik goldblau, und ein noch kühler Wind bewegte leicht die Palmenwipfel. Ich werde ihm eine Postkarte schreiben, dachte Klaus, doch, ganz bestimmt, das werde ich tun.

Für immer und ewig

Die Maklerin, eine drahtige, kleine Person um die Fünfzig mit sorgfältig aufgedrehten kleinen hellbraunen Locken, erinnerte Charlotte an einen Terrier, wie sie emsig in ihrem Büro hin- und herlief und die Unterlagen über das Haus zusammentrug, das sie gleich besichtigen würden. Charlotte schloß die Augen. Sie hörte Robert nach dem Einheitswert des Hauses fragen, dann entfernten sich die Stimme ihres Mannes und der Maklerin wie Murmeln, die von ihr wegrollten. Übelkeit stieg in ihr auf wie eine giftige, schwarze Wolke.

Ihr war nicht nur morgens schlecht, sondern auch mittags, abends, nachts. Alle freuten sich auf das Kind. Robert, ihre Eltern, selbst ihre Schwester Fanny. Sie hatte aus dem Rundfunk angerufen, und während sie Charlotte gratulierte, hörte Charlotte im Hintergrund den Nachrichtensprecher vom Massaker auf dem Tiananmen-Platz in Peking reden. So endet es dann, dachte sie entsetzt, du bekommst dein Kind, ziehst es groß, damit andere es töten.

Als das Plastikteststäbchen sich ganz, ganz langsam wie von Geisterhand rosa färbte, hatte sie sich gefreut. So klar und selbstverständlich, als hätte sie die Wahl gehabt zwischen NICHTS und ETWAS. Ich will nicht, dachte sie jetzt, ich will einfach nicht.

»Gut, dann werden wir uns das Schmuckstück mal ansehen«, sagte die Maklerin energisch. Charlotte öffnete die Augen. Sie sah an Roberts Rücken, wie angespannt er war. Seine Schultern waren hochgezogen, und eine Falte in seinem Sakko verlief scharf von einer Achsel zur anderen. Die drahtige Maklerin kam hinter ihrem Schreibtisch hervor, griff sich eine Kostümjacke vom Garderobenständer und tätschelte im Vorbeigehen Charlottes Schulter.

»So«, sagte sie und lächelte aufmunternd, »der langweilige Teil ist vorbei.«

»Wir sehen uns jetzt das Haus an«, sagte Robert unbeholfen. Charlotte stand langsam auf und strich ihren Rock über dem Bauch glatt. Robert nahm sie an der Hand und führte sie zur Tür. Seine Hand fühlte sich heiß und feucht an. Charlotte zog ihre Hand zurück und wischte sie heimlich an ihrem Rock ab. Die Maklerin fuhr in einem roten BMW vor ihnen her.

»Dann fahre ich eben jeden Tag rein nach Frankfurt«, sagte Robert zu Charlotte, »das ist überhaupt kein Problem. Es gibt einen direkten S-Bahn-Anschluß zehn Minuten vom Haus. Ich kann in der S-Bahn die Zeitung lesen, wunderbar, in Ruhe die Zeitung lesen. Ich fahre mit dem Fahrrad zur S-Bahn, und dann lese ich die Zeitung.« Charlotte sah aus dem Fenster. Eine neue Welle von Übelkeit überflutete sie. Von außen, das wußte sie, war ihr nicht das geringste anzumerken. Sie sah sogar besser aus als zuvor. Ihre Haut war glatter, ihre Haare glänzender, die drei Kilo, die sie bereits zugenommen hatte, standen ihr gut, sie wirkte dadurch entspannter, jünger, fast fröhlich. Sie fühlte sich wie eine russische Steckpuppe: unter der äußeren Charlotte verbarg sich eine zweite Charlotte, in der wiederum eine klitzekleine Puppe lag, die mit den zwei Charlottes um sie herum nicht das geringste zu tun hatte. Als sie ihr Kind das erste Mal auf dem Ultraschall-schirm des Arztes sah, kam es ihr im ersten Moment so vor, als sähe sie fern. Interessiert, aber etwas verständnis-los starrte sie auf den Bildschirm wie auf eine Fernsehsen-dung, bei der sie nicht gleich begriff, um was es ging. Der Arzt deutete auf eine kleine, weiße Wolke auf schwarzem Untergrund, wie ein Stück Milchstraße am Himmel. Das war es also. Das Innerste vom Inneren.

»Meine Güte, sag du doch auch mal was dazu«, sagte Robert.

»Ja«, sagte Charlotte.

»Ja, was?«

»Ich weiß nicht«, sagte Charlotte.

»Was weißt du nicht?«

»Ich weiß nicht, wo ich leben möchte.« Robert griff das Lenkrad fest mit beiden Händen, so daß seine Knöchel ganz weiß wurden.

»Ich weiß nicht, wo und wie ich leben möchte. Ich weiß überhaupt nichts«, sagte Charlotte. Robert holte Luft.

»Wenn du willst«, sagte er dann langsam und sehr freundlich, »suchen wir uns eine Mietwohnung in Frank-furt. Ich brauche kein Haus. Wirklich nicht.«

»Meine Mutter sagt, ein Garten ersetzt den Babysitter«, sagte Charlotte.

»Eben. Das Haus hat siebenhundert Quadratmeter Grund.«

»Ist das viel?«

»Ja. Der Garten wird größer sein, als uns lieb ist.«

»Ein Garten kann gar nicht groß genug sein.«

»Ach ja? Dann möchte ich dich sehen, wie du den Rasen mähst, die Bäume beschneidest, das Laub aufsammelst.«

»Ich mag verwilderte Gärten am liebsten.«

»Aha«, sagte Robert lakonisch, aber Charlotte sah ihm an, daß er innerlich kochte. Sie schwiegen. Charlotte verfolgte mit den Augen den roten BMW der Maklerin vor ihnen auf der Straße. Nach einer Weile schien es ihr, als zöge er sie in etwas hinein, gegen das sie sich nicht wehren konnte, auf das sie überhaupt keinen Einfluß mehr hatte.

»Ich werde nie wieder allein sein«, sagte sie.

»Was meinst du denn jetzt damit?« fragte Robert seufzend.

»Ich werde durch das Kind keinen Tag, keine Minute, keine Sekunde mehr allein sein«, wiederholte Charlotte. Der Gedanke wurde, als sie ihn zum zweiten Mal aussprach, so unvorstellbar und erschreckend, daß ihr fast die Luft wegblieb.

»Ich verstehe dich nicht«, sagte Robert, »jeder andere Mensch würde sich genau darüber freuen.«

»Jeder *normale* Mensch, wolltest du sagen.«

»Nein, wollte ich nicht.«

»Wolltest du doch.« Charlotte hätte gern weiter gestritten, aber die Übelkeit kroch ihr wie eine Schlange aus dem Magen in die Gurgel.

»Halt an«, murmelte sie. Robert gab der Maklerin im BMW mit den Scheinwerfern ein Zeichen und hielt am Straßenrand. Charlotte öffnete die Tür und beugte sich hinaus. Im Gras lag eine aufgeweichte Würstchenpappe mit Resten von gelbem, verschmiertem Senf. Charlotte würgte bittere Galle. Keuchend lehnte sie sich zurück in den Sitz. Kalter Schweiß stand ihr auf der Stirn. Robert zog sein Taschentuch aus der Tasche, um ihr das Gesicht abzutupfen, aber Charlotte nahm ihm das Taschentuch aus der Hand und drückte seinen Arm von sich weg. Der Gedanke, von ihm berührt zu werden, war ihr plötzlich unerträglich. Sie wischte sich das Gesicht ab, drehte sich dann zum Seitenfenster und sah zu, wie ihr Atem kleine Wolken auf das Glas blies. Sie spürte Robert neben sich wie einen großen, bebenden Schatten. Er schlug mit der Faust auf das Lenkrad und schrie:

»Dann machen wir es weg, wenn du es so wenig willst. Dann machen wir es eben weg! Wir machen es weg!« Sie sah, wie er litt, aber sie brachte es nicht über sich, die Hand nach ihm auszustrecken. Sein Gesicht war vom Schreien rot angelaufen. Er sieht aus wie aufgepumpt, dachte Charlotte. Er ließ den Kopf auf seine Brust fallen.

»Es tut mir leid«, sagte er leise, »es ist alles meine Schuld. Ich habe mich eben geirrt. In allem geirrt.« Charlotte fühlte, wie der Boden unter ihr zu wanken begann. Robert sah sie von der Seite an, dann wanderten seine Augen von ihr weg, und er begann zu lächeln und der Maklerin zuzunicken, die auf ihr Auto zukam.

Die Maklerin steckte ihren Löckchenkopf durchs Seitenfenster.

»Meiner Frau wird beim Autofahren leicht übel«, sagte Robert lächelnd.

»Möchten Sie etwas Wasser? Ich habe eine Flasche Mineralwasser im Auto«, wandte sich die Maklerin an Charlotte. Charlotte schüttelte den Kopf.

»Ach, das wäre schrecklich nett von Ihnen«, antwortete Robert. Die Maklerin ging mit energischen Schritten zurück zu ihrem Auto. Robert und Charlotte sahen ihr stumm dabei zu. Ihr enger, grauer Rock spannte sich bei jedem Schritt über ihrem breiten Becken. Sie hat bestimmt vier Kinder, einen wunderbaren Ehemann, ein tolles Haus, und ihr Maklerbüro floriert, dachte Charlotte. Es erschien ihr in letzter Zeit immer verwunderlicher, wie die Menschen um sie herum ihr Leben meisterten.

»Entschuldige«, sagte Robert und griff nach Charlottes Hand. Charlotte bemerkte erstaunt, daß ihr nicht mehr übel war. Sie hatte es gar nicht wahrgenommen, so wie man manchmal glaubt, den Hut noch aufzuhaben, den man schon längst abgesetzt hat. Ihre Laune besserte sich schlagartig. Sie legte Robert die Arme um den Hals.

»Ich entschuldige mich«, sagte sie.

»Ich weiß nicht, wie ich dir helfen soll«, erwiderte er traurig.

»Ach«, sagte Charlotte leichthin, »es ist so, wie es ist, und deshalb ist es nicht so schlimm.« Robert sah sie erstaunt an. Die Maklerin kam mit dem Mineralwasser zurück. Charlotte trank, um höflich zu sein, einen Schluck von dem Mineralwasser, während die Maklerin sie aufmerksam beobachtete. Sie weiß, daß ich schwanger bin, dachte Charlotte, solche Frauen wissen das.

»Besser?« fragte die Maklerin.

»Ja«, sagte Charlotte lächelnd, »es geht mir schon viel besser.« Robert beobachtete sie mißtrauisch.

»Na, dann«, sagte die Maklerin gutgelaunt, »warten Sie nur, bis Sie das Haus sehen, da geht es Ihnen gleich fantastisch!«

Ein Feldweg führte sie in langen Kurven durch gelbe Rapsfelder. Charlotte öffnete das Fenster. Der Fahrtwind roch nach Gras und Sommer. Drei Kinder auf Fahrrädern kamen ihnen entgegen. Charlotte winkte ihnen zu. Sie kamen durch einen kleinen Birkenwald, fuhren an Weiden vorbei, einen Hügel hinauf, da sahen sie das Haus. Es lag völlig allein in einer Senke, von oben konnte man einen verwilderten Gemüsegarten sehen und ein umgepflügtes, großes braunes Quadrat, wo wahrscheinlich Rasen gesät werden sollte. Das Haus selbst war weiß gestrichen, es hatte ein Holzschindeldach und hellblaue Fensterläden. Obwohl es ein Neubau war, sah es altmodisch und gemütlich aus. Charlotte war angenehm überrascht. Sie gab Robert einen Kuß.

Die Maklerin wartete bereits an der Haustür auf sie. Wortlos führte sie die beiden ins Wohnzimmer. Durch eine große Glasfront waren die nahen Hügel zu sehen. Sie wirkten wie weiche, grüne Sofakissen, passend zu der alten grünen Couch vor dem Kamin, die die ehemaligen Besitzer zurückgelassen hatten, zusammen mit zwei wackligen Stühlen und einem aus einer Tür und zwei Holzböcken improvisierten Tisch. Auf der Tischplatte sah Charlotte einen verkrusteten Fleck von altem Tomatenketchup, und fast ergeben wartete sie auf eine neue Welle von Übelkeit.

»Wie ich bereits erwähnte, ist das Haus nicht völlig fertiggestellt«, sagte die Maklerin und schabte mit der Fußspitze über den rohen Estrich auf dem Boden, »deshalb dieser fantastisch günstige Preis.« Sie führte sie weiter zur Küche, in der ein paar Obstkisten mit Geschirr und Küchengeräten herumstanden, ein Gartenschlauch war an die Installation angeschlossen und führte in eine Zinkbadewanne als provisorische Spüle. Im Schlafzimmer lag noch eine krümelige Schaumstoffmatratze am Boden. Ärgerlich murmelte die Maklerin: »Jetzt haben sie immer noch nicht ihren Müll ausgeräumt«, um sich gleich darauf wieder mit strahlender Miene an Robert zu wenden: »Die Vorbesitzer haben etwas Mühe, sich endgültig von ihrem wunderschönen Haus zu trennen. Verständlich, wenn man schon wieder ausziehen muß, bevor es überhaupt fertig ist.« Sie lächelte künstlich. Im Badezimmer stand eine Badewanne mitten im Raum, gleich daneben ein wacklig angeschlossenes Klo. Die Wände waren nur zur Hälfte gefliest.

»Das ganze Haus kann man für weniger als fünfzigtausend tipptopp fertigstellen«, sagte die Maklerin.

»Hm«, machte Robert. Stumm folgten sie der Maklerin von Raum zu Raum. Ein Zimmer hatte ein rundes Fenster aus buntem Glas wie ein Bullauge.

»Dieses Zimmer war als Kinderzimmer vorgesehen«, sagte die Maklerin. Charlotte und Robert vermieden es, sich anzusehen.

»Haben die Besitzer Kinder?« fragte Charlotte.

»Nein«, sagte die Maklerin kurzangebunden.

»Warum wollen sie das Haus verkaufen?« fragte Charlotte neugierig.

»Das Übliche«, entgegnete die Maklerin, »große Liebe, Heirat, Hausbau – und bums.«

»Wie bums?« fragte Charlotte und sah aus dem Augenwinkel heraus, wie Robert den Kopf schüttelte. Die Maklerin zuckte die Achseln.

»Scheidung. Keiner von beiden will das Haus. Es stecken zu viele Erinnerungen drin.« Sie klopfte mit der flachen Hand an die Wand.

»Die Isolierung ist im ganzen Haus hervorragend«, wandte sie sich wieder an Robert. »Das Dachgeschoß ist natürlich ausbaufähig. Wenn Sie mir folgen wollen...«

Robert ließ Charlotte im Kinderzimmer stehen und stieg hinter der Maklerin die Betontreppe ohne Geländer zum Dachgeschoß hinauf. Das runde, bunte Fenster im Kinderzimmer warf im schräg einfallenden Nachmittagslicht ein farbiges Muster an die Wand. Charlotte sah ein kleines Kind vor sich, das von seinem Bett aus das bunte, wandernde Muster beobachtete, Tag für Tag, durch die verschiedenen Jahreszeiten, Jahre hindurch. Charlotte streckte die Hand aus und ließ das farbige Licht auf ihre Haut fallen. Ob die Leute, die dieses Fenster für das Kinderzimmer entwarfen, jemals gedacht hätten, daß jetzt ein ganz anderes Kind die ursprünglich für ihr eigenes geplanten Eindrücke und Erinnerungen durch sein Leben tragen würde? Charlotte wandte sich abrupt ab und ging ins Badezimmer. Als sie die Tür hinter sich zuzog, entdeckte sie, daß der Türgriff wie ein Fisch gestaltet war. Als sie ein zweites Mal durch die Zimmer ging, entdeckte sie weitere hübsche, kleine Details, die ihr zuvor entgangen waren, kleine Jugendstillampenschirme aus Milchglas an den

Decken, einen langgestreckten Hund als Türklinke zum Kinderzimmer, an der Wohnzimmertür eine schlafende Katze, an der Küchentür ein Schwein. Gespannt ging sie zurück zum Schlafzimmer. Sie wollte raten. Mit geschlossenen Augen legte sie die Hand auf die Türklinke. Glatt, rund, länglich, vorne abgerundet mit einem kleinen Wulst. Als sie es endlich erriet, zuckte sie zurück, als hätte sie sich verbrannt, dann ärgerte sie sich über ihre Prüderie. Sie setzte sich auf die Schaumstoffmatratze. Die Beine taten ihr weh. Als sie seufzend den Kopf in den Nacken legte, sah sie eine Inschrift, die oben in den hölzernen Türrahmen geschnitzt war:

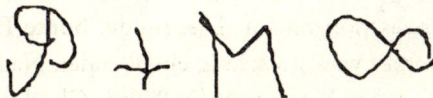

Es dauerte eine Weile, bis ihr die Bedeutung des Zeichens einfiel: Unendlich. Ohne Ende. Für immer und ewig. P und M für immer. Scheiße, dachte sie, ewige Liebe, das hätten sie in Beton meißeln sollen.

»Charlotte?« hörte sie Robert rufen, »Charlotte?« Sie antwortete nicht. Es ist hoffnungslos, dachte sie. Kann denn nichts, was gut anfängt, gut enden? Müssen denn aus Liebespaaren Feinde werden, aus süßen kleinen Babys ekelhafte Teenager, aus meinen schönen, glatten Beinen knorrige häßliche Dinger mit Krampfadern?

»Ach, hier bist du«, sagte Robert und kam ins Zimmer. »ist dir schon wieder schlecht?« Er legte seine Hand auf ihren Kopf. Sie war schwer wie ein Wackerstein. Hinter ihm kam die Maklerin durch die Tür. Sie denkt, meine Güte, Mädchen, stell dich nicht so an, dachte Charlotte, ein bißchen Schwangerschaft, na und? Charlotte stand auf und klopfte sich den Staub vom Rock.

»Wissen Sie, warum sich das Paar getrennt hat?« fragte sie die Maklerin.

»Das geht uns doch gar nichts an«, murmelte Robert hinter ihr. Charlotte sah der Maklerin gerade in die kühlen, grauen Augen. Der Terrier versteht, warum ich das frage, dachte Charlotte.

»Die beiden haben ein ganzes Jahr in diesem Provisorium gelebt«, sagte die Maklerin achselzuckend, »nichts mehr getan am Haus, weil sie nicht wußten, wie es mit ihnen weitergeht. Mehr gehaust als gelebt. Vier Frauen haben drei Tage lang das Haus geputzt, sonst hätte ich es niemals vorzeigen können. Hier hat es ausgesehen, Sie machen sich keine Vorstellung...«

»Aber wie ist es dazu gekommen?« unterbrach Charlotte sie.

»Solche Dinge passieren halt«, sagte Robert und lachte nervös.

»Ja«, nickte die Maklerin, »so was passiert halt.« Sie sah von Robert zu Charlotte, dann sagte sie gleichgültig: »Ich war mit meinem Mann siebzehn Jahre verheiratet, da hat er sich Knall auf Fall in eine Zwanzigjährige verliebt. Drei Wochen später war er weg. Die Kinder und ich haben ihn nie wiedergesehen. Nach siebzehn Jahren.« Sie verstummte, und es entstand eine unangenehme Pause. Robert schabte immer wieder mit dem Fuß über den Estrich am Boden.

»Das tut mir leid«, sagte Charlotte schließlich. Die Maklerin lachte auf.

»Es ist so, wie es ist«, sagte sie, »man muß den Dingen nur ins Auge sehen. Die beiden hier«, sie machte eine Geste, die das ganze Haus einschloß, »die beiden hier hatten einfach nicht den Mut, einzusehen, daß alles vorbei war. Es ging nicht mehr vor und nicht mehr zurück. Im letzten Winter haben sie kein Heizöl mehr gekauft, kein Holz, und dann wurde es der schlimmste Winter seit dreißig Jahren. Schließlich haben sie ihre Bücher, ihre Möbel, alles, was sie hatten, im Kamin verbrannt. Bis nichts mehr da war. Können Sie sich das vorstellen? Diese Verschwendung! Anstatt einen klaren Schnitt zu machen. Was vorbei ist, ist vorbei.« Sie sah Charlotte und Robert Zustimmung heischend an. Robert nickte. Wie eine von diesen Holzschildkröten, die man am Kopf antippt und die dann überhaupt nicht mehr aufhören zu nicken, dachte Charlotte böse.

»Ich kann die beiden gut verstehen«, sagte Charlotte. Robert und die Maklerin sahen sie an wie ein Kind, das etwas Unverständliches vor sich hinbrabbelt. Sie betrachteten sie einen Moment lang nachsichtig lächelnd, dann wandten sie sich von ihr ab.

»Ich möchte noch darauf hinweisen, daß der Grundstückspreis in dieser Gegend allein in den letzten fünf Jahren um 38 % gestiegen ist«, sagte die Maklerin und legte die Hand auf die obszön geformte Türklinke. Sie stutzte, zog ihre Hand schnell zurück und wischte sie beiläufig an ihrem Ärmel ab, gleichzeitig beobachtete sie Robert und Charlotte aus den Augenwinkeln. Charlotte tat so, als sähe sie aus dem Fenster, Robert hatte die Türklinke überhaupt nicht bemerkt. Er sieht nichts, dachte Charlotte, überhaupt nichts, es ist, als wäre er blind.

Im Gänsemarsch schritten sie das Grundstück ab, und Charlotte stellte sich das Haus in der blauen Dämmerung vor, wie warmes, gelbes Licht aus seinen Fenstern strömte, und die grünen Hügel das Haus umfingen wie weiche, fürsorgliche Arme. Gleichzeitig sah sie im Inneren des Hauses das Paar, von dem sie nur die Initialen P und M kannte, auf dem rohen Betonboden hocken und ihre gemeinsamen Erinnerungen verfeuern.

»Wo bleibst du denn?« rief Robert und drehte sich nach ihr um. Plötzlich hatte sie Lust, auf ihn zuzulaufen, aber da bemerkte sie, daß, anders als früher, ihre jetzt größeren und schwereren Brüste schmerzhaft beim Laufen auf- und abhüpften, und sie fiel wieder in Schritt. Robert und die Maklerin sahen ihr ungeduldig entgegen. Kaum hatte Charlotte sie erreicht, wandten sie sich ab und stapften durch die klebrige, dunkle Erde zurück zu den Autos. Die Maklerin wünschte Charlotte zum Abschied viel Glück und hielt lange ihre Hand fest.

Eine Stunde später stand Charlotte im Kaufhaus in der Damenwäscheabteilung vor den Karussells mit den Büstenhaltern in großen Größen. Sie waren alle scheußlich, die meisten gelblichrosa, was sich »hautfarben« nannte, steif und kratzig und ohne jede Verzierung. In diesen Größen, das wurde Charlotte bitter bewußt, ging es nicht mehr um Schönheit, sondern nur noch um festen, dauerhaften Halt. Charlotte fühlte bereits, wie die Träger dieser Ungetüme ihr unangenehm in die Schulter schnitten, wie bei jeder Bewegung das steife Material raschelte und kratzte, wie sie abends, wenn sie sich auszog, das Gefühl hatte, ein Geschirr abzulegen. Eine ältere, wohlwollende Verkäuferin kam auf sie zu, taxierte Charlotte mit einem schnellen Blick, murmelte »80 C« und suchte ihr dann ein, wie sie sich ausdrückte, »besonders gut stützendes Modell« in Weiß heraus. Sie drückte Charlotte das Ungetüm in die Hand und schickte sie damit in die Umkleidekabine. Charlotte gehorchte. Sie war glücklich, jemanden gefunden zu haben, der ihr sagte, was sie zu tun hatte. Wohlweislich vermied sie den Blick in den Spiegel, als sie sich auszog und in die Träger des Büstenhalters fuhr, weil sie wußte, daß es keine Chance gab, in einem Kaufhausspiegel einigermaßen schmeichelhaft auszusehen. Doch da schob die Verkäuferin schon den Vorhang zur Seite, schlüpfte zu ihr in die Kabine, drehte Charlotte mit beiden Händen resolut zum Spiegel und zog ihr die Träger auf dem Rükken zurecht.

»Der sitzt doch wie für Sie gemacht«, sagte sie zufrieden, »nehmen wir den?« Sie suchte über den Spiegel Charlottes Blick, aber Charlotte starrte entsetzt ihren weißen, aufgequollenen Körper im Spiegel an, die Brüste, die viel zu groß waren, um ihre zu sein, die pralle, kleine Kugel da, wo einmal ihr flacher, straffer Bauch gewesen war, und sie brach mit einem Schlag in Tränen aus. Geschüttelt von plötzlicher Verzweiflung schlug sie mit dem Kopf an die Kabinenwand, so daß diese bedrohlich zu wackeln begann, und schluchzte: »Ich will nicht, ich will nicht!«

Erschrocken lief die Verkäuferin davon, um Unterstützung zu holen, und bald war die halbnackte Charlotte umringt von Kaufhausverkäuferinnen, die alle mutmaßten, was sie denn wohl nicht wolle. Den BH nicht? Nicht nach Hause? Nicht sterben? fragte vorsichtig eine ganz Junge.

»Papperlapapp«, sagte die mollige Ältere, die Charlotte bedient hatte, aber ihr fiel auch nichts Besseres ein. Obwohl Charlotte vor lauter Schluchzen kaum ihr eigenes, immer wieder gestammeltes »ich will nicht« verstand, hörte sie den Verkäuferinnen gespannt zu. Keine einzige kam zu dem Schluß, Charlotte könne schwanger sein. In den Augen der Verkäuferinnen war sie wahrscheinlich nichts weiter als unverständlich und hysterisch. Sie sah sich selbst deutlich in dem grellen Licht der Kabine stehen mit dem riesigen, steifen, weißen BH an ihrem aufgequollenen Körper, ihren im Verhältnis dazu zu dünnen Armen und Beinen, den tränennassen, strähnigen Haaren. Sie befand sich zur selben Zeit innerhalb und außerhalb ihres Körpers, und jetzt verstand sie endlich, was sie denn eigentlich nicht wollte: Sie wollte nicht in diesem Körper eingesperrt sein, sich nicht einreihen in die unausweichliche Kette aus Geburt und Tod, sie wollte raus, raus aus dieser Logik von Entstehen und Vergehen, die sie bisher nur als abstrakten Gedanken kennengelernt hatte. Aber jetzt hatte es sie erwischt. Jetzt war sie bereits auf die Kette aufgereiht, feinsäuberlich zwischen ihrer Mutter und ihrem Kind. Es gab kein Entrinnen. Sie konnte nicht mehr aufhören zu weinen, sosehr sich die Verkäuferinnen auch bemühten, sie zu trösten. Schließlich holten sie den Abteilungsleiter, von dem Charlotte nur sehr verschwommen graue Flanellhosen mit einer scharfen Bügelfalte sah.

»Zieht ihr ihre Sachen an«, sagte er zu den Verkäuferinnen, und als nächstes fühlte Charlotte, wie ihr die Arme hochgehalten wurden und sich ihr Pullover über ihren Kopf schob. Sie roch ihr eigenes Parfüm, und den kurzen Moment lang, den sie im weichen, süßlich duftenden Dunkel verbrachte, bevor resolute Hände ihr den Pullover übers Gesicht zogen und ordentlich im Rockbund feststeckten, fühlte sie sich aufgehoben und sicher, diesen winzigen Moment lang. Warum konnte sie ihr Leben nicht dort verbringen, wo es warm war, dunkel und weich, wo alles so bleiben konnte, wie es war? Das Neonlicht stach ihr wie Nadeln in die verschwollenen Augen.

»Möchten Sie im Taxi oder in der Ambulanz nach Hause fahren?« fragte sie der Abteilungsleiter. Eine erneute Welle harter, japsender Schluchzer überfiel die wehrlose Charlotte, und sie brachte lange nichts heraus. Undeutlich sah sie, wie die eine Schuhspitze des Abteilungsleiters ungeduldig auf- und abwippte.

»Taxi«, flüsterte Charlotte.

Sie wurde von der älteren Verkäuferin und dem Abteilungsleiter aus dem Kaufhaus geführt. Sie atmete die kühle Luft ein, und in ihrer Brust flatterte etwas wie ein großes Tuch im Wind.

»Kindchen, Kindchen«, sagte die Verkäuferin neben ihr, »was wird denn so schlimm sein?« Sie drückten sie in den Sitz eines Taxis, und die Verkäuferin legte ihr ihre

Handtasche in den Schoß. Da fiel Charlotte etwas ein, und sie hielt die Verkäuferin am Ärmel fest.

»Der BH, der BH«, nuschelte sie mit vom Schluchzen trockener Kehle, »ich habe den Büstenhalter noch an.« Die Verkäuferin wandte sich an den Abteilungsleiter.

»Sie hat die Ware noch an«, sagte sie. Charlotte hörte den Abteilungsleiter draußen neben der Wagentür seufzen.

»Geschenk des Hauses«, sagte er.

Als Robert am Abend nach Hause kam, fand er Charlotte im Schlafzimmer vor.

»Mach kein Licht an«, sagte sie leise, als er die Tür öffnete. Sie sah seine Silhouette im hellen Flurlicht. Er stand bewegungslos in der Tür.

»Komm her«, sagte sie. Er setzte sich auf die Bettkante. Sie schwiegen.

»Leg dich zu mir«, sagte Charlotte. Robert streckte sich neben ihr aus. Charlotte drückte ihr Gesicht in den harten Stoff seines Anzugs. Sie lauschte seinem Atem. Charlotte bog den Kopf zurück und sah Roberts Pupillen im Halbdunkel glitzern. Sie streckte die Hand aus und strich ihm leicht übers Gesicht. Als sie ihre Hand wieder wegnahm, bildete sie sich ein, ihre Fingerkuppen seien feucht.

»Hab keine Angst«, hörte sie sich sagen und rückte näher an ihn heran. Sie spürte an ihrem Körper, wie er tief einatmete.

»Hab keine Angst«, wiederholte sie, »keine Angst, keine Angst.« Robert krümmte sich neben ihr zusammen und legte seinen Kopf auf ihren Bauch. Sie schloß die

Augen und strich ihm langsam durch die Haare. Wieder und wieder murmelte sie: »Keine Angst, keine Angst.« Die Grenzen zwischen ihren Körpern begannen sich aufzulösen. Sie konnte nicht mehr mit Gewißheit sagen, ob sein Kopf auf ihrem Bauch lag, oder ob ihr Bauch sich an seine Wange schmiegte. Als sie noch einmal die Augen öffnete, sah sie den BH aus dem Kaufhaus über dem Stuhl hängen. Seine zwei weißen Dreiecke leuchteten im Dunkeln wie zwei Halbmonde, ein abnehmender und ein zunehmender Mond, und das erschien Charlotte in diesem Augenblick wie die Antwort auf all ihre Fragen.

Der Mann im Supermarkt

Meine Schwester sieht müde aus. Das habe ich erwartet. Nicht darauf gefaßt war ich, daß es sie so viel attraktiver aussehen läßt. Die leicht dunklen Ringe unter ihren Augen machen sie weicher, verletzlicher und sexy zugleich. Ich bin neidisch.

»Gut siehst du aus«, sage ich zu ihr. Charlotte winkt ab und führt mich ins Haus. Ich war noch nie hier. Sie hat mir ein Foto geschickt, als sie einzogen. Von dem Haus war auf dem Foto wenig zu sehen, Fichtenholz im Hintergrund und weiße Wände, bereits behängt mit Charlottes gräßlichen Kunstdrucken, daran kann ich mich noch erinnern. Robert hatte den einen Arm um Charlotte gelegt, im anderen hielt er die vier Monate alte Lena. Er sah stolz und glücklich aus, Charlotte angespannt und sehr müde. Ich habe seitdem auf Fotos geachtet von jungen Paaren mit Kind. Fast immer hält der Vater stolz lächelnd das Kind, und die Mutter sieht müde und ein bißchen leidend aus. Genauso, wie ich es mir immer vorstelle.

»Abends wird es langweilig werden für dich«, sagt Charlotte. Ich trotte hinter ihr her durch das Haus, das mich an die Seiten »Für die junge Familie« in den Werbebeilagen der Einrichtungshäuser erinnert.

»Wir gehen nämlich mit Lena um neun ins Bett«, sagt

Charlotte lachend. Ich überlege entsetzt, was ich das ganze Wochenende hier nur anstellen soll, bevor ich am Montag nach Frankfurt weiterfahre zu meiner Hörspieltagung. Bei der Vorstellung, die Abende hier allein vor dem Fernseher zu verbringen, das einzige Bier, das Robert freundlicherweise herausgerückt hat, in der Hand, und das Fenster weit auf, damit mein Zigarettenqualm abziehen kann, fällt mir jetzt schon die Decke auf den Kopf.

»Kann ich rauchen?« frage ich. Charlotte nickt. Ich beobachte sie, wie sie in ihrer funkelnagelneuen Küche auf- und abgeht, Tassen aus dem Schrank holt, Löffel aus der Schublade, Kaffeewasser aufsetzt, sorgfältig den Kaffee mit dem Meßlöffel abmißt. Kein Körnchen Kaffee geht daneben, die Löffel liegen gerade neben den Tassen, wie es sich gehört, sie knifft sogar den Kaffeefilter unten am Falz um, bevor sie ihn in den Filterbecher setzt. Sie ist die Ordentliche von uns beiden, sie hat das Leben im Griff. Als sie schwanger war, wurde sie noch ein bißchen ordentlicher. Sie ging mir in der Zeit auf die Nerven, wir sahen uns nur selten. Einmal, ganz am Anfang, zeigte sie mir stolz das erste Ultraschallfoto von ihrem Kind. Ich sah nur einen diffusen, weißen Fleck wie Zigarettenrauch im Dunkeln. Sie erzählte mir von ihrem jungen, überaus progressiven Frauenarzt, der Robert aufgefordert hatte, doch bei der Untersuchung dabei zu sein, und wie sie es nicht fertiggebracht hatte, beiden zu sagen, daß sie das nicht wolle. Ich erinnere mich noch genau daran, wie sie es mir beschrieben hat.

»Ich dachte, daß Robert mich danach nie mehr so ansehen kann wie vorher«, sagte sie, »so wie man kein Fleisch mehr essen mag, wenn man mal in einem Schlachthof war.« Sie ist so ordentlich, spießig und verklemmt, und dann sagt sie plötzlich so was.

Sie stellt einen Teller mit Löffelbiskuit auf den Tisch.

»Die ißt Lena so gern«, sagt sie und sieht auf die Uhr.

»Sie wacht bald auf«, sagt sie und setzt sich mir gegenüber. Sie nimmt mir die Zigarette aus der Hand und zieht daran. Wir sehen uns an, dann wenden wir gleichzeitig die Köpfe und sehen aus dem Fenster. Neben einem aufgeschütteten Berg Kies liegen Bretter und Betonfliesen.

»Der Garten ist immer noch nicht fertig«, sagt Charlotte.

»Na ja«, sage ich.

»Ich hätte gern einen größeren gehabt«, sagt sie, »aber die Grundstückspreise sind hier so schnell gestiegen...« Ich muß an ein Foto denken, das ich einmal in einer Ausstellung gesehen habe: ein Ehepaar in Badehose und Bikini liegt mit geschlossenen Augen auf zwei Liegestühlen im Garten und vor ihnen spielt ein kleines Kind. Die Szene hat nichts Idyllisches oder Friedliches, nein, sie beschreibt eine Hölle, in die ich nicht geraten möchte. Charlotte sieht schon wieder auf die Uhr.

»Meistens kann ich es gar nicht erwarten, daß Lena endlich ins Bett geht, und dann sitze ich da und warte drauf, daß sie endlich wieder aufwacht«, sagt sie kopfschüttelnd.

Als Lena vor einem Jahr und drei Monaten auf die Welt kam und ich meine Schwester im Krankenhaus besuchte, sah ich Charlotte mit Lena im Arm im Bett sitzen, und ich dachte: »Meine Schwester spielt mit einer Puppe«, denn genauso sah es aus. Wie früher, wenn sie ihre Puppe auf den Knien hielt und ihr Wasser mit Fliederblüten zu essen gab. Ich konnte nicht verstehen, daß meine kleine Schwester jetzt Mutter war. Sie war auch gar nicht mehr meine Schwester. Sie sah mich an und sagte in einem ganz neuen, fremden Ton: »Hallo, Fanny«, so wie es Leute zu mir sagen, die mich nicht besonders gut kennen. Lena fuchtelte mit ihren winzigen Ärmchen und Charlotte knöpfte ihr Nachthemd auf. Ich erschrak über ihre riesigen Brüste. Sie waren rund und groß wie Fußbälle, weiß und von blauen Adern durchzogen. Wie ein kleines Tier sperrte Lena den Mund auf und warf den Kopf hin und her. Charlotte schob ihr immer wieder die große, bräunliche Brustwarze in den Mund. Es dauerte eine Weile, bis Lena begriff. Sie piepste wie ein Vogel, dann verstummte sie plötzlich, Charlotte kniff die Augen zusammen und zog scharf die Luft ein vor Schmerz.

»Guckst du auf die Uhr?« fragte sie mich, »sieben Minuten auf jeder Seite.« Ich wußte nicht recht, ob ich am liebsten das Zimmer sofort verlassen oder mich zu Lena und Charlotte ins Bett legen wollte. Schließlich setzte ich mich auf die Bettkante und aß den Rest von Charlottes Reispudding auf.

»Wie findest du ihren Namen, Lena?« fragte mich Charlotte.

Modisch, dachte ich. »Schön«, sagte ich.

»Siehst du auch wirklich auf die Uhr?« fragte Charlotte.

»Ja«, sagte ich, »noch vier Minuten.«

Charlotte schiebt mir die Löffelbiskuits über den Tisch. Ich schüttle den Kopf.

»Ach du«, sagt Charlotte, »du kannst es dir doch leisten.« Sie klopft sich auf die Hüften.

»Ich war noch nie so dick wie jetzt«, stöhnt sie. Es stimmt. Ich sehe, wie der BH ihr ins Fleisch schneidet, und wie der Speck über ihren Hosenbund quillt. Aber all das steht ihr gut, und ich frage mich, wieso. Wir schweigen. Ich nehme mir doch einen Biskuit.

»Was macht Xaver?« fragt Charlotte. Ich zucke die Achseln. »Er hat's an der Bandscheibe, und wir vögeln nicht mehr so oft«, sage ich. Ich weiß gar nicht, warum ich das gesagt habe. Es ist nicht wahr. Ich wollte wahrscheinlich nur Charlotte ein bißchen aus der Fassung bringen, aber sie grinst.

»Dann hast du bestimmt schon einen anderen«, sagt sie.

»Nein«, antworte ich, »zu faul.«

Das sollte ein Witz sein, aber plötzlich fühlt es sich wahr an.

»Ich hatte vor zwei Wochen eine Affäre«, sagt Charlotte und sieht weiter aus dem Fenster. »Ich weiß gar nicht, ob man das eine Affäre nennen kann. Wir haben uns im Megamarkt kennengelernt. Er stand hinter mir in der Schlange bei der Wurstabteilung. Kennengelernt stimmt eigentlich auch nicht. Wir haben uns angesehen, dann sind wir zur Kasse gegangen und dann zu seinem Auto. Es war ein alter Ford. Sehr geräumig. Wir haben nicht gesprochen. Seinen Namen weiß ich auch nicht.«

Charlotte sieht mich an. »Am hellichten Tag, auf dem Parkplatz vom Megamarkt«, sagt sie. Ihr Blick ist erstaunt. Sie nimmt sich eine von meinen Zigaretten. Ich gebe ihr Feuer.

»Ich rauche sonst überhaupt nicht mehr im Haus«, sagt sie und wedelt den Rauch von sich weg. »Robert kann den Gestank nicht ausstehen.« Natürlich nicht, der Herr Saubermann, denke ich.

»Ich weiß, was du jetzt denkst«, sagt sie, »aber so ist es nicht.« Was glaubt sie, was ich gedacht habe? Sie inhaliert nicht, pafft nur, es sieht sehr ungeübt aus.

»Mit einem Kind denkt man plötzlich viel mehr über den Tod nach«, sagt sie zusammenhanglos.

»Wieso?« frage ich.

»Es kann einem alles so schnell wieder weggenommen werden«, sagt sie schnell, »deshalb.« Sie steht auf und schenkt uns Kaffee nach.

»Hilft Robert dir wenigstens mit Lena?« frage ich.

»Wie du das sagst«, sagt Charlotte, »als wäre es eine Qual, ein Kind zu haben.« Sie hat recht, so hat es geklungen. So habe ich es wahrscheinlich auch gemeint.

»Das habe ich nicht gemeint«, sage ich. Charlotte sieht mich mißtrauisch an. Aus dem Kinderzimmer am Ende des Flurs ertönt lautes Gebrüll. Charlotte lächelt und geht aus dem Zimmer, um Lena zu holen. Ich bleibe in der Küche sitzen. Ich kann mich erinnern, daß Kinder, die gerade aufgewacht sind, meist schlecht gelaunt sind. Ich versuche mir Charlotte mit dem fremden Mann im Auto auf dem Parkplatz vor dem Supermarkt vorzustellen. Es gelingt mir nicht. Wie kann sie nur? denke ich. Im Zeitalter von AIDS. Und überhaupt. Charlotte, ausgerechnet sie. Ich spüre Neid auf der Zunge wie einen schlechten Geschmack.

Charlotte kommt mit Lena auf dem Arm zurück in die Küche. Lena sieht mich kurz an, dann wendet sie sich ab und versteckt sich an der Brust ihrer Mutter. Sie hat Charlottes Mund und Roberts Augen. Charlotte gibt ihr ein Fläschchen mit Saft. Lena hält es mit einer Hand an den Mund wie ein Biertrinker. Ihre Backen sind vom Schlaf gerötet, ihre dünnen Flaumhärchen kleben verschwitzt an ihrem Kopf. Während sie auf Charlottes Schoß trinkt, schlenkert sie mit den Füßen und beobachtet mich aus den Augenwinkeln.

Charlotte holt einen Ball. Wir rollen den Ball durchs Wohnzimmer, und Lena wackelt hinter ihm her. Sie lacht und wirft den Kopf in den Nacken. Dabei verliert sie das Gleichgewicht und setzt sich auf den Po. Unsicher sieht sie uns an. Ihre Mundwinkel ziehen sich langsam nach unten. Sie öffnet den Mund. Erst nach ein paar Sekunden kommt der Schrei. Charlotte nimmt sie und spielt mit ihr »Kommt die Maus die Treppe rauf«. Lena fängt an zu lachen, während ihr noch die Tränen aus den Augen quellen. Wir spielen weiter Ball. Ich rolle den Ball zu Charlotte. Charlotte rollt ihn zu Lena, und Lena rollt ihn manchmal zu mir. Charlotte redet mit hoher Stimme ein seltsames Kauderwelsch mit Lena. Ich sehe auf die Uhr. Es ist sieben Minuten nach vier. Wie hält Charlotte das nur den ganzen Tag aus, denke ich.

Wir gehen mit Lena spazieren. Charlotte zeigt mir die Kleinstadt, in der sie wohnt. Es gibt nichts zu sehen. Ein blitzblank restaurierter Marktplatz mit einem Supermarkt, einem verschlafenen Schreibwarenladen, einer italienischen Eisdiele, einem düsteren, deutschen Restaurant, einer Apotheke, einem Blumenladen und zwei, drei Boutiquen. Ein alter Mann lehnt auf einem Kissen aus dem Fenster. Das habe ich lange nicht mehr gesehen. Früher lehnten überall alte Leute auf Kissen aus den Fenstern.

Wir gehen mit Lena zum Spielplatz. Sie nimmt anderen Kindern das Spielzeug weg und wirft mit Sand. Charlotte entschuldigt sich bei den Müttern der anderen Kinder. Immer wieder sagt sie: »Nein, Lena, nicht mit Sand werfen. Das macht Aua. Hörst du? Aua.« Wie eine Platte mit Kratzer wiederholt sie immer wieder diesen Satz. Ich habe plötzlich das dringende Bedürfnis, mir die Lippen zu schminken. Ich setze mich auf eine Bank, hole Lippenstift und Puderdose aus der Tasche und ziehe mir mehrmals die Lippen nach. Als ich die Puderdose zuklappe, sehe ich, wie Charlotte mich beobachtet. Sie sitzt mitten im Sandkasten und starrt mich feindselig an. Gleichzeitig breitet sie die Arme aus. Lena wirft sich aufjauchzend an ihre Brust. Ich sehe weg und denke an Montag, an Frankfurt und die Hörspieltagung. Ich bin gern allein unterwegs. Es schärft die Sinne. Überall lauern Gefahren. Und es gibt nur mich allein, auf die ich mich verlassen kann. Ich fühle mich dann immer besonders lebendig, so als wäre ich gerade dabei, etwas Außerordentliches zu leisten.

Lena heult. Sie ist mit dem Gesicht in den Sand gefallen. Charlotte klemmt sie unter den Arm und kommt zu mir.

Zusammen kratzen wir Lena den Sand aus dem Mund, der Nase und den Ohren. Sie schreit wie am Spieß. Ich nehme meine Kette mit den großen Silberkugeln ab und hänge sie ihr um den Hals. Sie verstummt mitten in einem wütenden Schrei. Dicke Tränen sitzen zitternd auf ihren Backen. Sie befühlt meine Kette, hebt sie in die Höhe und sieht mich an.

»Hättä puti«, sagt sie lächelnd. Ich spüre erstaunt, wie sich etwas in meiner Brust auftut wie eine im Zeitraffer aufblühende Blume. Kaum zwei Minuten später ist die Blume schon verblüht. Lena wird von einer Ameise gebissen und kreischt hysterisch. Wütend schlägt sie nach meiner Kette, als ich sie ihr abermals zum Trost anbieten will. Ich sehne mich danach, allein zu sein.

Später schiebe ich den Buggy, während Lena mit winzigen Schritten nebenher trippelt.

»Ißt du noch Schweinefleisch?« fragt mich Charlotte.

»Ich esse alles, weißt du doch«, sage ich.

»Nee«, sagt sie, »weiß ich nicht. Du machst doch sonst jede Welle mit.« Ich bin wütend, sage aber nichts.

»Heute abend gibt es Schweinebraten«, verkündet Charlotte und Lena sagt begeistert »hama hama hama«.

Als wir nach Hause kommen, öffnet uns Robert die Tür. Wir geben uns förmlich die Hand. Er hat sich verändert, ist dünner geworden, sein Gesicht härter. Er sieht gut aus. Er nimmt Lena und wirbelt sie durch die Luft. Charlotte verschwindet in der Küche. Ich stehe herum und weiß nicht, wohin mit mir. Ich bin plötzlich so schüchtern wie bei fremden Leuten.

»Na, was macht das Geschäft?« fragt Robert, Lena auf dem Arm.

»Geht so«, sage ich.

»Du wirst ja jetzt berühmt«, sagt Robert, »ich habe in der Frankfurter Rundschau eine lange, sehr gute Kritik über dein letztes Hörspiel gelesen.«

Ich kenne die Kritik fast auswendig, so oft habe ich sie gelesen. »Na ja«, sage ich mit gespielter Bescheidenheit, »der Kritiker ist ein ziemlicher Idiot. Es war ja eigentlich auch gar kein richtiges Hörspiel«

»Ich habe es leider nicht gehört«, sagt Robert, »aber Charlotte.«

»Ach ja?« sage ich erstaunt. »Sie hat es gar nicht erwähnt.« Wahrscheinlich hat sie es nicht gemocht. Es war eine Collage aus Interviews mit Nutten und Zuhältern.

»Robert?« ruft Charlotte aus der Küche, »könntest du Lena eine neue Windel verpassen? Sie stinkt!« Robert dreht Lena in seinen Armen herum und riecht an ihrem dicken Windelpo. »Lena stinkt, Lena stinkt!« ruft er. Lena kichert. Robert wiehert wie ein Pferd und galoppiert mit ihr ins Kinderzimmer. Ich sehe ihm fassungslos nach. Der steife, fantasielose, stumme Robert. Wer hätte das gedacht? Ich schlendere im Wohnzimmer herum, zupfe an den Grünpflanzen, verdrehe den Kopf, um die Titel im Bücherregal lesen zu können: »Marketing und Vertrieb japanischer Produkte in Europa«, »Der Schlüssel zum Industriebetrieb«, »Einführung in die Statistik«, »Entscheidungen im Produktionsbereich«, »Führen – mit leichter Hand«. Ich wandere weiter und entdecke ein Regal, das Charlotte gehören muß: Sylvia Plath, Ann Tyler,

Ingeborg Bachmann, Marie-Louise Kaschnitz, »Hundert Jahre Einsamkeit« von García Márquez. Das habe ich ihr irgendwann zum Geburtstag geschenkt. Ich ziehe das Buch heraus und klappe es auf. Die Seiten kleben noch aneinander. Sie hat es nicht gelesen.

Ich setze mich auf das schwarze Ledersofa und starre auf das Teppichmuster. Es ist der alte Teppich von zuhause. Immer wieder bin ich als Kind das Muster mit dem Finger abgefahren, als wäre es ein geheimnisvolles Labyrinth, in dem man sich verirren konnte. Während ich auf den Teppich starre und Robert und Charlotte mit Lena in der Küche albern höre, habe ich plötzlich das unangenehme Gefühl, daß ich mein Leben für originell und anders halte, während ich in Wirklichkeit nur einem abgezirkelten Muster folge.

Ich gehe in die Küche. Lena sitzt vor einem Teller mit kleinen Wurstbrotstücken auf dem Boden. Charlotte und Robert streiten.

»Dann mach halt den Mund auf«, sagt Charlotte.

»Ich habe es ja mehrmals gesagt, du hast bloß nicht zugehört«, sagt Robert.

»Meine Güte«, schreit Charlotte plötzlich, »dann sagst du es jetzt eben noch mal! Ich kann dir nicht immer jeden Wunsch von den Augen ablesen!«

»Ich habe es aber laut und deutlich mehrmals gesagt«, insistiert Robert. Charlotte knallt die Schöpfkelle, mit der sie den Schweinebraten begossen hat, in die Spüle. Ich hebe Lena hoch und will sie aus der Küche tragen. Sie fängt an zu kreischen.

»Laß nur, Fanny«, sagt Charlotte, »sie soll ruhig lernen, daß man sich auch manchmal streitet.« Ich setze Lena wieder auf den Boden. Robert geht aus der Küche. Charlotte seufzt.

»Willst du 'ne Zigarette?« frage ich sie. Sie schüttelt den Kopf. Lena kippt ihren Teller aus und zermanscht die Brotstückchen auf dem Fußboden.

Der Schweinebraten schmeckt besser, als ich gedacht habe. Robert erzählt eine wirklich komische Geschichte von seinen japanischen Geschäftspartnern. Charlotte hat vom Wein gerötete Wangen und glänzende Augen. Sie sieht hübsch aus. Hübscher als ich. Plötzlich kann ich sie mir vorstellen mit dem fremden Mann im Auto auf dem Parkplatz vorm Supermarkt. Sie legt ihre Hand auf Roberts Arm. Robert nimmt sie und streichelt sie.

»Was machen die Männer?« fragt er mich.

»Es ist immer noch derselbe«, sagt Charlotte.

»Was?« sagt Robert und spielt erstaunt, »drei Jahre derselbe Mann, wird das nicht schrecklich langweilig?«

»Ja«, sage ich, »schrecklich langweilig, aber es ist gesünder.« Charlotte gähnt.

»Entschuldige, Fanny«, sagt sie, »ich muß ins Bett.«

Ich räume mit Robert das Geschirr in die Geschirrspülmaschine. Wir sprechen kaum dabei und vermeiden es, uns anzusehen. Ohne Charlotte oder Lena sind wir so steif miteinander wie zwei Fremde, die in der Straßenbahn zufällig nebeneinander sitzen. Ich würde gern die Salatsoße austrinken, aber vor ihm traue ich es mich nicht. Ich schütte die Soße in den Ausguß und reiche ihm die Schüssel. Während er sie in die Maschine packt, sagt er: »Charlotte leidet sehr darunter, daß du unser Leben so spießig und kleinbürgerlich findest.« Er sagt das in demselben beiläufigen Ton, wie er mich zuvor gebeten hat, die Gläser nicht in die Maschine, sondern in die Spüle zu stellen.

»Aber das tue ich doch gar nicht«, stottere ich, »wirklich nicht.« Er hebt kurz den Kopf und sieht mich an.

»Das sage ich ihr auch. Aber sie denkt nun mal, daß du das denkst«, sagt er.

»Blödsinn«, sage ich. Er stellt die Maschine an. Das Wasser gurgelt durch den Schlauch. Wir stehen einen Moment lang so da, dann schlenkert er unbeholfen mit den Armen und sagt: »Na, dann gute Nacht.« Er geht aus der Küche und läßt mich mit der tobenden Geschirrspülmaschine allein zurück.

Charlotte hat mir das Bett im Gästezimmer bezogen und zwei Handtücher aufs Kopfkissen gelegt. Genauso, wie es unsere Mutter macht: die Handtücher nicht übereinander, sondern leicht versetzt und die Bettdecke an einer Ecke aufgeschlagen. Ich lösche das Licht und rauche im Dunkeln. Die kahlen, weißen Wände des Gästezimmers leuchten bläulich im Schein der Straßenlaterne. Mit einem Mal fühle ich mich so einsam wie als Kind, wenn meine Eltern ausgegangen waren. Ich bin die einzige im Haus, die noch wach ist. Ich würde gern Lena wecken und ihren Babygeruch einatmen. Ich möchte sie jetzt, in diesem Moment, gern kichern hören. Ich versuche, zu schlafen, aber ich bin es nicht gewöhnt, so früh ins Bett zu gehen. Mein ganzer Körper läuft noch auf Hochtouren. Früher, als ich klein war, nannten meine Schwester und ich das »Ameisen in den Beinen«. Meine Gedanken haken sich an unsinnigen Bildern fest. Ich denke an meinen Kühlschrank in meiner Wohnung in München, den ich vergessen habe auszuräumen, bevor ich fuhr. Ich sehe den Joghurt ganz hinten im zweiten Fach in der Ecke, die offene Butter, die Mohrrüben im unteren Schubfach, eingewickelte Wurst, ein paar Tomaten, ein Glas mit süßem Senf. Und dann verrottet alles vor meinen Augen, der Joghurt überzieht sich mit dichtem Schimmel, die Tomaten platzen auf, die Butter wird ranzig, die Wurst vergammelt.

Ich versuche, meine Gedanken in eine andere Richtung zu lenken, aber sie sind störrisch, sie wollen nicht. Tapp, tapp, tapp macht es auf dem Flur. Ich mache die Augen auf. Ganz langsam öffnet sich meine Tür. Charlotte kommt in einem langen, weißen T-Shirt ins Zimmer und setzt sich auf mein Bett. Ich kann nur ihre Umrisse erkennen. Sie sagt: »Du mußt nicht denken, daß ich das getan habe, weil ich mit Robert unglücklich bin ... Im Gegenteil.« Ich weiß sofort, wovon sie spricht. Von dem Mann aus dem Supermarkt. Ich warte. Sie macht eine lange Pause. »Ich habe es getan, *weil* es mir gutgeht. Weil ich vielleicht zum ersten Mal in meinem Leben so richtig mit mir zufrieden bin. So glücklich, daß mich der Hafer sticht. Kannst du das verstehen?« Ich überlege.

»Ich weiß nicht«, sage ich, »vielleicht bin ich dazu zu spießig.« Ich sehe ihre Zähne aufleuchten. Ich weiß, daß sie grinst. Wir rauchen zusammen eine Zigarette.

»Weißt du noch, wie wir das früher genannt haben, wenn wir nicht schlafen konnten?« frage ich sie.

»Ja, Ameisen in den Beinen«, sagt sie prompt. Ich erinnere mich jetzt genau, wie es war, wenn man »Ameisen in den Beinen« hatte und sie vor Aufregung so zuckten, daß man sie immer wieder in die Höhe schleudern mußte. Die Beine flogen ganz von allein durch die Luft und wollten keine Ruhe geben. Manchmal, wenn es ganz schlimm war, durften Charlotte und ich noch einmal aufstehen und im Nachthemd laut quiekend wie die Ferkel durchs ganze Haus rennen.

»Fanny«, sagt Charlotte, »weißt du, woran ich gedacht habe, als ich mit dem Mann im Auto lag?«

»An Robert«, sage ich. Das würde zu ihr passen, den Ehemann betrügen und währenddessen an ihn denken. Sie schüttelt den Kopf und lacht.

»Ich habe dran gedacht, daß ich nicht vergessen darf, das tiefgefrorene Huhn, das ich gerade gekauft hatte und das in der Plastiktüte neben meinem Kopf lag, sofort, wenn ich nach Hause komme, in die Gefriertruhe zu tun.«

»Muß ja ein prima Liebhaber gewesen sein«, sage ich.

»Er war wunderbar«, sagt sie lächelnd, ohne meine Ironie verstanden zu haben, »aber es war völlig nebensächlich. Wie eine Zigarette nach dem Essen. Einfach nur Sex. Ohne den ganzen anderen Mist.« Sie macht ihre Zigarette aus. Dann steht sie auf und beugt sich über mich und gibt mir einen Kuß. Wie früher meine Mutter. Als sie schon an der Tür ist, sagt sie beiläufig: »Du solltest das nicht verpassen, ein Kind und alles, was dazu gehört.«

»Charlie, hör mir auf damit«, sage ich, »du weißt genau, daß das nichts für mich ist.« Sie schnalzt mit der Zunge.

»Das habe ich von mir auch gedacht«, sagt sie, bevor sie aus der Tür geht.

Ich liege noch lange wach. Und je länger ich nicht einschlafen kann, um so mehr fürchte ich mich bereits davor, um sechs Uhr früh von Lenas Geschrei geweckt zu werden. Und tatsächlich wache ich von einem spitzen Kinderschrei auf wie von einem Messer, das man mir ins Hirn rennt. Ich schiele mit einem Auge auf meine Uhr. Es ist zehn Minuten vor sechs. Ich lege mir das Kissen über den Kopf, aber ich kann Lena durch das Kissen hindurch brüllen hören. Ich halte mir die Ohren zu und versuche, in dieser Haltung weiterzuschlafen. Nach wenigen Minuten werden mir die Arme lahm. Ich mache die Augen auf. Meine Augenlider sind ganz geschwollen vor Müdigkeit. Mein Kopf tut mir weh, meine Glieder schmerzen, ich bin müde wie ein Hund. Ich will nicht aufwachen. Niemals möchte ich Kinder haben. Ich höre Lena den Flur entlangtapsen. Ich sehe aus den Augenwinkeln, wie sie die Türklinke herunterdrückt. Ich drehe mich zur Wand. Taps, taps, taps macht es neben meinem Bett. Dann ist es still. Vollkommen still. Ich halte den Atem an. Nichts rührt sich. Ich drehe mich langsam um. Lena steht neben meinem Bett und sieht mich mit ihren riesigen, braunen Augen ruhig an. Sie sieht mich an, ohne sich zu bewegen, und ich stürze in ihre Augen wie in einen großen See.

Tausendgüldenkraut

»Aber als ich Emilio zwei Wochen später vom Flughafen abgeholt habe, war er völlig verändert«, erzählt Antonia Fanny.

»Er kam durch die Halle auf mich zu, und ich habe es ihm schon von weitem angesehen, der Art, wie er nervös und in kurzen Zügen rauchte, wie er so zögernd auf mich zuging. Er sah zu Boden und streckte dann, ohne mich anzusehen, die Hand aus, wie ein Kind, dem man befiehlt, die Hand zu geben.« Antonia pickt mit dem Zeigefinger, den sie immer wieder anleckt, die Krumen vom Frühstückstisch. Fanny macht das nervös. Sie legt Antonia die Hand auf den Arm. »Vergiß das Arschloch«, sagt sie.

»Und zwei Wochen zuvor war er noch bis über beide Ohren in mich verliebt. Noch am Abend, bevor er aus Oslo wegflog, hat er mich angerufen und mir gesagt, wie sehr er sich auf mich freue, wie sehr er mich...« Antonia verstummt. Sie putzt sich die Nase.

»Ich verstehe das einfach nicht«, sagt sie, steht auf und setzt Kaffeewasser auf. Sie holt mit schnellen, präzisen Bewegungen den Kaffee aus dem Regal, die Milch aus dem Kühlschrank, Tassen und Löffel aus der alten Kommode. Sie kennt sich inzwischen gut aus in Fannys Küche. Fanny weiß nicht, warum sie das so ärgert. Sie wendet sich ab und macht die Fenster auf. Es hat aufgehört zu regnen, die Wiesen dampfen, es riecht nach nasser Erde. In der Entfernung läuten leise die Kuhglocken. Fanny denkt, was für ein Glück, daß ich Xaver habe und daß wir hier sind.

»Laß uns ein bißchen spazierengehen«, sagt sie zu Antonia. Antonia geht auf ihren Vorschlag nicht ein. Sie läßt sich schwer auf die Eckbank fallen.

»Ich verstehe das einfach nicht«, sagt Antonia, »ich habe Emilio alles gegeben, was ich hatte. Er hat's erst gern gefressen und mir dann vor die Füße gekotzt. Wie kann man sich so in einem Menschen täuschen, frage ich mich. Aber ich wollte auch einfach mal mit einem Mann ein bißchen glücklich sein, verstehst du? So wie du mit deinem Xaver. Ist das denn zuviel verlangt?«

Fanny und Xaver leben erst seit kurzem in dem alten Bauernhaus auf dem Land, und sie sind beide immer wieder überrascht, wie gut es ihnen gefällt, wie wenig sie die Stadt vermissen. Xaver hat den Dachboden ausgebaut und sich dort ein Arbeitszimmer eingerichtet. Er entwirft neuerdings Stoffe für ein Einrichtungshaus mit dem Namen »Landpartie«, das eine nostalgische Vorstellung vom Landleben zu saftigen Preisen verkauft: amerikanische Quilts, Stoffe, buntgemustert wie Küchenhandtücher, antike Korbstühle, alte Bauernmöbel, Moosbällchen, gebundenes Stroh und Gras in Terrakottaschalen, eben all das, was Städter für ländlich halten. Viele der Möbel in Fannys und Xavers Bauernhaus stammen aus diesem Laden. Sie haben sie günstiger bekommen.

Fanny moderiert dreimal in der Woche abends ein Rock-magazin im Hörfunk mit kurzen Gedichten und Schnip-seln von Prosatexten meist unbekannter Autoren. Manch-mal schreibt sie die Texte heimlich selbst. Obwohl es ihr auf dem Land besser gefällt, als sie erwartet hat, ist sie froh, dreimal in der Woche in die Stadt zu kommen und Men-schen zu sehen. Viele Menschen auf einem Haufen, die es eilig haben, ungeduldig und aggressiv sind. Ihr Herz schlägt schneller in der Stadt.

Wenn sie in der Stadt ist, übernachtet sie in Xavers kleinem Apartment. Manchmal versucht sie, sich vorzu-stellen, was Xaver allein in dem großen Haus auf dem Land macht, wenn sie nicht da ist. Sie stellt sich vor, wie er wie ein großer Kater durchs Haus schleicht, unabhängig und souverän. Wenn sie zurückkommt, hat sie nicht das Gefühl, daß er sie vermißt hat.

Seit sie aufs Land gezogen sind, hat Xaver sich einen Bart stehen lassen, und er trägt tagaus, tagein dieselben Jeans und dasselbe großkarierte Flanellhemd, das ihn ein biß-chen so aussehen läßt wie einen kanadischen Holzfäller. Er hat in der großen, gemütlichen Küche mit einem alten und einem modernen Herd seine Liebe fürs Kochen ent-deckt und mindestens fünfzehn Kilo zugenommen. Manchmal wünscht sich Fanny, er möge wieder so aus-sehen wie früher in der Stadt, smart und elegant. Aber sie selbst zieht inzwischen auch nur noch an, was ihr morgens gerade in die Finger fällt. Sie hat es auch aufgegeben, sich zu schminken, es sieht ja doch keiner. Nur wenn sie in die Stadt fährt, zieht sie sich enge Röcke und schwarze

Strümpfe an, legt Rouge auf und Lippenstift, und gleich fühlt sie sich wie eine andere, kompetentere Person. Xaver sagt dann oft grinsend: »Na, besuchst du wieder deinen heimlichen Bekannten?« Es verletzt Fanny, daß er so überhaupt keine Angst davor zu haben scheint, daß sie vielleicht wirklich eine Affäre haben könnte, wenigstens ein Techtelmechtel mit einem Rundfunksprecher. Es erstaunt sie, wie selbstverständlich es Xaver nimmt, daß sich ihre Gefühle ihm gegenüber nicht verändern werden. Manchmal verschwindet er tagelang in seinem Arbeitszimmer (oft ohne wirklich zu arbeiten, wie sie festgestellt hat), und sie wandert dann ruhelos und wütend durchs Haus und redet schließlich mit den Möbeln. Oder sie kauft sich in dem kleinen Zeitschriftenladen im Dorf alle Magazine, die es gibt, und legt sich mit ihnen ins Bett.

In einer dieser Zeitschriften fand sie vor etwa sechs Monaten unter einem ziemlich blöden Artikel über die besten Hutläden in Deutschland, den sie nur aus purer Langeweile las, den Namen ihrer alten Schulfreundin Antonia. Spontan griff Fanny zum Telefonhörer und rief die Zeitschrift an, fragte nach Antonia. Sie wurde mit der Chefin des Moderessorts verbunden. Antonia meldete sich mit ihrem Mädchennamen. Seltsam, dachte Fanny, aus Antonia mit dem großen Busen, der wie geschaffen schien zum Kinderstillen, ist eine richtige Karrierefrau geworden. Ich werde sie überhaupt nicht wiedererkennen.

Aber als sie sich dann trafen, ging es ihnen, wie es den meisten Menschen geht, die sich aus der Schulzeit kennen und sich seitdem nicht gesehen haben: sie fanden sich völlig unverändert, nur etwas schärfer konturiert nach fünfzehn Jahren. Beide freuten sich wirklich, sich nach so langer Zeit wiederzusehen, gleichzeitig tasteten sie einander mit der Schnelligkeit einer elektronischen Sonde auf alte – und neue – Schwächen ab. Fanny fand Antonia noch extrovertierter als früher, und Antonia sah in Fanny sofort die alte Besserwisserin. Fanny stellte mit Genugtuung fest, daß Antonias Busen, den sie damals so bewundert hatte, doch eher mittelmäßig war, während Antonia an Fanny, die lange so dünn gewesen war wie ein Spargel, jetzt deutlich cellulitisbedrohten Speck bemerkte. Fannys Stil, dachte Antonia, ist nie über die Flower-Power-Zeit hinausgekommen; sie glaubt, sie ist originell, dabei ist sie nur hoffnungslos out. Fanny trug zu gestreiften Hosen ebenfalls gestreifte Blusen, sie schlang sich große Tücher als Röcke um die Hüften und zog dazu eigenhändig bemalte Gummistiefel an, sie hatte immer noch schwarz lackierte Fingernägel, und an ihren Ohren hingen absurd große Klunker. Antonia sah dagegen in ihrer teuren Designermode immer etwas verkleidet aus. Wirklich Geschmack hatte sie nie, dachte Fanny, und erinnerte sich an Antonias Vorliebe in der Schule für handbreitkurze Miniröcke und hautenge Rippenpullis in giftigen Farben, in denen sie immer aussah wie eine Wurst kurz vorm Platzen, was die Jungens aber alle ungeheuer sexy fanden.

»Findest du Antonia sexy?« fragte Fanny Xaver, nachdem Antonia sie das erste Mal auf dem Land besucht hatte.

»Die?« lachte Xaver, »bestimmt nicht. Vor der rennt

doch jeder, der nicht ein hoffnungsloser Masochist ist, davon!«

»Was nicht unbedingt heißt, daß sie nicht sexy ist«, sagte Fanny. Sie selbst fand Antonia auf sehr widersprüchliche Weise attraktiv, und oft genug kam sie sich – wie früher – neben Antonia vor wie eine graue Maus. Xaver blätterte durch die neue Ausgabe des Magazins, das Antonia Fanny mitgebracht hatte, »DIE NEUE SEXUELLE SCHEU DES MANNES«, las er vor, »daß ich nicht lache.« Er war nicht gut auf Antonia zu sprechen, er fand sie überspannt, sie redete ihm zuviel, er mochte nicht, wie sie sofort alle Gespräche an sich riß, bestimmte, wann gegessen wurde und was, wie sie abends die Fernbedienung des Fernsehers an sich nahm und den ganzen Abend über diktierte, welches Programm lief, er fand es unmöglich, daß sie, ohne jemals vorher anzurufen, in ihrem grünen MG einfach anrollte und dann auch oft gleich mehrere Tage hintereinander blieb. Allerdings nur bei gutem Wetter, wenn es schlechter wurde, sagte sie: »Da kann ich ja genausogut in der Stadt rumsitzen«, und verschwand im Handumdrehen. Es war ihr nicht bewußt, daß sie Fanny damit verletzte, auch nicht, daß Xaver sich verzog, wenn sie auftauchte, und daß Fanny über ihre spontanen Besuche nicht immer hocherfreut war. Wenn sie und Xaver gerade eine glückliche Phase hatten, horchte Fanny manchmal erschreckt auf, weil sie in der Ferne das Motorengeräusch von Antonias Sportwagen zu erkennen geglaubt hatte. Sonst allerdings, wenn Xaver sich in seinem Arbeitszimmer verschanzt hatte oder wortkarg durchs Haus schlich und Fanny sich einsam fühlte, hoffte sie oft, daß Antonias grünes Auto um die Ecke biegen möge, und wenn sie dann kam, freute sie sich sogar über Antonias Exzentrik und die Schamlosigkeit, mit der sie von Fannys Welt Besitz ergriff.

Am liebsten redet Antonia über Männer. Sie hatte schon ziemlich viele. Mehr als Fanny. Sie haben es nachgerechnet. Fanny kommt auf dreiundzwanzig (sie ist sich sicher, daß sie mindestens drei vergessen hat, an die sie sich partout nicht erinnern kann), Antonia auf achtunddreißig. Aber die Pausen zwischen Antonias Männern werden länger. Sie findet, daß die Männer immer uninteressanter, feiger und ängstlicher werden.

»Mit Männern bin ich wie Hans im Glück«, sagt Antonia seufzend zu Fanny, »der erste war noch der beste, mein Goldstück sozusagen, aber den habe ich dann gegen einen geilen Kater getauscht und den gegen einen Stein, den Stein wieder gegen einen bornierten Hornochsen, den Hornochsen gegen einen kalten Fisch. Und das immer so weiter. Emilio war auch nur ein Schaf im Wolfspelz – andersrum wäre es ja noch spannend gewesen –, ein totaler Reinfall.« Fanny versucht, sich an das Märchen von Hans im Glück zu erinnern, hatte er nicht am Ende genausowenig wie am Anfang und war glücklich dabei?

»Wieso sagst du jetzt, dein erster Mann sei noch der beste gewesen?« fragte Fanny Antonia. »Du hast mir doch erzählt, daß er nichts weiter war als ein Penner?«

»Ach, habe ich das gesagt?« sagt Antonia und pickt wieder mit dem Zeigefinger die Krümel von der Tischdecke. »Nein, Johnny, den habe ich, glaube ich, wirklich geliebt.« Sie seufzt. Fanny denkt immer noch an Hans im

Glück. Xaver ist der Goldschatz, den sie, wenn sie bei Sinnen bleibt – was sie hofft –, niemals mehr eintauschen will gegen einen anderen. Aber sie ist zu ehrlich, um von sich selbst anzunehmen, daß sie ganz gegen Versuchungen gefeit ist. Im Kopf ist sie jedenfalls jederzeit bereit, und wenn sie darüber nachdenkt, ist sie froh, daß sie jetzt auf dem Land leben und vielleicht nur ein Mangel an Gelegenheit größere Dummheiten verhindert. Für Xaver dagegen scheint das Kapitel Frauen, seit er Fanny gefunden hat, abgeschlossen zu sein. So sieht er zumindest jetzt aus. Es ärgert Fanny, daß er so fett geworden ist. Das ist auch keine Garantie dafür, daß er mich nicht betrügt, denkt sie.

»Du kannst dir ja gar nicht vorstellen, wie es ist, wenn man jeden Tag mit sich allein über die Runden bringen muß. Das ist wie mit einem Kleinkind. Man muß sich ständig neue Beschäftigungen ausdenken, damit man nicht quengelig wird und sich selbst auf die Nerven geht«, sagt Antonia und schlägt plötzlich mit der flachen Hand auf den Tisch, daß die Tassen springen, »ich war bereit, mein ganzes Leben für dieses Schwein zu verändern, er durfte alles mit mir anstellen, alles. Und wie sitze ich jetzt da? Als läge mein Herz vor mir auf dem Teller, so fühle ich mich jetzt.«

»Du hast Emilio doch rausgeworfen«, erinnert Fanny sie vorsichtig.

»Ja!« schreit Antonia wütend, »weil er mich sonst ruiniert hätte. Das kann ich mir nicht mehr leisten. Dazu bin ich zu alt! Sechsunddreißig beschissene Jahre alt!« Sie springt vom Tisch auf. »Ich brauche Luft«, sagt sie pathetisch, »sonst ersticke ich noch daran.« Sie stapft aus der Küche, und Fanny hört, wie sie die Tür zum Garten aufreißt. Fanny steht mit der Kaffeekanne in der Hand da und genießt den plötzlichen Frieden in der Küche. Die Fliegen summen. In der Entfernung muht eine Kuh. Sie hört das leise tapp tapp tapp von Xavers Schritten in seinem Zimmer. Meine Güte, bin ich froh, daß ich nicht mehr auf dem Markt bin, denkt sie, wie Frischfleisch in der Großmarkthalle. Darauf läuft es doch hinaus. Ich hab's gerade noch geschafft. Arme Antonia.

Emilio ist Bassist in einer Jazzband. Sie hat ihn in einer Bar kennengelernt, in die sie manchmal flüchtet, wenn sie es nicht mehr erträgt, allein mit ihrer Katze Minnie (ein Geschenk ihres letzten Freundes, einem geschiedenen Urologen) in ihrer Penthousewohnung zu sitzen, von der aus man nur den Himmel sieht, so daß sie manchmal das Gefühl hat, den Boden unter den Füßen zu verlieren und langsam wie ein Fesselballon davonzuschweben.

Antonia versteht nichts von Musik, aber sie verliebt sich zuerst in den Baß, dieses riesige Instrument mit der tiefen, männlichen Stimme, und dann in Emilio.

»Er sieht aus wie ein Spanier, wie ein Torero«, erzählt sie Fanny begeistert am Telefon. Eigentlich heißt Emilio Hans-Jürgen, er hat anscheinend keinen festen Wohnsitz, sondern reist dorthin, wo er spielen kann, und er hat eine Katzenallergie. Das ist alles, was Fanny konkret über ihn erfährt.

Die nächsten vier Wochen hört Fanny nichts von Antonia.
»Wenn's nach mir ginge, könnte Antonia öfter verliebt
sein«, sagt Xaver und küßt Fanny zärtlich. Er durchläuft
gerade eine ausgesprochen freundliche Phase, aber Fanny
ist unruhig. Es stört sie immer mehr, daß Xaver sich im
Haus eingräbt wie ein Maulwurf, nie mit ihr spazieren-
geht, nie Lust hat, mit in die Stadt zu kommen. Seit vierzehn Tagen regnet es am Stück, es wird den ganzen Tag
nicht recht hell, das Haus ist dunkel, sie müssen schon
beim Frühstück das Licht anschalten. Früher hat Fanny
das gemütlich gefunden, aber jetzt geht es ihr auf die
Nerven. Sie weiß nicht so recht, wohin mit sich, sie vermißt Antonia. Versunken im Liebesglück, denkt Fanny
neidisch.

Als Emilio dann für vierzehn Tage zu einem Engage-
ment nach Oslo fährt, taucht Antonia wieder auf. Sie ist
anders als sonst, entspannt und friedlich, schweigsam.
Fanny ist enttäuscht. Sie findet Antonia langweilig in ihrem Glück. In ihrer Verliebtheit ist sie wie eine wiederkäu-
ende Kuh, denkt Fanny böse.

Dann aber kommt Emilio aus Oslo zurück und fällt Antonia am Flughafen nicht um den Hals, küßt sie noch nicht
einmal. Er ist völlig verändert. Selbst seine Augen scheinen
eine andere Farbe zu haben. Bevor er wegfuhr, waren sie
samtig braun, jetzt sind sie grau und kühl. Schweigend
fahren sie in Antonias Wohnung. Antonia spürt seine
veränderte Körpertemperatur im Auto neben sich wie
einen eisigen Windzug. Sie ist alt genug, um ihm Zeit zu
lassen. Sie weiß inzwischen, daß Reden nichts hilft. Er

fremdelt, denkt sie, das ist normal. Emilio geht wortlos in ihre Küche und greift sich die Cognacflasche. Früher – vor vier Wochen – hätte er gefragt. Antonia setzt sich ihm schweigend gegenüber. Sie sieht ihm zu, wie er raucht. Nach jedem hastigen Zug tupft er die Asche im Aschenbecher ab, rührt in der Asche herum. Sein Schweigen saust Antonia in den Ohren wie ein gefährlicher Orkan. Sie erträgt es nicht länger und geht ins Wohnzimmer. Sie sagt sich, daß sie sich von seinem Verhalten nicht deprimieren lassen wird. Nein. Ganz bestimmt nicht. Sie wird es einfach nicht persönlich nehmen. Mit jeder Faser ihres Körpers lauscht sie in die Küche. Sie versucht, in Emilios Herz zu horchen und zu verstehen, warum er so seltsam ist, so anders. Sie geht zurück in die Küche.

»Ist was passiert?« fragt sie ihn. Er schüttelt den Kopf und sieht sie nicht an. Sie lacht und klatscht in die Hände.

»Hey, Emilio«, sagt sie, »komm raus aus deiner Höhle!« Er hebt müde den Blick.

»Komm«, sagt sie, »ich muß dir was zeigen. Ich habe eine Überraschung für dich.« Sie führt ihn zum Schlafzimmer, das sie in seiner Abwesenheit neu hat streichen lassen. Eine breitere und weichere Matratze hat sie gekauft, weil Emilio sich über ihren schmalen, harten Futon beschwert hat. Sie greift ihn um die Hüften und zieht ihn mit sich runter auf das neue Bett. Sie spürt, wie sich alle Muskeln in ihm sperren. Sie läßt ihn los und richtet sich auf. Bevor sie spricht, atmet sie tief durch.

»Merkst du nichts?« fragt sie.

»Die Wände haben eine andere Farbe«, sagt Emilio lahm.

»Nein, kalt, ganz kalt«, lacht Antonia. Emilio steht auf und geht aus dem Zimmer. Antonia läuft ihm hinterher. Er sitzt auf dem Sofa, den Kopf in die Hände gestützt. Er sieht sie an, als sähe er sie zum ersten Mal.

»Ich habe Minnie weggebracht«, sagt Antonia.

»Wen?«

»Die Katze. Meine Katze Minnie. Wegen deiner Allergie habe ich sie schon vor Tagen weggebracht. Ich habe gelüftet, alles abgesaugt, in dieser Wohnung gibt es kein einziges Katzenhaar mehr«, sagt Antonia stolz. Emilio sieht sie nachdenklich an. Er steht auf.

»Ich brauche ein Bier«, sagt er und geht aus der Wohnung. Antonia hat vor seiner Ankunft den ganzen Kühlschrank voll Budweiser Bier gepackt, Emilios Lieblingsmarke.

Weinend ruft sie Fanny an.

»Wo ist sein Baß?« fragt Fanny.

»Hier, bei mir. Wieso?« fragt Antonia.

»Er wird dahin zurückkommen, wo er sein Instrument aufbewahrt.«

»Meinst du wirklich?«

»Ja«, sagt Fanny, »ganz bestimmt.«

»Verdammt noch mal«, heult Antonia. »Ich habe ihm doch nichts getan!«

»Vielleicht hatte er einen anderen Grund, nach Oslo zu fahren, als dort zu spielen...« bietet Fanny als Erklärung an.

»Er würde mich niemals belügen«, sagt Antonia.

»Dann hat er seine Tage«, sagt Fanny, »laß ihn in Ruhe.«

Emilio kommt um drei Uhr früh zurück.

»Kann ich mal telefonieren?« fragt er Antonia.

»Natürlich«, sagt sie, froh, daß er wieder da ist.

»Es ist aber nach Oslo«, sagt er.

»Macht nichts«, sagt Antonia.

»Ich muß mit meiner Frau telefonieren«, sagt Emilio.

»Er hat sie nie zuvor erwähnt«, sagt Antonia zu Fanny. Sie sitzen im Garten auf der alten Bank, die Xaver abgebeizt und neu gestrichen hat. Der Duft von Phlox liegt in der Luft wie ein schweres, altmodisches Parfüm.

»Seine Stimme klang ganz anders, als er mit ihr sprach«, erzählt Antonia, »irgendwie ängstlich. Ich habe natürlich nicht verstanden, worüber er mit ihr sprach auf schwedisch...«

»Norwegisch«, sagt Fanny. Antonia zuckt die Schultern. Fanny entdeckt Tränen in ihren Augen.

»Und ein Kind hat er auch«, sagt Antonia. Sie kramt in ihrer Louis-Vuitton-Tasche und holt zwei Fläschchen heraus.

»Entschuldige mich einen Moment«, sagt sie zu Fanny, träufelt sich ein paar Tropfen erst aus der einen, dann aus der anderen Flasche in die Hand, leckt sie ab und schließt die Augen. Die Sonne scheint ihr direkt ins Gesicht. Sie hat schon mehr Fältchen um die Augen herum als ich, denkt Fanny, sie sieht hart aus. Wenn sie nicht aufpaßt, wird daraus irgendwann Verbitterung. Antonia lehnt sich mit geschlossenen Augen zurück und atmet tief ein und aus. Fanny geht leise ins Haus und holt ihren Fotoapparat. Sie träumt davon, alle Menschen, die sie mag, zu fotografieren und irgendwann ein Buch daraus zu machen. Während sie durch den Sucher sieht und Antonia einmal mehr rechts im Bild plaziert mit ein paar Birkenblättern oder mehr links mit einem langen Stück leerer Bank neben sich, überlegt sie, ob sie Antonia wirklich mag oder ob sie sich nur an ihrem Unglück weidet wie an einem besonders kitschigen Fernsehprogramm. Fanny entscheidet sich für den Bildausschnitt mit der langen leeren Bank neben Antonia. Das paßt zu ihr, denkt sie, dort haben viele Männer Platz, aber keiner bleibt gern lange neben ihr sitzen. Begreift sie denn nicht, daß sie alle mit ihrer herrischen Art in die Flucht schlägt? Der kleine Emilio hat einfach Angst vor ihr gekriegt, so wird es sein. Fanny drückt auf den Auslöser. Antonia macht die Augen auf.

»Oh, nicht!« ruft sie, »ich sehe scheußlich aus!«

»Tust du nicht«, ruft Fanny, und drückt noch zweimal auf den Auslöser.

»Jetzt hast du mich bei meiner Meditation gestört«, sagt Antonia und steckt die beiden Fläschchen wieder in ihre Tasche.

»Was für eine Meditation?« fragt Fanny neugierig. Antonia antwortet nicht. Sie steht auf.

»Kann ich ein Bad nehmen?« fragt sie Fanny. »Meine Nerven flippen sonst aus.« Sie verschwindet, ohne eine Antwort abzuwarten, ins Badezimmer. Fanny hat schon oft versucht, ihr zu erklären, daß der Warmwasserspeicher für Vollbäder zu klein ist, das heißt, daß für alle, die nach Antonia kommen – nämlich Fanny, die sich den ganzen Nachmittag schon auf eine heiße Dusche gefreut hatte –, kein warmes Wasser mehr übrigbleiben wird. Wütend räumt Fanny alles, was Antonia in den Garten getragen hat, Zeitungen, Decken, Kaffee, Zigaretten, Tücher, Obst und Antonias Louis-Vuitton-Tasche, wieder zurück ins Haus. Als Antonia in der Badewanne liegt und der ganze Flur nach ihrem Bananenshampoo riecht, kann Fanny nicht widerstehen und kramt in Antonias Tasche herum, bis sie die beiden Fläschchen findet. SCLERANTHUS steht auf der einen, CENTAURY auf der anderen. Fanny schraubt sie auf und riecht an ihnen, leckt, aber beide Flüssigkeiten sind geruch- und geschmacklos. Sie will sie schon achselzuckend zurückstecken, da findet sie ein Buch in der Tasche: »Heile dich selbst mit Bachblüten« von Dr. Edward Bach. Sie blättert darin herum und findet unter CENTAURY – TAUSENDGÜLDENKRAUT die Beschreibung: »WILLENSSCHWÄCHE, LEICHTE BEEINFLUSSBARKEIT, UNTERWÜRFIGKEIT. Dr. Bach: Für jene freundlichen, ruhigen, sanften Menschen, die überängstlich darauf bedacht sind, anderen zu dienen, so daß sie mehr zu Sklaven als zu willigen Helfern werden. Menschen vom CENTAURY-Typ sind still und unterwürfig und stets bereit, anderen zu gefallen und für andere alles zu tun.« Genau wie Antonia, kichert Fanny. Mit dem Buch und den Fläschchen in der Hand läuft sie die Treppe rauf zu Xaver. Sie stürmt in sein Zimmer und fragt ihn: »Willst du hören, wie Antonia sich selbst sieht?« Prustend vor Lachen liest sie ihm vom sklavischen »Centaury-Typ« vor und dann vom anderen Fläschchen: »SCLERANTHUS – EINJÄHRIGER KNÄUEL, für im allgemeinen stille Menschen geeignet, die ihre Schwierigkeiten allein tragen, da sie nicht geneigt sind, mit anderen darüber zu sprechen.« Sie wiehert vor Lachen. »Jeden Tag dreimal sieben Tropfen für die willensschwache, unterwürfige, stille Antonia!« Xaver grinst. Er nimmt ihr das Buch aus der Hand und blättert darin herum.

»Das sieht Antonia ähnlich, daß sie an diesen Mist glaubt«, sagt er kopfschüttelnd. »HEATHER – HEIDE-KRAUT«, liest er vor, »Egozentrik. Für Menschen, die nur von sich sprechen und sich nur um sich selbst kümmern; Menschen, die das Alleinsein hassen. Sie sind sehr unglücklich, wenn sie einmal längere oder kürzere Zeit allein sein müssen. – Das wäre doch was für dich«, sagt er grinsend.

»Wie meinst du das?« fragt Fanny erschrocken.

»Klingt doch ganz nach meiner Fanny...« lacht Xaver, »wo gibt es dieses Zeug zu kaufen? Ich hätte gern gleich einen Liter davon.«

»Meinst du wirklich, daß ich egoistisch bin?« fragt Fanny ungläubig.

»Ja«, sagt Xaver knapp und gibt ihr das Buch zurück, »aber ich habe gelernt, damit zu leben.« Fanny verläßt türenknallend das Zimmer. Sie ist so verletzt, daß ihr das Atmen Mühe bereitet, als hätte sie einen Schlag in den Magen bekommen. Unten singt Antonia im Badezimmer »Nothing compares 2 U«. Fanny hat die Sängerin im Fernsehen gesehen, ein trauriges Mädchen mit kurzgeschorenen Haaren, dem langsam eine Träne übers Gesicht rinnt. Gut, daß ich nicht mehr so jung bin, hat Fanny gedacht, gut, daß die Liebe nicht mehr so idiotisch weh tut. Jetzt weiß ich wenigstens, daß man sich von ihr auch immer wieder erholt wie von einem bösen Schnupfen. Fanny steckt die Fläschchen und das Buch vorsichtig zurück in Antonias Louis-Vuitton-Tasche. Sie fühlt sich elend. Sie geht in die Küche und schenkt sich einen Wodka ein aus einer Flasche, die sie hinter den großen Müsligläsern versteckt hält.

Beim Abendessen – es gibt frische Forellen, Antonia hat Fanny gebeten, nichts Kalorienreiches zu kochen, sie habe vor Liebeskummer in der letzten Zeit zuviel gefressen – sagt Antonia zu Xaver: »Erklär du mir bitte als Mann, wie das sein kann, daß Emilio mich vier Wochen lang wirklich geliebt hat, und dann ist plötzlich alles weg. Wie nie dagewesen. Futsch. Einfach so.«

»Weil er ein Arschloch ist«, sagt Fanny schnell. Sie hat Xaver das ganze Essen über kein einziges Mal angesehen.

»Ich will hören, was Xaver dazu sagt. Vielleicht kann das nur ein Mann verstehen«, sagt Antonia. Xaver kennt die ganze Geschichte. Fanny hat sie ihm minutiös in den einzelnen Stadien erzählt wie einen Fortsetzungsroman.

»Ich kenne Emilio doch überhaupt nicht«, sagt er vorsichtig.

»Ach, dazu braucht man ihn nicht zu kennen, um zu sehen, daß er ein ganz normales Arschloch ist. Er hat Antonia ausgebeutet, nach Strich und Faden«, sagt Fanny.

»Ja«, seufzt Antonia, »das stimmt. Er hat alles von mir bekommen, alles. Und er hat auch alles genommen. Und nichts zurückgegeben.«

»Außer am Anfang«, erinnert Fanny sie.

»Na ja«, sagt Antonia und greift nach ihrem Taschentuch.

»Dieses Schwein«, sagt Fanny.

»Dieses Schwein«, sagt Antonia, »es war alles gelogen. Er hat mich nur benutzt.« Sie weint in ihr Taschentuch.

»Er hat dich wahrscheinlich mehr geliebt als du ihn«, sagt Xaver plötzlich heftig. Antonia und Fanny sehen ihn erstaunt an.

»Ach ja?« sagt Fanny höhnisch. Antonia murmelt durchs Taschentuch: »Und dann fiel ihm plötzlich seine Frau ein und sein Kind, von denen er angeblich seit Jahren getrennt lebt, oder was?«

»Das hat mit dir doch überhaupt nichts zu tun«, sagt Xaver.

»Nein«, sagt Antonia bitter, »nur, daß er mitten in der Nacht seine Frau anruft. Und mich behandelt wie Luft. Daß er bei mir ein und aus geht, als sei es seine Wohnung, es aber nicht für nötig hält, mit mir zu sprechen. Daß er sein blödes Instrument bei mir abstellt, als wäre ich die Gepäckaufbewahrung. Daß er verspricht, mich anzurufen, es nicht tut, mich abholen will und mich versetzt. Daß ich für ihn auch noch in die Stadt renne und ein Geburtstagsgeschenk für seine Tochter besorge. Daß er mir zusieht, wie ich stundenlang etwas für ihn koche, um dann, wenn es fertig ist, aufzustehen und zu gehen.« Fanny versucht, sich Antonia mit Schürze in der Küche vorzustellen. Sie denkt: Menschen vom CENTAURY-Typ sind still und unterwürfig und stets bereit, anderen zu gefallen und für andere alles zu tun. Plötzlich kommt es ihr vor, als könne sie wie bei den Postkarten, die ein anderes Bild zeigen, wenn man sie nur ein kleines bißchen dreht (Jesus mit offenen und geschlossenen Augen, Mickymaus auf einem Steg und im Wasser), Antonia als selbstbewußte

Moderedakteurin im Armanikostüm und Antonia als
schüchterne kleine Hausfrau mit Schürze sehen.

»Dieser Emilio hat dich auf seine Art geliebt«, insistiert
Xaver. Er klingt ärgerlich.

»Woher willst du denn das wissen?« fragt Fanny wütend.

»Ich habe versucht, alles zu verstehen, alles zu verzei-
hen«, heult Antonia, »mein ganzes Leben habe ich ihm
geöffnet und ihn hereingelassen, und er hat mich behandelt wie Scheiße!«

»Emilio ist ein armer Romantiker«, sagt Xaver, »und ihr
beide habt keine Ahnung.« Fanny und Antonia starren ihn
perplex an, dann fragt Fanny ärgerlich: »Wieso, bitte, ist
Emilio ein Romantiker?« Xaver arrangiert mit der Gabel
die Forellengräten auf seinem Teller zu einem Muster. »Ihr
seid doch wie die Hyänen, ihr gebt ihm ja überhaupt keine
Chance.« Fanny spürt, wie die Wut in ihr hochsteigt wie
giftige Galle.

»Ach, so ist das«, sagt sie kalt. Xaver hebt den Blick und
sieht sie an. »Ja«, sagt er ruhig, »so ist das.« Einen Moment
lang schweigen alle, dann fragt Antonia Xaver mit einer
Stimme so sanft wie Honig: »Erklär mir bitte, wie du das
meinst. Bitte. Ich habe mir wirklich alle Mühe gegeben,
ihn zu verstehen, aber er hat mir keine Chance gegeben!«

»Er dir? Oder du ihm?« fragt Xaver sie spöttisch. »Da
kommt dieses arme Schwein am Flughafen an, wahrscheinlich hat er ehrlicherweise seiner Frau von dir erzählt
und hat dafür nur Prügel bezogen, er kommt also an, das
Herz voller romantischer Erinnerungen an dich, er sehnt
sich nach dir, aber er ist eben auch, verdammt noch mal,

302

schüchtern, und dann kommst du. Wie ein Manager. Hast alles schon arrangiert. Das Schlafzimmer tapeziert, die Katze weggebracht, ein neues Bett, Bier im Kühlschrank, Essen auf dem Tisch. Alles perfekt geplant, dein und sein Leben. Wie verdammt fürsorglich ihr doch seid! Dabei ist alles die reine Selbstsucht.« Fanny und Antonia sehen Xaver sprachlos an. Er steht auf, kippt die Gräten von allen Tellern in eine Schüssel und stellt die Teller zusammen.

»Es soll also alles Antonias Schuld sein?« fragt Fanny. Es ist das erste Mal an diesem Abend, daß sie Xaver ansieht. »Alles nur ihre Schuld? Und er ist der arme, ungeliebte Romantiker?«

Xaver zuckt die Schultern und trägt die Teller in die Küche. Er kommt nicht zurück. Fanny hört, wie er die Treppe raufgeht und die Tür von seinem Arbeitszimmer zuschlägt. Sie zittert vor Wut. Sie weiß, daß er diese Nacht in seinem Zimmer verbringen wird, daß sie deshalb nicht einschlafen können wird, daß sie ihn verfluchen und sich gleichzeitig fragen wird, was sie denn bloß falsch gemacht hat. Sie wird versuchen, den ganzen Tag zu rekonstruieren, um ihren Fehler aufzuspüren. Sie wird Xaver abwechselnd hassen und fürchten, seine Liebe verloren zu haben.

»Es soll alles meine Schuld sein?« fragt Antonia, »alles soll nur meine Schuld sein?« Ihr stehen die Tränen in den Augen. Sie kramt in ihrer Tasche nach den Fläschchen, träufelt sich die Tropfen direkt auf die Zunge und schließt die Augen. Sie atmet tief ein und aus.

»Was nimmst du da?« fragt Fanny.

»Ach«, sagt Antonia mit geschlossenen Augen, »du lachst mich bestimmt aus, so ein homöopathisches Zeug gegen Liebeskummer, aber es hilft mir.«

»Wirklich?« fragt Fanny, »wo bekommt man das?«